Envoûtée par son rival

Fantasmes défendus

ZURI DAY

Envoûtée par son rival

Traduction française de
HÉLÈNE ARNAUD

PASSIONS

HARLEQUIN

Collection : PASSIONS

Titre original :
TWO RIVALS, ONE BED

HARPERCOLLINS FRANCE
83-85, boulevard Vincent-Auriol, 75646 PARIS CEDEX 13
Service Lectrices — Tél. : 01 45 82 47 47 - www.harlequin.fr
ISBN 978-2-2804-8689-7 — ISSN 1950-2761

Composé et édité par HarperCollins France.
Imprimé en juin 2023 par CPI Black Print (Barcelone)
en utilisant 100% d'électricité renouvelable.
Dépôt légal : juillet 2023.

FSC
www.fsc.org
MIXTE
Papier issu de sources responsables
FSC® C159065

Pour limiter l'empreinte environnementale de ses livres, HarperCollins France s'engage à n'utiliser que du papier fabriqué à partir de bois provenant de forêts gérées durablement et de manière responsable.

L'attirance entre ennemis
Provoque des drames infinis
Surtout lorsqu'elle est chargée d'émotions, de drames
Mais au fil du temps, l'animosité fuit
Et ils peuvent s'unir dans le lit de la vie.

- 1 -

Après avoir été diplômée de droit à Harvard, Maeve Eddington rentra à Chicago pour travailler et être formée par Eleanor Buchanan, une légende du droit des affaires. La devise d'Eleanor était simple : *Sois Assez Dure Pour Qu'on Oublie Que Tu Es Une Femme*. Elle s'habillait comme « les autres garçons », remplissant ses placards de costumes amples bleu foncé, gris, marron et noirs. Aucune autre couleur. Aucune exception. Pendant ses deux premières années passées chez Buchanan et Bausch, Maeve avait suivi son exemple. Un matin, alors qu'elle déjeunait avec sa mère avant d'aller au bureau, Mona avait demandé :

— Pourquoi as-tu changé de métier ?

Maeve n'avait pu cacher sa surprise.

— Que veux-tu dire ?

Le regard de Mona avait détaillé son tailleur pantalon noir, son col roulé noir, ses perles discrètes, ses chaussures plates et son chignon austère serré sur la nuque.

— Tu es avocate, mais tu t'habilles comme une directrice des pompes funèbres.

— Ça s'appelle se fondre dans la masse, avait gloussé la jeune femme. Eleanor dit qu'il est essentiel de ne pas se distinguer des hommes, dans notre profession.

Mona avait lentement hoché la tête en sirotant son thé.

— Je ne suis pas experte en droit, mais je connais bien l'autre sexe et je sais ce que c'est, d'être la seule femme dans un groupe.

Elle avait posé en douceur une main sur le bras de sa fille.

— Tu ne t'appelles pas Eleanor. Tu t'appelles Maeve et tu es très belle. Ta féminité doit être mise en valeur, pas effacée. Ce n'est pas une faiblesse. C'est une arme très puissante, au contraire. Depuis toujours, les femmes tiennent les bébés dans leurs bras et façonnent les nations. En apprenant à manier avec soin tes atouts, tu pourrais aussi dominer les salles d'audience.

Mona n'avait plus jamais abordé ce sujet mais, la semaine suivante, lorsque Maeve était rentrée chez elle, elle avait découvert une housse de vêtements accrochée à la porte de son dressing. À l'intérieur se trouvait un tailleur bleu poudré composé d'une jupe droite fendue, décente mais sexy, et d'une veste assortie. On avait déposé dessous ses escarpins préférés – bleu marine à semelle rouge, ornés de cristaux et garnis de talons vertigineux. Sa mère connaissait bien ses goûts, et elle était immédiatement tombée amoureuse de cette tenue. Elle l'avait portée dès le lendemain. En pénétrant dans le tribunal pour sa réunion du matin, elle avait vu toutes les femmes s'étouffer et les hommes se figer. Sans prononcer un seul mot, elle avait attiré l'attention de tout le monde. Ses collègues l'avaient complimentée avec respect. Eleanor, elle, ne s'était pas gênée pour lui signaler en privé que ce changement était une erreur, mais ça n'avait eu aucune importance. Dès le vendredi, Maeve s'était débarrassée de ses costumes sombres et avait commencé à se vêtir de manière à impressionner le monde – et elle-même.

Depuis, elle était devenue une reine du barreau.

Pour la réunion si importante de ce jour, elle avait sélectionné sa tenue avec un soin tout particulier. Prenant en compte la fraîcheur de septembre, elle avait opté pour un blazer ajusté brun-roux sur une robe moulante griffée en lainage, ornée de grands motifs géométriques. Elle avait parachevé son look par des bijoux imposants en or et des bottes de daim à talons hauts dénichées pendant la Fashion Week de New York. Elles étaient uniques et parfaitement assorties à sa veste. Tout en passant les grilles du country club huppé de la Pointe du Sable dans son Aston Martin nacrée, elle jeta un dernier coup d'œil au rétroviseur pour s'assurer que son maquillage était toujours impeccable.

— B-Bonjour, mademoiselle Eddington, balbutia le voiturier en se précipitant pour ouvrir sa portière. Vous êtes… stupéfiante.

— Merci.

— Votre parfum est un délice.

Elle le remercia une nouvelle fois et remonta l'allée. Dans son dos, le jeune homme lança encore :

— Je vais prendre bien soin de votre voiture !

Elle répondit d'un geste de la main, pénétra dans le bâtiment principal et s'engagea dans le couloir qui conduisait aux salles de conférences privées. Adoptant un air assuré en dépit de sa nervosité, elle posa fermement la main sur la poignée de la porte et prit une profonde inspiration. Elle allait s'engager en terrain miné, dans une situation inédite pour Eddington Enterprise. On intentait un procès au département immobilier des services financiers de la firme, et Maeve ne *pouvait pas* se permettre de perdre.

Elle ouvrit, entra dans la pièce et se retrouva face à la dernière personne au monde qu'elle s'était attendue à voir. Victor Cortez.

Le choc faillit la faire trébucher.

Néanmoins, elle obligea ses lèvres soudain paralysées à sourire et s'approcha de la table d'où trois hommes s'étaient à présent levés pour la saluer. Ignorant Victor, elle se tourna vers l'un des deux autres – ceux qu'elle s'était préparée à affronter.

— Bonjour, Joel, dit-elle en lui serrant la main.

— Bonjour, Maeve, répondit-il sans cacher son admiration. Vous êtes ravissante, comme toujours.

— Merci.

Elle tendit ensuite la main à l'autre homme, qui s'en empara avec impatience.

— Patrick.

— Maeve, je suis content de vous voir.

— Dans d'autres circonstances, je pourrais dire la même chose, murmura-t-elle avec un nouveau sourire pour adoucir cette pique. Où est Cornelius ?

Cornelius Bond vivait à la Pointe du Sable depuis longtemps. C'était un ami de toujours des Eddington, un de leurs associés ; et aussi l'avocat embauché par la famille qui poursuivait à présent les Eddington en justice. L'homme qu'elle s'était attendue à voir. Pas… *lui*.

Joel parut un peu embarrassé.

— Il… euh… est très occupé et ne se sent pas capable de traiter cette affaire avec toute l'attention qu'elle mérite. Il craint également que ses liens personnels avec les parties prenantes soient considérés comme un conflit d'intérêts.

Puis, indiquant d'un signe de tête son compagnon, qui semblait encore plus beau que dans les souvenirs de Maeve, il ajouta :

— Cornelius a donc décidé de confier l'affaire à ce jeune homme dont le talent n'est plus à prouver.

De toute évidence, Joel ignorait que Maeve le connaissait déjà. Du moins, pas à *ce* point…

— Voici Victor Cortez. Tout comme vous, il a étudié le droit à Harvard. Cornelius m'a fait comprendre que vous vous êtes déjà croisés.

— Oui, sur le campus. Une ou deux fois, dit-elle.

Elle fit de son mieux pour garder le contrôle laissant à peine ses regards couler en direction du mâle alpha campé en face d'elle. Beaucoup trop près à son goût !

— Victor.

Contrairement aux deux autres, il ne s'empressa pas de lui serrer la main, se contentant de l'étudier de la tête aux pieds. Enfin, il saisit ses doigts et les porta à ses lèvres sensuelles.

— Bonjour, Maeve.

Hum.

Sa voix, grave et profonde comme l'océan, teintée d'une pointe d'accent caribéen, la fit frémir. Sa peau était douce et sa poigne, ferme. Malgré son mètre quatre-vingts accentué par ses talons, elle dut lever les yeux pour croiser son regard brun si charmant. Elle fut immédiatement enveloppée par son parfum subtil et masculin. Un parfum dangereux qui réveillait tous ses fantasmes. Elle allait devoir rester très prudente, si elle ne voulait pas succomber à son magnétisme animal…

D'un seul coup, toute la douleur et l'humiliation qu'elle avait ressenties quand son ancien amour de lycée l'avait laissée tomber lui revinrent et elle se souvint qu'elle n'était plus faite pour ce genre de choses.

— Ça fait longtemps, dit-il.

— Oui, en effet.

— Pas loin de cinq ans ?

— À peu près.

— Ces années ne t'ont pas marquée du tout. En fait, tu as réalisé l'impossible : tu es encore plus belle qu'à Harvard, et tu étais déjà la plus jolie de notre promotion…

Joel gloussa.

— Attention, Maeve. Ce type est un don Juan de catégorie olympique.

— Il faut croire que certaines choses ne changent jamais, dit-elle avec une légèreté exagérée.

Au fond d'elle, une flopée de papillons s'agitait dans son estomac et un volcan venait de s'allumer entre ses cuisses.

— La flatterie ne t'aidera pas à gagner ce procès, Victor, reprit-elle en s'asseyant avec autorité malgré ses jambes en coton. À présent, messieurs…

Les trois hommes l'imitèrent, et elle fut soulagée d'être séparée de Victor par la largeur de la table. Hélas, son regard brûlant ne la quittait pas, attisant les flammes de son désir. Elle fit de son mieux pour se concentrer sur son travail et tira une tablette de son sac Hermès pour la poser devant elle.

— Nous savons tous pourquoi nous sommes là, commença-t-elle. J'aimerais entendre les arguments énoncés par vos clients pour étayer ce procès sans fondement.

Victor se redressa et se cala au fond de son siège. Il paraissait à la fois amusé et extrêmement confiant.

— Comme tu le sais déjà grâce au courrier recommandé que tu as reçu, déclara-t-il sans même se référer à ses notes, je représente les intérêts de Lillian Agnes Martin Duberry, au nom d'Hubert III, d'Agnes et d'Adele, ses héritiers. Ils accusent Eddington Enterprise d'avoir mal géré intentionnellement le portefeuille d'investissements conséquent de leur grand-mère. Certains des fonds concernés ont également disparu de plusieurs comptes. Les descendants de Mme Duberry exigent donc une restitution complète et immédiate. Étant donné l'histoire commune de vos deux familles et l'amitié qui unit les Eddington et les Duberry, mes clients sont disposés à abandonner toute poursuite si cette restitution a lieu sous trente jours.

— Une restitution s'élevant à…

Maeve tapota l'écran de sa tablette et vérifia le document.

— … approximativement dix millions de dollars, correct ?

— Neuf millions six cent trente-deux mille, pour être exact, rectifia Victor.

— Comment pouvez-vous mémoriser tout ça ? demanda Joel, clairement impressionné.

— Il a la grosse tête, lâcha Maeve sans réfléchir. Ça laisse de la place !

— Une grosse tête, pour un grand homme qui fait de grandes choses, répliqua-t-il du tac au tac. Tout le monde sait que plus c'est gros, mieux c'est…

Ce dernier commentaire fut énoncé avec innocence, mais Maeve sut que les autres avaient bien compris le sous-entendu. Elle avait l'habitude de voir les hommes recourir à ce genre de moyens peu subtils pour parvenir à leurs fins. Victor en avait déjà usé, autrefois, sans même s'en apercevoir. Afin de couper court aux pensées coquines qui l'envahissaient, elle attrapa la carafe d'eau citronnée et se servit un verre.

— Parfois, les plus petits plaisirs sont les meilleurs.

— Si c'est le cas, je ne m'en suis jamais rendu compte, répondit Victor en haussant les épaules.

— Pour en revenir aux faits, notre firme ignore tout d'un prétendu vol ou d'une disparition de fonds appartenant aux héritiers Duberry. Notre personnel est hautement qualifié et au-dessus de tout soupçon. L'équipe chargée des investissements de Mme Duberry m'a assuré que les chiffres donnés sont exacts. Elle rassemble en ce moment-même tous les registres financiers concernés, et je t'en enverrai une copie ainsi que ma réponse à cette plainte, avant la fin de la semaine. Une fois que tu auras pu étudier ces chiffres et que tu les auras transmis à tes clients, je suis convaincue qu'ils s'apercevront de leur erreur et que nous pourrons enfin tirer un trait sur ce regrettable malentendu.

— J'espère pour toi qu'il ne s'agit pas des mêmes relevés déjà transmis par votre service financier, et qui évaluent ses placements à seulement trois millions de dollars.

— Je suis certaine que tu possèdes un compte rendu mis à jour, quoi que tu prétendes. Ainsi, au nom d'Eddington

Enterprise, je tiens à répondre clairement : non, il ne s'agit pas de ces relevés.

— Tout comme je suis certain que lorsque *nos* chiffres seront vérifiés par *ton* équipe, nous obtiendrons enfin un état des lieux honnête de toutes les sommes en jeu, et non un simple ramassis de nombres sans queue ni tête.

Les autres hommes lâchèrent quelques murmures, mais Maeve ne les entendit pas. Victor et elle auraient tout aussi bien pu être seuls dans la salle.

Le match se préparait. Dans un coin du ring se trouvait Victor et sa confiance aveugle. Dans l'autre, Maeve qui ne comptait pas céder un pouce de terrain.

Pour eux deux, en ce qui concernait ce procès, la guerre venait de commencer.

- 2 -

Victor étendit ses jambes et croisa les chevilles tranquillement, tout en jouant avec la carte de visite de Maeve. Une fois revenu de son choc initial, il devait bien admettre qu'elle était toujours aussi belle et que son parfum avait encore le don de lui faire tourner la tête. Puisque le procès impliquait sa famille et leur firme pesant plusieurs milliards, il s'était attendu à la croiser dans les rues de la Pointe du Sable – d'autant plus qu'elle travaillait pour un cabinet de Chicago. Mais il n'avait pas pensé devoir lutter contre elle, directement. Cornelius lui avait donné le nom d'un autre avocat régulièrement employé par les Eddington en lui transmettant le dossier. L'apparition de Maeve dans la salle de réunion du très sélect country club de la ville l'avait stupéfait. Il avait tout de suite eu envie d'elle. Pas pour une liaison sérieuse, bien sûr. D'après son expérience, ce genre d'histoires finissait toujours mal. Mais, puisqu'il allait devoir passer quelques semaines dans la région, pourquoi ne pas essayer de se détendre en bonne compagnie ?

Dois-je l'appeler ?

Il jeta la carte sur la table et alla se camper devant la fenêtre, songeur. Il était un habitué du Four Seasons et tenait toujours à obtenir le meilleur service possible. Laissant son regard vagabonder au-delà de la baie vitrée qui occupait un angle de sa suite, il tenta d'apprécier la vue panoramique sur le lac et les immeubles mais ne réussit pas. Il se retrouva transporté à Harvard, avec Cornelius, alors qu'il lui demandait le nom de la déesse toute en jambes qui venait d'entrer dans la pièce.

— *Qui est*—ce ?

Pour la première fois depuis qu'il avait accepté de participer à la fête d'anniversaire de son ami, Victor fut intrigué par une des invitées.

— *Qui ? s'enquit Cornelius par-dessus les basses qui résonnaient dans les enceintes.*

Victor indiqua la porte d'un signe de tête.

— *Oh. Elle. C'est Maeve Eddington et, franchement, elle n'est pas pour toi.*

Cette remarque piqua sa curiosité. Il la détailla, depuis sa queue-de-cheval haute jusqu'à son jean moulant, son pull qui dévoilait ses épaules et ses cuissardes à talons.

Son sexe se dressa immédiatement dans son pantalon, pressé de la rencontrer – et Victor était de son avis. Cette femme n'était pas seulement belle, elle semblait appartenir à un autre monde…

— *Son frère Desmond était très connu à Columbia : un petit génie des affaires. Maintenant, il travaille avec son père Derrick au sein d'Eddington Enterprise, l'une des compagnies financières les plus cotées du monde. Tous deux font partie de la Société de Ma'at. Ils sont puissants, influents. Donc, interdiction de toucher à Maeve ou à sa sœur Reign, qui est au moins aussi jolie qu'elle.*

Victor n'écouta pas cette mise en garde. Ses pieds se dirigèrent d'eux-mêmes vers Maeve.

— *Salut, belle inconnue, dit*-il en arrivant à sa hauteur.

Elle leva ses yeux hypnotiques piquetés d'or sur lui et l'examina rapidement de la tête aux pieds.

— *Salut.*

— *Je m'appelle Victor, reprit*-il en lui tendant la main, qu'elle serra. Victor Cortez.

— *Oh !* ce *Victor-là.*

— *Hum… Qu'est*-ce que ça veut dire ?

— *J'ai entendu parler de toi. Tu étais fiancé à Felicity Noble, tu l'as trompée et tu lui as brisé le cœur.*

Il n'était pas étonné qu'elle ait eu vent de cette histoire. Son ex avait répété à la Terre entière sa version édulcorée de ce qui s'était passé entre eux. Une fable qui n'avait pas grand-chose à voir avec la réalité. Néanmoins, Victor ne protesta pas. Sa famille et ses amis proches connaissaient la vérité ; c'était tout ce qui comptait. Il n'avait aucune intention de convaincre tout le campus qu'il était un type bien. Si certains le prenaient pour un loser, *tant pis. Il était au-dessus de ça.*

— *Ne crois pas tout ce qu'on raconte, dit*-il simplement.

Maeve le regarda plus intensément encore.

— *Prétends-tu que tu n'es pas un dragueur et un menteur ?*

— *En effet, je l'affirme, bien que je sache apprécier du bon temps entre adultes consentants…*

— *Du bon temps ? Est*-ce comme ça qu'on dit, de nos jours ? Je croyais que le terme officiel était : infidélité.

— *Entre Felicity et moi, le seul terme qui convient est* affaire close, *répondit*-il. Puis-je t'offrir un verre ?

Elle plissa les yeux, redressa le menton et pinça ses lèvres voluptueuses.

— *Non merci, Victor Cortez.*

Puis, se fendant d'un sourire félin, elle se fondit dans la foule des invités. Victor ne put s'empêcher de la chercher des yeux pendant tout le reste de la soirée. Sans doute était-il excité par son indifférence. Il avait toujours aimé les défis. Hélas, tout en essayant de se convaincre qu'il n'y avait rien de plus, il sentit son cœur battre plus fort en l'apercevant. Jamais encore une telle chose ne lui était arrivée. Maeve Eddington était… différente.

Plus tard, il apprit qu'elle venait d'entrer en droit à Harvard, tandis qu'il allait achever sa dernière année. Tout en discutant avec Cornelius, il comprit autre chose. Son ami était tombé sous son charme. Il la portait aux nues. Il avait beau le nier, prétendre que Maeve était comme une sœur pour lui, que leurs familles se connaissaient depuis toujours, Victor n'en croyait pas un mot. Il ne dit rien, cependant. Si Cornelius était trop sot pour tenter une approche, quelqu'un d'autre finirait par prendre la place.

Aucune importance. Il vit très peu Maeve après la fête, ne la croisant que dans les couloirs ou sur le campus. Après son diplôme, il était rentré chez lui et avait vécu entre sa ville natale de Puerto Limón et la capitale du Costa Rica, San José. Aux côtés de son père, il avait travaillé au sein du gouvernement. Les journées avaient été longues, les nuits courtes et les femmes… nombreuses. Très vite, il avait cessé de penser à Maeve Eddington – mais il ne l'avait pas oubliée.

Il attrapa son téléphone portable et récupéra la carte de visite. Son cœur s'emballa lorsqu'il composa le numéro, et il guetta impatiemment les sonneries.

Elle devait être occupée, ou bien elle filtrait ses appels.

Convaincu qu'elle allait le laisser tomber sur sa messagerie, il commençait déjà à chercher ses mots quand…

— Allô ?

Sa voix était grave et un peu rauque, lui rappelant les desserts sucrés qu'il aimait savourer dans la brise estivale.

— Bonsoir, Maeve. C'est Victor.

— Bonsoir. Qu'y a-t-il ?

— Rien d'officiel ou de sérieux. Je me disais juste

qu'on n'avait pas eu l'occasion de causer, tout à l'heure, et j'aimerais t'inviter à dîner pour discuter tranquillement.

Il y eut un long silence et l'impensable arriva. Victor sentit la nervosité monter – une émotion qu'il n'avait plus éprouvée depuis qu'il avait tenté d'aborder sa belle voisine Bonita, un soir de Halloween, en CM1.

— Merci, mais je dois décliner, Victor, dit-elle enfin. Les liens amicaux entre ma famille et les Duberry rendent déjà cette affaire trop compliquée, et je ne pense pas qu'il serait sage de nous voir, étant donné que nous sommes adversaires.

— Tu sais qu'on peut garder une limite claire entre travail et plaisir, n'est-ce pas ?

— Dîner avec l'avocat qui attaque ma firme n'est pas mon idée d'une soirée *plaisante*.

— Nous pourrions parler de mille autres choses.

— Comme… ?

— Nos vies. Les actualités. Ce que tu as fait depuis la dernière fois que nous nous sommes vus.

— Ça tient en quelques mots : j'ai travaillé. Gérer le département juridique d'une entreprise est un job prenant.

— Pas de petit ami, de fiancé, de mari, d'enfants ?

— Non.

— Je vois. Tu es une de ces carriéristes qui tiennent les hommes à l'écart pour mieux se hisser au sommet.

— Je fais de mon mieux pour être la meilleure et écraser mes adversaires, quel que soit leur sexe.

— Ah… Une mangeuse d'hommes, murmura-t-il. J'aurais dû m'en douter.

— Écoute, j'adorerais bavarder, mais j'ai encore du travail, coupa-t-elle.

— Es-tu en train de rédiger une réponse à ma mise en demeure ? Tu pourrais gagner du temps et simplement demander à ta firme de signer le chèque, chérie.

— Je ne suis pas ta chérie, *bébé.*

Son mépris était évident à chaque syllabe.

— Pardonne-moi. Je ne pensais pas que tu étais ce genre de fille, répondit-il, amusé.

— Quel genre ?

— Celles qui pensent qu'elles doivent étouffer leur féminité pour trouver leur place parmi les mâles. Celles qui ne comprennent pas que ce monde leur appartient.

— Aurais-tu appelé « chéri » Patrick ou Joel ? Je ne pense pas !

— Non, maître Eddington. Eux, je les appelle « couillon », « bêta » ou « crétin ».

Elle gloussa, et il fut ravi de sentir l'ambiance se détendre.

— *Bêta ?* Je n'ai entendu personne employer ce mot depuis mon grand-père.

— Dans ce cas, ton grand-père est un type bien.

— C'est vrai. D'ailleurs, tu ne sais rien de moi, Victor.

Un court silence s'installa, plus confortable. Quand Victor reprit la parole, ce fut avec douceur :

— J'ai énormément de respect pour toi et ta famille, Maeve. J'ai lu beaucoup de choses sur Eddington Enterprise et je sais que c'est une compagnie pleine d'audace. Votre nouveau logiciel financier est innovant, votre cryptomonnaie E-Squared semble prendre le pas sur les autres et j'en ai même acheté. Je dois d'ailleurs avouer que je ne regrette pas mon investissement… Bref, tout ça pour dire que nous pourrions nous économiser beaucoup de travail et d'argent en mettant fin à ce procès. Je suis sûr que débloquer les fonds que nous exigeons serait une broutille pour vous.

— Comme je l'ai dit tout à l'heure, tu recevras bientôt un rapport détaillé pour étayer notre position. En attendant, bonne soirée, Victor.

— OK. Bonne soirée.

Il raccrocha et passa dans sa chambre pour sortir un

jogging de sa valise. Cette conversation lui avait rendu de l'énergie et, comme il ne voulait pas draguer une inconnue dans un bar, il songea qu'un petit footing au bord du lac lui permettrait de se défouler.

Hélas, huit kilomètres plus tard, il n'arrivait toujours pas à chasser Maeve de ses pensées. De retour à sa suite, il se glissa sous une douche brûlante, hanté par le souvenir de leur réunion – ses longs cheveux bouclés, ses yeux si expressifs, ses lèvres sensuelles et ses jambes interminables...

Étrange. Il ne s'était pas attendu à une telle réaction après avoir passé si peu de temps avec elle. Ça le gênait même un peu. Quoi qu'il en soit, une chose était certaine : il avait déjà hâte de la revoir.

- 3 -

— Bon sang, frangine, ce type est splendide !

Maeve jeta un coup d'œil à Reign, qui faisait défiler des photos de Victor dénichées en ligne, étalée sur son immense lit à baldaquin.

— Je t'avais dit qu'il était beau.

— Papa est beau. Michael B. Jordan est beau. Regé-Jean Page est beau. Mais lui… Waouh !

— Doucement. Tu vas finir par baver sur mon édredon.

— Je dis ça, je ne dis rien, répondit Reign en élargissant une des images. Est-il aussi grand qu'il en a l'air ?

— Un mètre quatre-vingt-quinze, deux mètres, j'imagine. Bref, un géant comparé à toi !

— Grand, sombre et sexy… Ton affaire de procès mise à part, je ne le laisserais pas s'échapper si j'étais toi.

— Merci, mais je ne suis pas intéressée.

Pas beaucoup, en tout cas. Maeve se leva et alla dans son immense dressing.

— De toute manière, il vit dans un autre pays, lança-t-elle par-dessus son épaule. Nous avions quelques amis communs à la fac, mais nous ne nous connaissions pas vraiment et on ne s'est pas vus depuis plus de cinq ans. Sans doute ne nous verrons-nous plus après le verdict.

Étrangement, cette pensée ne la tranquillisa pas.

— D'où vient-il ?

— Je crois qu'il est né quelque part dans les Caraïbes,

mais il a passé beaucoup de temps aux États-Unis pour obtenir son doctorat de droit.

— Avec toi à Harvard, c'est ça ?

— Oui, mais on ne se côtoyait pas.

— Crois-tu qu'il viendra à la fête, ce soir ?

— Je ne sais pas.

Elle l'espérait, pourtant, ce qui expliquait le nombre de robes de créateur étalées sur le sol du dressing. On avait organisé une soirée au country club pour l'anniversaire de Dalia, la sœur de Cornelius. Comme Victor était venu pour lui et était resté son ami depuis l'université, il était probable qu'il ait été invité. Qu'il vienne ou non n'avait aucune importance, se répéta-t-elle. Elle ne voulait *pas* le voir.

Hélas, c'était un mensonge. Une part d'elle mourait d'envie de croiser son chemin, au contraire…

— Et ça ? demanda-t-elle en revenant, une combinaison rouge sombre ceinturée et agrémentée d'un décolleté plongeant plaquée devant elle.

— C'est joli, mais…

Reign se leva et la rejoignit dans le dressing.

— Je pense que tu devrais choisir une tenue plus osée. S'il est là, il faut le clouer sur place et lui faire oublier toutes les autres femmes présentes.

— Qui, *il* ?Reign éclata de rire.

— Crois-tu que je ne te connais pas ? C'est la première fois que je te vois hésiter à ce point avant de t'habiller !

Elle fouilla parmi les robes de sa sœur et en tira une de la penderie.

— Essaye celle-ci.

Maeve contempla le vêtement. Elle l'avait acheté à l'étranger, pour relever un défi lancé par une amie. C'était une confection spectaculaire noire et moulante, ornée d'une pluie de cristaux de l'épaule à l'ourlet. Le dos était plongeant, et une fente exposait presque toute sa jambe droite quand elle marchait. Le corsage, fait de dentelle et de tulle, était pensé pour épouser chaque courbe comme une seconde peau – mais sans vulgarité.

— Tu ne crois pas que ça fait un peu trop ?

— Peut-on être *trop* habillé, dans ce club ?

— Tu as raison.

— C'est décidé, alors. Tu porteras cette robe.

Reign s'approcha ensuite du mur recouvert de casiers à chaussures.

— Et ces talons. Par contre, joue la sobriété sur les bijoux : la robe se suffit à elle-même. Tu me diras si ça t'a permis de décrocher le gros lot, demain, acheva-t-elle en quittant la pièce.

— Où vas-tu ?

— Me préparer aussi. Tu ne pensais tout de même pas être la seule princesse, à ce bal ?

Un peu plus tard, Reign réapparut dans la maison que sa sœur avait fait bâtir un an plus tôt à quelques centaines de mètres du manoir de leurs parents, vêtue d'une minirobe argentée qui mettait en valeur sa silhouette en sablier. Elle aida Maeve à parachever son look en lui faisant un chignon haut, laissant quelques mèches flotter autour de son visage. En ce qui concernait le maquillage, elle opta pour une simple association de fond de teint, de blush, de mascara et de gloss. Enfin, elle s'écarta pour admirer son œuvre.

— Tu es resplendissante, Maeve.

— Merci. Tu as toujours eu un meilleur sens de la mode que moi, répondit-elle.

— Il me fallait bien un atout pour me mesurer à ton intelligence !

— Arrête. Tu es capable de tout faire.

— Tant que ça correspond à la réussite vue par le prisme Eddington. Mais pour le reste…

Maeve ne répondit pas. Depuis plus d'un an, Reign luttait avec leurs parents pour abandonner sa carrière dans les affaires et passer son temps à voyager comme influenceuse grâce à un blog vidéo – financé bien sûr par cette « réussite familiale » qu'elle semblait tant mépriser.

— Veux-tu qu'on y aille ensemble ?

Sa sœur secoua la tête.

— Paul a promis de passer me prendre.

— D'accord. Dans ce cas, on se voit là-bas.

— Bien sûr. À moins que ton bel avocat ne t'enlève avant mon arrivée…

— Aucune chance. À tout à l'heure.

La salle de bal du club avait été transformée en joyau automnal. Des feuilles de soie piquetées de cristaux dansaient dans les airs, retenues par des fils presque invisibles, créant une oasis colorée. Le plafond avait été tendu de mousseline dorée, rappelant la feuille d'or que l'on avait appliquée sur les statues de glace grandeur nature représentant les célébrités préférées de Dalia. On avait opté pour de la musique forte et actuelle. Le buffet était délicieux et la boisson coulait à flots. Maeve se fraya aisément un chemin parmi les invités, discutant avec tous les habitués qu'elle connaissait depuis son enfance.

— Puis-je t'inviter à danser ?

Elle avait presque oublié Victor, quand sa voix coula à son oreille comme de la lave brûlante. Elle serra les dents et se retourna tandis que les musiciens se lançaient dans un morceau de R&B chargé en basses sensuelles.

— Penses-tu pouvoir y survivre ? demanda-t-elle, pour masquer sa propre nervosité.

— Je prends le risque.

Il saisit sa main et referma ses longs doigts sur son poignet, puis l'entraîna sur la piste remplie de monde.

L'attirant contre lui avec fermeté, il glissa un bras musclé et bronzé autour de sa taille, et elle ne put réprimer un frisson. Penché sur elle, il murmura encore de cette voix si feutrée :

— J'espérais bien te voir, ce soir.

— Vraiment ? Pourquoi ?

— Tu es mon adversaire préférée.

Sa réponse inattendue la choqua. La plupart des hommes qu'elle avait fréquentés étaient intimidés par sa culture et son éloquence. Mais celui-ci semblait considérer cela comme des qualités… Il la déstabilisait, et elle n'aimait pas ça !

— Penses-tu que notre réunion polie était une bataille ?

— Non, mais j'ai vu le feu qui t'habite et je suis convaincu que tu pourrais défendre ta position, répondit-il. Ça ne m'arrive pas souvent, tu sais, et j'apprécie ce nouveau défi.

La chanson entama un crescendo. Victor serra Maeve de plus près. Il sentait si bon. Il était beau. Et elle se laissa emporter. Tout en lui la rendait folle. Elle s'agrippa aux larges épaules de son cavalier – et à sa raison, bien que ce fût plus difficile. Elle ne pensait qu'au temps qui s'était écoulé depuis sa dernière relation. Victor aurait été plus que capable d'assouvir ses fantasmes érotiques… Mais le morceau s'acheva et il la lâcha. Elle se sentit immédiatement abandonnée. Tout son corps affamé frissonnait de désir. Elle cacha de son mieux ce tumulte intérieur sous un sourire nonchalant.

— Tu as un sacré sens du rythme, plaisanta-t-elle.

— Crois-moi, chérie, tu n'as encore rien vu !

Ils se quittèrent, et Maeve passa le reste de la soirée à l'éviter. Hélas, sa chair agissait comme un signal GPS. Elle sentait sa présence lorsqu'il s'approchait un peu trop, ainsi que le poids de son regard sur elle. À un moment, elle dénicha une table isolée, partiellement cachée par un paravent et de hautes plantes en pot. Depuis cette cachette, elle épia Victor. Il parvenait sans peine à dominer l'espace, et toutes les femmes à qui il parlait se pâmaient devant lui. Elle ne put s'empêcher de lever les yeux au ciel. Même si elle avait eu un faible pour les play-boys (ce qui n'était *pas* le cas), elle n'aurait jamais jeté son dévolu sur un homme qui attirait une telle concurrence. Évincer la compétition, avec lui, serait devenu un travail à plein temps. Mieux valait rester concentrée sur son boulot et les audiences qui approchaient. Il était hors de question qu'elle prenne le risque de perdre une affaire si rondement menée à cause de Victor – ou qu'elle mette son cœur en danger pour lui.

- 4 -

Victor était assis à la table de sa suite luxueuse, plongé dans la montagne de documents qu'il avait rassemblés dans le cadre du dossier Duberry. Parmi eux se trouvait la réponse initiale et belliqueuse de Maeve à sa lettre. D'après les chiffres qu'on lui avait fournis, il était clair que le compte n'y était pas. Les registres semblaient détaillés. Hubert Duberry et ses sœurs paraissaient au-dessus de tout soupçon. Mais, dès qu'il avait hérité de l'affaire et rencontré ses clients, il avait senti que quelque chose clochait. Il n'arrivait néanmoins pas à mettre le doigt sur le détail qui le troublait tant, ni à trouver de faille dans l'argumentaire de Maeve.

Une part de son succès en tant qu'avocat provenait pourtant du fait qu'il n'ignorait jamais ces « pressentiments ».

À la première lecture, le dossier lui avait semblé légitime. On lui avait fourni des relevés de comptes, des déclarations fiscales, des décennies de calculs sous formes de tableaux colorés. À sa demande, il avait également obtenu les conclusions d'un expert-comptable au sujet du litige. Néanmoins, une ligne rouge se dessinait, scindant la pile de documents en deux – et cette ligne s'appelait « balance de résultat ». Le pognon. L'argent. Comment près de dix millions de dollars avaient-ils pu disparaître au milieu de toutes ces additions ?

Quels registres étaient corrects ? Ceux d'Eddington Enterprise, ou bien ceux des gérants du patrimoine Duberry ?

Et si ses clients avaient bien raison, que s'était-il passé ? L'argent avait-il été volé ? Perdu ? Dépensé ? Avait-on oublié cette somme sur un autre compte qui n'apparaissait pas dans son dossier ? Maeve et lui voulaient tous les deux répondre à ces questions ; et le plus tôt serait le mieux.

Il abandonna sa chaise et s'approcha de la baie vitrée avec vue sur le lac Michigan. Les natifs des îles comme lui étaient toujours attirés par l'eau. C'était dans leur sang. Le simple fait de laisser ses regards se perdre sur l'immensité bleue du lac l'apaisa et lui permit de réfléchir plus posément. Il songea à ses dernières rencontres avec Maeve, les analysant d'un œil critique et détaché. Il y avait bel et bien un certain magnétisme entre eux. Cette attirance avait toujours été là, tissant sa toile lors de leurs rares interactions, mais il n'avait jamais envisagé qu'il puisse se passer quoi que ce soit entre eux. Maeve était entourée d'une aura unique, qui la distinguait du reste du monde. Leurs familles étaient aussi riches l'une que l'autre ; néanmoins, il avait eu l'impression dès le départ que cette femme était trop bien pour lui. Il ne se sentait son égal que dans une salle d'audience, car il savait bien qu'il était en chemin pour devenir l'un des meilleurs avocats de sa génération. Et, si on voulait atteindre la première place du podium, il fallait se montrer implacable…

Son portable se mit soudain à vibrer. Il espéra presque que ce soit Maeve et fut inexplicablement déçu en voyant le nom de Cornelius s'afficher sur l'écran. Il enclencha le haut-parleur et répondit, tout en se servant un verre d'eau.

— Salut ! Quoi de neuf ?

— C'est plutôt à moi de te poser la question, répliqua son ami. On n'a pas eu l'occasion de parler, à la fête de Dalia. Comment s'est passée la première réunion ?

— C'était… intéressant. Maeve Eddington représente la firme familiale.

— Vraiment ? Je suis surpris.

— Moi aussi. Je pensais qu'elle travaillait à Chicago.

— C'était vrai, il y a quelques années. Elle y a fait ses armes, en gravissant tranquillement les échelons. Elle aurait pu devenir partenaire dans son cabinet si elle était restée. Ne la sous-estime pas, Victor : elle est très douée.

— Promis. Elle a déjà refusé ma demande de remboursement, mais je m'y attendais.

— Je me doutais aussi que cette affaire irait devant un tribunal. C'est bien dommage… Lillian était l'une des premières clientes de Derrick et il s'est appuyé sur son nom pour obtenir une certaine légitimité. Grâce à elle, il a pu gérer des dizaines de placements venant de personnes fortunées. Les Eddington auraient dû accepter un accord à l'amiable et restituer les fonds, ne serait-ce que par respect pour elle. Sa mémoire mérite d'être honorée !

— Même s'il s'avérait que les fonds ont bien été retirés par leurs clients, comme l'indiquent leurs livres de comptes ?

— Je n'y crois pas. Néanmoins, pour éviter de traîner le nom de Lillian dans la boue, oui. Ils auraient dû céder.

Un frisson désagréable traversa soudain Victor.

— Es-tu déjà sorti avec Maeve ?

— Pourquoi cette question ?

— J'aimerais le savoir.

— Si j'ai refusé de défendre les Duberry, ça n'a rien à voir avec Maeve ou sa famille. Ce n'est pas personnel. Comme je te l'ai dit quand je t'ai transmis le dossier, nous nous connaissons trop bien et mes parents étaient très proches des Duberry. C'est un conflit d'intérêts majeur.

Cela faisait déjà deux fois que Cornelius évitait de répondre à la question de Victor. Il se promit de mémoriser ce détail…

— Tu sais, reprit son ami, je pense que c'est *un peu* personnel malgré tout. Le père de tes clients, Hubert Jr, était comme un grand frère pour moi. Je me suis juré de leur trouver le meilleur avocat possible et, moi mis à part, tu étais le candidat idéal.

Un grand frère ? Victor apprécia cette confidence, une évidente marque de confiance.

— Hubert a longtemps lutté dans l'ombre du succès de son père et sous le poids du legs de son grand-père, reprit Cornelius en s'éclaircissant la voix. À présent, Hubert III a endossé ce lourd héritage. Les jumelles, Agnes et Adele, font de leur mieux pour surpasser l'éclat de leur grand-mère en société, et ce n'est pas une mince affaire. Agnes a choisi la voie de l'enseignement et fera sans doute un beau mariage. Adele est plus rebelle et tente de se frayer un chemin loin de l'élite. Mais toutes les deux adoraient Lillian et je suis certain qu'elles tiennent à préserver ce que leur famille a bâti.

Victor se tut, absorbant ces révélations et l'émotion qui perçait dans la voix de Cornelius. Enfin, après un long silence, son ami reprit :

— Maeve et moi nous sommes fréquentés, mais nous ne sommes jamais sortis ensemble.

Tu le voulais, songea le jeune homme.

— Tu es déjà un avocat respecté et connu, Victor. Tu n'as pas besoin de mon aide. Mais sache qu'un procès remporté au nom des Duberry, dans un endroit aussi huppé que la Pointe du Sable, pourrait t'ouvrir de nombreuses portes.

— Tu as raison, mon vieux. Je n'ai pas besoin d'aide…

Ils raccrochèrent, et Victor jeta un coup d'œil à sa montre. Le temps passait vite, ces jours-ci, mais connaissant peu de monde dans la région – et sachant pertinemment *qui* il avait vraiment envie de voir – il avait du mal à occuper ses heures de loisir. Malgré lui, il se surprit à composer le numéro de Maeve. Dès qu'il l'entendit décrocher, son humeur s'améliora.

— À quelle heure dîne-t-on ? demanda-t-il, mutin.

— Il te suffit de commander un plat ou de réserver une table dans un restaurant.

— Tu es vraiment une femme unique…

— Que veux-tu, Victor ?

— Passer un moment avec toi, en souvenir du bon vieux temps.

— Quel bon vieux temps ? On n'a jamais été amis.

— Dans ce cas, il faut y remédier. As-tu quelque chose de prévu, ce soir ?

— Oui, si tu veux tout savoir.

— Ça ne m'étonne pas. Et demain ?

— Ma famille organise un brunch chaque semaine.

— Y aurait-il de la place pour un invité ?

— Ne t'ai-je pas déjà dit qu'il ne serait pas sage de nous voir ? Nous sommes adversaires.

— Mais nous avons étudié à Harvard ensemble.

— Je ne te connaissais pas.

— Oh ! si !

— J'avais *entendu parler* de toi, ce n'est pas pareil.

— Essayes-tu de me dire que je ne suis pas le bienvenu à ce brunch ? Là d'où je viens, même les inconnus sont accueillis à la table familiale, le dimanche, surtout quand ils sont seuls au milieu d'une grande ville comme Chicago.

— Dans ce cas, appelle l'une de tes nombreuses conquêtes potentielles de la fac et vois si elle désire de la compagnie.

— Quelle froideur !

— C'est Chicago : il y a du vent et il fait froid.

Elle soupira, et il sentit presque un courant d'air glacé traverser le téléphone.

— Cornelius est en ville, non ? Pourquoi ne pas passer du temps avec sa famille ? Contrairement à nous, vous êtes de bons amis.

— Je ne veux pas l'appeler, répliqua Victor en accentuant

son accent ensoleillé. Ma pauvre âme usée a soif de ta chaude compassion et faim d'un bon repas…

— Est-ce ta manière de t'attirer mes faveurs ?

Elle faisait de son mieux pour paraître irritée, mais il entendit une pointe de sourire dans sa voix.

— Non, c'est une demande sincère.

Un long silence s'installa, puis…

— Il y aura de nombreux invités, en plus de toi. Parle avec eux et ne compte pas sur moi pour jouer les nounous.

— Merci, c'est très gentil, déclara-t-il, s'attirant un reniflement fort peu féminin. À quelle heure dois-je venir ?

— Le premier service commence à 11 heures. Je t'envoie l'adresse par texto.

— J'ai hâte de te voir.

Elle ne répondit pas et raccrocha. Elle faisait de son mieux pour paraître inaccessible, mais il sentait qu'il avait réussi à fissurer son armure. Il en était même certain.

Rejouant mentalement toute leur conversation, il se mit à rire. Maeve Eddington était une dure à cuire, mais ça ne l'inquiétait pas. Au contraire, il aimait ça.

- 5 -

La sécurité du Domaine était si bien organisée que la plupart des portes d'entrée des maisons familiales restaient ouvertes en permanence. Ce fut le cas du manoir des parents de Maeve, ce dimanche-là, lorsqu'elle s'y rendit à pied pour profiter du bon air. À son arrivée, elle salua Chauncey, le majordome et intendant, qui époussetait méticuleusement un cadre.

— Maman est-elle dans le jardin ?

— Bien sûr, répondit-il en interrompant son travail un instant. Vous êtes particulièrement ravissante, ce matin.

— Merci, Chauncey.

— Un nouveau prétendant doit-il nous rejoindre, tout à l'heure ?

Maeve faillit trébucher et se figea.

— Pourquoi dites-vous ça ?

— Pour rien. Vous savez, je suis juste un vieil homme attendri qui n'a plus son énergie d'autrefois et attend de voir quel homme chanceux saura gagner votre cœur.

— Votre femme sait-elle que vous avez *perdu votre énergie d'autrefois* ? plaisanta Maeve.

— Bien sûr ! C'est même elle qui m'en a informé.

— Vous ne vous en doutiez pas, hein ?

— Je l'ignorais complètement !

Ils éclatèrent de rire. Après avoir souhaité une bonne journée à cet homme qu'elle considérait presque comme un membre de sa famille, Maeve traversa la maison remplie d'œuvres d'art et descendit les marches qui menaient au solarium, le jardin d'hiver de Mona. Celle-ci était bien là, en pleine conversation avec Bernice, l'épouse de Chauncey, et John, le chef privé de la famille. Bernice fut la première à la saluer.

— Seigneur ! Est-on élégante, ce matin ?

— Élégante ? Je n'ai rien fait de spécial…

Elle se pencha ensuite pour embrasser sa mère sur la joue.

— Bonjour, maman.

— Bonjour. J'avoue que je suis d'accord avec Bernice : tu as clairement fait un effort de toilette. Cette robe est neuve ?

— Ce vieux chiffon ? lâcha Maeve, qui venait de retirer les étiquettes du vêtement. Je l'ai depuis toujours…

Au moins vingt-quatre heures, en tout cas. Mona haussa les épaules. *Maman sait tout*, semblait-elle vouloir dire. Elle reprit néanmoins sa discussion avec John.

— Je pense que vous avez eu une bonne idée en agrandissant la table des desserts. En plus des pâtisseries ordinaires, saluons l'automne en ajoutant (elle jeta un coup d'œil au menu qu'il lui avait donné) vos fameux cupcakes épicés à la citrouille, ce délicieux crumble aux trois baies et ces cheese-cakes caramel-pécan.

Le chef acquiesça et s'éloigna, laissant Maeve stupéfaite.

— As-tu prévu un tapis de course près de chaque table pour nous aider à digérer tout ça ?

Sa mère gloussa.

— Non, mais la salle de sport est ouverte et chauffée. Le golf nous attend aussi juste au bout de l'allée, tu sais.

— Qui est invité, aujourd'hui ?

— Tami, la mère de Cayden, vu qu'elle fait presque partie de la famille…

Maeve hocha la tête. Cayden était l'ami d'enfance de

son frère Jake et avait été adopté par le clan. Ses talents étaient précieux, au sein d'Eddington Enterprise.

— Il y aura aussi Bob Masters. Il a encore du mal à se remettre du décès de sa femme et j'ai pensé qu'il pourrait avoir besoin de voir du monde.

— Tiens-tu tant à exercer tes talents d'entremetteuse ?

— *Moi ?* s'écria Mona d'un air théâtral. Jamais !

Maeve ne répondit pas et écouta le reste des noms.

— Enfin, il y aura Cornelius.

— Cornelius Bond ?

— Oui. Est-ce que ça te pose un problème ?

Non, ça n'aurait pas dû. Bien sûr, il était le représentant légal des Duberry et sa mère le savait, mais il ne s'occupait pas de la plainte déposée contre la firme familiale. L'homme qu'*elle* avait invité, par contre…

— Aucun problème, affirma-t-elle. Je suis surprise, c'est tout. On ne l'a pas invité depuis un bon moment.

— Desmond l'a récemment croisé au club et il l'a convié.

— As-tu terminé le plan de table ? demanda Maeve en saisissant la liste posée sur la table d'un air innocent.

— J'étais sur le point de le finir. Pourquoi ?

— J'ai un nom à ajouter. Victor Cortez. Il est… Nous… Nous travaillons sur une affaire.

Si cette idée lui avait paru mauvaise sur le moment, ce fut soudain cent fois pire. Elle s'était laissé convaincre d'inviter l'homme qui poursuivait sa famille en justice ! Quelle mouche l'avait piquée ?

— Est-ce pour lui que tu t'es mise sur ton trente et un ?

— Maman, je ne fais que suivre tes conseils : impressionner tout le monde, aussi souvent que possible.

— Dans ce cas, c'est réussi.

Sa mère ajouta le nom de Victor à la liste, de sa belle écriture calligraphiée.

— Je n'aurai qu'à installer Tami et Bob à notre table, pour que ton ami et toi puissiez causer ensemble…

— Inutile. Nous nous connaissons depuis la fac et nous aurons le temps de nous revoir avant son départ de Chicago.

Probablement à la barre…

— Si je l'ai convié, c'est pour qu'il rencontre l'élite de la Pointe du Sable. D'ailleurs, il connaît Cornelius. Nous pourrions les installer côte à côte.

— Hum. D'accord.

Maeve put presque voir les engrenages tourner dans la tête de sa mère et fut soulagée lorsque les employés du manoir arrivèrent pour mettre la table. Mona les regarda faire un moment, puis annonça :

— Je vais me rafraîchir et m'assurer que Derrick n'a besoin de rien.

— Parfait. Je vais voir Reign.

En chemin vers l'aile que sa sœur occupait seule depuis que Maeve avait déménagé dans sa propre maison, elle envoya un texto groupé à ses frères. Ils devaient savoir que l'avocat de la partie adverse serait bientôt dans les murs.

Juste pour info : Victor Cortez vient au brunch.

La réponse de Jake ne se fit pas attendre.

Quoi ???

Quelques secondes plus tard, Desmond intervint à son tour :

On cherche à coucher avec l'ennemi ? Même pas en rêve !

Maeve fut surprise par cette attaque – hélas bien placée. L'idée de passer une nuit torride dans les bras de Victor Cortez lui était déjà venue plus d'une fois…

Tu rigoles ? C'est stratégique, pas sexuel.

Un mensonge auquel elle comptait bien s'accrocher.

Tu veux gagner un procès ou un avocat ? 😉

Jake s'était toujours pris pour un rigolo. Hélas, elle n'eut pas le temps de répondre : Desmond revint à la charge.

Bonne question, frangin !

Maeve se contenta d'envoyer un émoji doigt d'honneur et frappa à la porte de l'appartement de Reign.

— Salut, sœurette ! Quoi de neuf ?

— Rien de bon…

Elle soupira et lui annonça la nouvelle.

Une heure plus tard, presque toutes les tables du solarium étaient occupées. Un pianiste était installé à l'écart, jouant des standards de jazz. Le murmure des conversations s'élevait au milieu du cliquetis des couverts et des verres en cristal. Maeve était assise à la table d'honneur, réservée aux invités de marque. Elle fit de son mieux pour se concentrer sur ce que lui disait Avery, la femme de Cayden, qui venait de reprendre son activité d'organisation d'événements mondains après son congé maternité. Elle avait tout juste été admise à la chambre du commerce de Chicago.

— Cayden veut que je cède mon cabinet à mon gérant pour m'occuper du bébé à « plein temps »…

— Et qu'as-tu répondu ?

— Qu'être mère, c'est déjà du plein temps. Qu'on soit au boulot ou à la maison, on n'oublie jamais notre rôle de parent, n'est-ce pas ?

Maeve acquiesça, trop intriguée par Trinity Taylon, la splendide fille d'un ami d'école de son père. Elle venait de rentrer d'un stage en Europe et riait à présent dans un festival de cheveux bouclés, une main posée sur le bras de Victor.

— Mais aider les gens à organiser des fêtes d'anniversaire et des mariages n'est pas qu'un travail pour moi. C'est ma passion. Tu vois ce que je veux dire ?

— Euh… Oui, bien sûr.

Elle se détourna à regret de Victor, qui attirait tous les regards à sa table, et se concentra sur Avery. Elle admirait cette femme et aimait passer du temps avec elle.

— Tu es très douée pour ça, dit-elle sincèrement. Sans doute est-ce cette passion pour ton métier qui fait de toi une si bonne mère.

— Je l'espère, en tout cas. Penses-tu pouvoir faire comprendre ça à mon mari, tout à l'heure ?

— Je ferai de mon mieux, répondit Maeve en souriant.

Les tables furent desservies, et les invités se levèrent pour discuter en attendant le dessert. À l'exception d'un salut formel, Maeve n'avait pas adressé la parole à Victor. Hélas, il se distinguait de la foule comme si un spot le suivait partout où il allait. Soigneusement rasé, il portait aujourd'hui un col roulé crème, un pantalon noir et des mocassins. Cette tenue décontractée lui allait encore mieux que ses costumes habituels. Maeve allait-elle devoir passer l'après-midi à esquiver ses avances ? Non. Il ne l'approcha pas. En fait, il paraissait déjà bien assez occupé avec toutes les femmes qui gravitaient autour de lui. Elle n'était pas certaine d'apprécier ça… Au lieu de voir Victor lui courir après, c'était elle qui endossait le rôle du chasseur à l'affût. Pas une seule seconde ne s'était écoulée sans qu'elle ait conscience de sa présence. À croire qu'une aura électrique l'entourait, attirant comme un aimant toute personne à sa portée.

Le brunch se passa exactement comme elle l'avait prévu. Victor la laissa en paix et, suivant ses instructions, sympathisa avec les autres invités. Néanmoins, elle dut résister à l'envie de grimacer quand l'un des dictons favoris de sa grand-mère lui vint à l'esprit.

Fais attention à ce que tu désires : ton souhait pourrait bien s'exaucer.

- 6 -

Pendant tout le brunch, Victor fut sensible à la présence de Maeve. Il surveillait ses gestes, guettait les personnes avec qui elle parlait. Il avait toujours été sociable et n'eut aucun mal à discuter avec ses voisins de table, y compris Cornelius et sa compagne qui étaient arrivés très tôt. Durant chaque seconde de ces deux heures de repas, il dut faire appel à son don pour la retenue, à toute sa discipline de fer, pour ne pas rejoindre Maeve. Elle était – en un mot – *délicieuse*. La robe en jersey qu'elle portait lui allait comme un gant. Son bustier très décolleté mettait en valeur un cou immense qu'il s'imaginait déjà embrasser et la riche nuance brune de son teint velouté. Elle lui rappelait un peu les caramels qu'il adorait déguster pendant son enfance : des bouchées de sucre moelleuses et savoureuses qu'il déballait avec impatience avant de les laisser lentement fondre sur sa langue. Si elle lui en laissait la chance, il aurait été ravi de la dévorer de la même manière… *« Si », ou « quand » ?*

— Je suis étonné de vous voir ici.

Un peu agacé d'être si brutalement tiré de ses fantasmes, Victor se retourna vers l'intrus. *Ah, le frère de Maeve.*

— Desmond, c'est ça ?

— Tout à fait.

— J'ai récemment lu un éloge de vos récents succès en ligne. Vous accomplissez de grandes choses !

— En parlant de grandes choses, mon frère et moi

nous interrogeons depuis tout à l'heure… Où avez-vous caché votre grue ?

— Ma grue ? répéta Victor sans comprendre.

— Oui. Un type qui s'invite ainsi chez la personne à qui il intente un procès doit avoir de sacrées couilles. Je m'étonne que vous n'ayez pas besoin d'un engin pour les porter.

Victor ne put s'empêcher de sourire. Ce type lui plaisait.

— J'ai peut-être plus de courage que d'autres, admit-il, mais pas de grue.

Desmond croisa les bras avec autorité, d'un air de défi.

— Alors, quel est votre plan ?

Victor resta parfaitement détendu.

— Concernant le procès ? Je n'ai pas de plan et n'en fais pas une affaire personnelle. Seule la vérité m'intéresse.

— Je parlais de ma sœur.

— Qui parle de moi ?

Au son de la voix de Maeve, le cœur de Victor bondit. Il fut enveloppé par son parfum délicat, celui qu'elle avait porté le soir où elle avait dansé avec lui.

— J'étais sur le point d'informer ce jeune homme que tu es la meilleure avocate de ce pays et qu'en ce qui concernait ses désirs personnels, tu restes intouchable.

— Merci, grand frère, mais je pense pouvoir me défendre seule sur ces deux tableaux.

— Vraiment ? lança Victor avec un nouveau sourire.

— Sans aucune difficulté.

Elle le dévisagea froidement, ce qui l'amusa plus encore.

— Dans ce cas, je suis prévenu.

Puis, jetant un coup d'œil par-dessus son épaule, il vit approcher Cornelius qui leur présenta sa compagne, Peyton Hall. *Sauvé par le gong…*

Tout en répondant aux questions empressées de la jeune femme au sujet du Costa Rica, Victor remarqua deux choses :

Maeve fit de son mieux pour sembler distante tandis que Cornelius essayait de masquer son déplaisir.

— Êtes-vous ici pour affaires ? demanda Peyton.

Cornelius se crispa. Guettant aussi la réaction de Maeve, Victor vit ses yeux briller. Apparemment, il n'était pas le seul à remarquer l'agacement de son ami et fit de son mieux pour ne pas éclater de rire.

— Oui. En fait, je travaille avec Cornelius.

— Oh ! Qu'est-ce que vous… ?

— Mon Dieu, il est tard ! coupa celui-ci en consultant sa montre. Peyton, nous devons y aller. La représentation théâtrale de tout à l'heure est précédée d'une réception privée avec le metteur en scène et les acteurs. Il ne faut pas arriver en retard.

Il passa un bras possessif autour de la taille de sa compagne et s'échappa en prenant à peine le temps de dire au revoir. En chemin, il ne s'arrêta que pour serrer la main de ses hôtes. Victor regarda Maeve, qui regarda son frère, qui les dévisagea tous les deux, puis ils éclatèrent de rire. Pour la première fois depuis leur rencontre, Desmond s'adressa à Victor sans hargne :

— Je crois qu'elle vous admirait un peu trop au goût de ce pauvre Cornelius.

— Sans blague ? gloussa Maeve.

— Mais non : elle ne s'intéressait qu'à mon pays d'origine, comme tant d'autres personnes.

— C'est ça, répliqua Desmond.

Un nouvel éclat de rire les secoua. Soudain, Maeve fit signe à une connaissance, un peu plus loin. Suivant son regard, Victor reconnut l'homme qui avait déjà passé tout le repas à discuter avec elle, *sa* conquête.

Sa conquête ? Depuis quand ?

Aussi absurde que soient ces mots, c'était bien ce qu'il ressentait. Maeve lui appartenait – et ce n'était pas de la misogynie de sa part. Il détesta immédiatement le sourire béat de ce quadra en costume griffé. Pendant un instant, il fut tenté d'aller le voir pour lui mettre son poing dans la figure, mais il parvint à se maîtriser. Il devait garder le contrôle.

— On dirait que tes parents sont sur le point de partir, dit-il à Maeve, sans lui laisser le temps d'aller retrouver son vieux beau. Je tiens à les remercier pour leur hospitalité.

Il serra la main de Desmond, embrassa sa femme Ivy, puis se pencha à l'oreille de Maeve pour déposer un baiser sur sa tempe tout en caressant du pouce l'intérieur de son poignet.

— Merci de m'avoir invité, ma belle. Le repas était délicieux, la compagnie agréable, et tu n'avais encore jamais été aussi resplendissante…

— J'aurais proposé à n'importe qui de venir, dit-elle sèchement en s'écartant de lui.

Victor sourit une fois de plus. Il avait senti son pouls s'accélérer, démentant sa froideur.

Tout en reprenant la route de Chicago, il laissa ses pensées vagabonder librement. Il avait de quoi réfléchir… La magie qui semblait s'abattre sur Maeve et lui était indéniable, mais la voir entourée par sa famille l'avait troublé. Les Eddington étaient clairement très proches. Ses parents paraissaient heureux et très amoureux. Victor n'avait jamais connu ça. Son père avait été flamboyant, extraverti et exigeant – dans son métier ou sous son propre toit. Il avait souvent cédé à la tentation d'une liaison, ce qui avait fini par le mener au divorce l'année des treize ans de son fils. Sa mère, elle, était restée amère après cela. Sans le vouloir, elle avait convaincu Victor qu'aucun homme ne pouvait rester fidèle. Quand son père s'était remarié, il avait quitté le pays pour étudier à l'étranger. Enfin, à l'aube de son troisième mariage,

Cortez père avait fini par abandonner son penchant pour les jupons, mais l'opinion de Victor sur l'institution était faite depuis longtemps. Aucune histoire d'amour ne durait. Aucune de celles dont il avait été témoin, en tout cas. C'était pour ça qu'il avait envisagé de passer sa vie en célibataire, ou de finir comme un de ces sexagénaires caricaturaux qui décident de se caser sur le tard pour faire des enfants à une épouse deux fois plus jeune qu'eux.

Puis, sur un coup de tête et pour se distraire un peu, il avait accepté de reprendre un dossier au nom d'un vieil ami de fac et avait croisé le chemin de la magnifique et inaccessible Maeve Eddington. Sa réapparition dans sa vie remettait soudain tous ses vœux de célibat en question…

Lorsqu'il était rentré au Costa Rica, il avait eu l'intention d'y construire sa vie, de s'installer définitivement dans sa région natale. À présent, il doutait. La Pointe du Sable était-elle réellement une ville assez intéressante pour envisager d'y prendre racine ? Se déraciner pour poser ses valises sur un autre continent n'aurait pas été une première pour Victor. Il avait pensé ne jamais recommencer ; seulement Maeve, avec son corps de rêve et son intellect hors norme, le poussait à reconsidérer tout ce qu'il prenait jusque-là pour acquis.

- 7 -

— Je ne l'aime pas, déclara Desmond en tirant une boule de billard qui manqua de peu le trou du coin.

On était le samedi suivant le brunch auquel Victor avait assisté, et c'était la première fois que la fratrie pouvait interroger Maeve au sujet de sa décision de l'inviter – une décision hautement discutable. Durant les jours qui venaient de s'écouler, Desmond et Cayden avaient dû quitter la ville pour leur travail. Jake avait été débordé par la gestion de l'immense portefeuille d'un athlète en vogue récemment devenu client de la firme. Reign, quant à elle, avait été occupée à… être Reign. Elle avait papillonné avec joie dans de multiples cocktails mondains, en tant que directrice des relations publiques de l'entreprise, tout en flirtant avec une nouvelle célébrité. Mais aujourd'hui, enfin, ils avaient le manoir pour eux. Desmond et Maeve avaient donc décidé de s'installer temporairement dans la maison parentale où vivaient encore Jake et Reign. Derrick et Mona s'étaient envolés pour les Bahamas sur un coup de tête. Ivy et Avery, les épouses de Desmond et Cayden, étaient prises par les fêtes d'anniversaire de leurs enfants. Toute la fratrie pouvait donc profiter d'un peu de solitude.

Ils avaient profité d'un des bars à tacos dont John avait le secret avant de s'enfermer dans la salle de jeux garnie d'une table de billard illuminée par des LED qui retraçaient le mouvement de chaque bille – l'un des cinq exemplaires de ce modèle existant dans le monde. Un système de son surround à cent dix-huit points baignait la salle de hits des années 1970 et 1980, de rock et de R&B en permanence.

Jake étudia un instant son frère, puis le jeu. Il passa sa queue de billard dans l'appareil électromagnétique qui remplaçait l'antique craie bleue et visa une boule violette.

— Je ne le connais pas encore assez pour énoncer une opinion définitive, dit-il.

Desmond le regarda jouer, appuyé sur sa queue.

— J'ai passé peu de temps avec lui et, mis à part le fait qu'il représente une famille qui s'est retournée contre nous de manière absurde, il m'a paru amical, doué et honnête.

Reign, assise près d'une table de black jack restaurée avec soin provenant du célèbre Flamingo de Las Vegas, sous une photo dédicacée du Rat Pack, abandonna un instant son éternel flux de textos et de tweets.

— *Amical* est un euphémisme. Cet homme est beau comme un dieu ! Mais de là à l'inviter à la maison… Franchement, sœurette, quelle mouche t'a piquée ?

— Les héritiers Duberry nous accusent de vol, conclut Desmond, et ce type a accepté de les aider à gagner le procès.

Comme souvent, les Eddington discutaient à bâtons rompus, comme s'ils n'étaient qu'une seule entité parlant à travers plusieurs voix différentes. Maeve n'avait aucun mal à comprendre ce que les autres ressentaient. Néanmoins, elle s'efforça de les considérer un par un. Ils n'avanceraient à rien, tant que chacun serait convaincu de détenir la vérité.

Elle prit son verre de vin rouge, heureuse d'avoir eu une semaine pour préparer sa défense. Hélas, que dire ? Avouer qu'elle avait juste eu envie de pouvoir saliver sur ce « dieu » n'était sans doute pas une excuse acceptable.

— J'ai fait ça pour une bonne raison, répondit-elle après avoir bu. On dit toujours : veille sur tes amis, et encore plus sur tes ennemis. Observer un adversaire en public peut parfois nous donner des indices sur le comportement qu'il pourrait avoir à la barre.

Jake lui sourit d'un air moqueur.

— Si j'en crois ses talents en société, tu ferais mieux d'oublier tes manuels de droit…

— Merci de ta confiance !

Reign, dont le pouce quittait rarement l'écran de son portable, le posa pour de bon et saisit sa tasse de thé chai.

— Quoi qu'il fasse, il restera toujours le type le plus sexy de tout le tribunal. Je n'ai aucun doute là-dessus.

Ce commentaire troubla Maeve plus qu'elle n'était prête à l'admettre. Elle avait échangé un monceau de messages et de mails avec Victor, avait programmé une réunion préparatoire au tribunal, mais elle ne l'avait encore pas *revu*. On aurait pu penser que cette séparation avait émoussé ses souvenirs du dimanche précédent, mais ce n'était pas le cas. Chaque nuit, elle rêvait de sa silhouette si virile et si parfaite. De ses yeux énigmatiques et observateurs, ourlés de longs cils recourbés. De son nez fort. De ses lèvres pleines. De la fossette qui apparaissait quand il souriait. De son torse musclé. De sa peau soyeuse. De tout… À ses yeux, il était un fantasme vivant et, si jamais elle prenait le risque de laisser ses regards descendre au-dessous de sa ceinture… Elle ne répondrait plus de rien !

Elle s'approcha d'un des réfrigérateurs pour attraper une bouteille d'eau. Derrière elle, Desmond demanda :

— Alors, quel est ton plan ?

Elle dévissa le bouchon et but une longue gorgée, qui eut l'avantage de lui éclaircir les idées.

— J'ai l'intention de m'en tenir aux faits. J'ai confiance en notre département finance et les chiffres qu'il a produits. Durant notre prochaine réunion, j'espère faire comprendre à Victor la futilité de ces poursuites et le convaincre d'inciter les Duberry à chercher un accord à l'amiable.

C'était en effet son espoir secret et, lorsque le mercredi suivant arriva, elle était presque prête à croire que tout se déroulerait selon ses plans. Elle se présenta au tribunal accompagnée par un confrère et trois représentants du service financier d'Eddington Enterprise. Jamais elle n'avait été aussi calme et confiante. Sa tenue reflétait bien son état d'esprit : un tailleur-jupe aubergine, des escarpins assortis, une blouse fleurie et des boucles d'oreilles pendantes très sophistiquées. Ses cheveux étaient lissés à la perfection, et elle avait souligné son décolleté d'un simple pendentif d'améthyste en goutte sur une monture cuivrée.

Ils devaient discuter avec Victor et les héritiers Duberry. La rencontre ne durerait sans doute pas plus d'une heure. Comme souvent, pour que cette dernière médiation ait une chance de fonctionner, les deux partis allaient devoir se résigner à faire des compromis. L'équipe Eddington avait déjà tracé les grandes lignes d'un accord assez juste, où aucune charge ne serait retenue en échange d'une compensation financière de la part de la firme. Lillian Duberry avait été une des premières clientes de Derrick et, par respect pour elle, la famille proposait d'apaiser l'avidité de ses descendants par une prime d'un million de dollars sur les montants attestés par leurs relevés de comptes. Un lot de consolation, en quelque sorte, et un bon moyen d'écarter le nom de Mme Duberry des journaux à scandale tout en mettant fin à cette affaire.

Arrivée devant le bureau du juge, elle prit une profonde inspiration. Elle devait à tout prix garder ses hormones sous contrôle, lorsqu'elle se retrouverait devant Victor. Enfin, sûre d'elle, elle poussa la porte. Il n'était pas là, et son cœur traître se serra un peu. Elle dissimula sa déception sous un sourire en direction des héritiers Duberry, installés dans de confortables sièges en cuir. Elle ne les connaissait pas personnellement, mais leurs familles étaient amies depuis très longtemps. Elle avait brièvement rencontré Hubert III et ses sœurs à la mort de leur père, puis avait échangé quelques mots avec eux lors des funérailles de Lillian. Ils s'étaient montrés polis, courtois. Aucun brin de folie ne semblait dépasser de leurs coiffures impeccables. Pourtant, ils devaient avoir des problèmes psychologiques pour envisager, ne serait-ce qu'un instant, de placer les mots « *mauvaise gestion* » et « *Eddington Enterprise* » dans la même phrase ! Néanmoins, la matriarche Duberry avait été une femme respectée et avait donné à Derrick les moyens de réaliser son rêve. Ainsi, en dépit de la plainte malheureuse qui les réunissait aujourd'hui, Maeve était bien décidée à faire preuve de respect.

Son équipe s'assit avec elle en face des plaignants.

— Bonjour, dit-elle à Hubert. Je suis Maeve Eddington, et voici mes collègues.

On fit rapidement les présentations, puis elle reprit :

— Je suis navrée de vous voir en de telles circonstances. Comme vous le savez, votre grand-mère était une amie très chère aux yeux de toute ma famille.

Hubert répondit par un sourire crispé et un petit hochement de tête. Maeve fut surprise par cette réaction si froide. *D'un autre côté, nous vivons tous le deuil différemment*, murmura une petite voix en elle.

— Je connaissais très bien votre père, poursuivit-elle. Vous lui ressemblez.

— Merci, dit-il d'une voix hésitante.

Adele, l'une des jumelles qui rappelaient vaguement Jada Pinkett dans sa jeunesse, lui donna un coup de coude dans les côtes. Décidément, la situation était embarrassante. Maeve décela néanmoins une once d'humanité dans le regard de Hubert.

— Nous vous parlerons plus tard, déclara Adele sans la regarder dans les yeux.

— Je ne fais que discuter, poliment, affirma Maeve, fière de sa retenue. Laquelle des jumelles êtes-vous ?

Elle connaissait déjà la réponse, mais voulait paraître intéressée. L'autre sœur, aux cheveux un peu plus longs, chuchota :

— Ne réponds pas.

Ça en devenait presque comique. *Ces jeunes !*

— Nous abordons clairement cette situation d'une manière très différente. Avant d'être l'avocate d'Eddington Enterprise, j'étais une bonne amie de votre famille, vous savez. Je ne vois pas ce qui nous empêche de nous montrer courtois et de discuter un peu avant le début de la réunion.

— Moi, si.

L'éclat autoritaire de la voix de Victor résonna dans tout le bureau. Chaque cellule du corps de Maeve s'éveilla. Ses tétons se tendirent. Son sexe se mit à palpiter. Elle se sentit soudain troublée et excitée. Jamais encore elle n'avait réagi de cette manière à la présence d'un homme. Pas même avec Lionel, son premier amour de deux ans son aîné, qui avait fini par la tromper lors d'un voyage sur la côte Est. Elle l'avait aimé depuis le lycée et avait cru qu'elle ne se remettrait jamais de leur rupture. Il avait tenté de la séduire de nouveau et aurait presque réussi, si son infidélité d'une nuit après une soirée arrosée ne s'était pas transformée en engagement de dix-huit ans… La fille était tombée enceinte. Comme Lionel venait d'une famille plutôt traditionnelle, il l'avait épousée et avait achevé ses études en Californie. Maeve n'avait pas non plus été troublée ainsi par Grant Nelson, le basketteur star avec qui elle était sortie quelques années plus tard et qui avait eu le don de la faire grimper au septième ciel rien qu'avec sa langue… Sentant Victor approcher près d'elle, elle se cuirassa de son mieux.

— J'ai ordonné à mes clients de ne pas parler en mon

absence. C'est une procédure standard, maître, et vous le savez.

On aurait pu croire que cette évidente ruse pour la rabaisser aurait apaisé le désir de Maeve, mais il n'en fut rien. Sa pique, prononcée d'un ton doctoral tandis qu'il la dévorait des yeux, crispa encore plus certains de ses muscles intimes.

— Je ne leur parlais pas de l'affaire. C'était purement personnel. Comme *vous* le savez très bien après nos précédentes conversations, Mme Lillian Duberry était une grande amie de ma famille. J'ai connu le père de vos clients dès ma naissance. J'essayais donc de faire leur connaissance aussi, rien de plus.

Victor baissa presque imperceptiblement les yeux.

— J'ai aussi hâte que nous apprenions tous à mieux nous connaître…

Au même instant, la porte s'ouvrit et la juge Doris Keller entra. Maeve sentit son estomac se nouer. Mme Keller était bien la dernière magistrate qu'elle voulait sur ce dossier !

— Bonjour, Votre Honneur, dit-elle néanmoins. Je pensais que le juge Ludwig devait présider à cette médiation.

— Rappelé chez lui. Urgence familiale.

Elle regarda par-dessus l'épaule de Maeve et offrit un sourire charmeur à Victor. La jeune femme dut réprimer un grognement agacé. Elle allait avoir du mal à faire entendre sa voix mais, étant donné que la réputation de sa famille était en jeu, elle était prête à tout.

Ça n'allait pas être facile. Victor s'approcha, et elle tressaillit de plus belle. Sa taille, où ses mains s'étaient posées pendant leur danse, s'échauffa. Son parfum, léger et musqué avec une note d'épices, l'ensorcela. Une virilité brute et une autorité impériale irradiaient de lui, enveloppant Maeve d'un voile doux – comme un philtre d'amour auquel elle n'aurait pu résister. Il ne l'avait pourtant pas touchée ! Pourquoi était-elle déjà humide de désir ? Sa chair se souvenait. Elle avait déjà entendu parler de certains sorciers, dans d'autres cultures… Victor lui avait-il jeté un sort ?

Elle fit de son mieux pour se concentrer sur la juge Keller, qui énonçait l'objectif de la session. Victor et elle retrouvèrent bien vite leurs masques professionnels et présentèrent leurs revendications. La juge écouta, prit des notes mais parla peu. Elle n'interrogea ni l'équipe financière de Maeve, ni les héritiers Duberry. Lorsqu'il devint clair que la médiation n'aboutirait pas, elle consulta sa tablette et fixa une date pour reprendre les négociations en janvier, après les fêtes. Enfin, elle donna un coup de marteau sec et… Venait-elle d'adresser un clin d'œil à Victor ?

— La séance est levée !

Maeve rangea ses dossiers, puis attrapa son manteau. Elle n'avait pas oublié les critiques de Victor et ne lui adressa pas la parole, pas plus qu'à ses clients. Elle se contenta de discuter tranquillement avec ses collègues sur le chemin du parking. Elle monta dans sa voiture et s'apprêtait déjà à allumer le moteur quand une voix l'appela.

Elle jeta un coup d'œil dans le rétroviseur et le vit approcher à grands pas. Il était si beau et si dangereux, avec ses lunettes aviateur et son long manteau de cuir noir qui n'était pas sans rappeler celui de Morpheus dans *Matrix*. Refusant de sortir de sa voiture, Maeve se contenta d'ouvrir la fenêtre et il s'accouda au rebord. En un éclair, son aura masculine envahit tout l'habitacle. Il remonta ses lunettes sur son front pour la regarder dans les yeux.

— Si je ne te connaissais pas aussi bien, je jurerais que tu essayes de me fuir…

C'est le cas !

— Oublie un peu ton nombril, répliqua-t-elle. Tu étais occupé avec tes clients et la réunion était finie, c'est tout.

— J'aurais préféré trouver un accord, mais je n'ai pas été

surpris de te voir freiner des quatre fers dans ces escarpins de rêve, dit-il en haussant les épaules.

Elle fit de son mieux pour ne pas laisser ce compliment l'atteindre.

— Notre équipe financière est certaine des chiffres qu'elle avance. Si nous avons fait une offre, c'est uniquement par respect pour Mme Duberry.

— Mes clients aussi sont sûrs qu'une grande partie de leur argent a disparu, qu'il ait été réinvesti ailleurs, perdu ou volé…

— Dans ce cas, nous nous reverrons en janvier.

Il se pencha un peu plus, et elle aurait voulu s'écarter mais en fut incapable.

— J'espère te revoir bien plus tôt que ça, chérie.

Elle ferma les yeux. On était en pleine journée, devant le tribunal d'une des plus grandes villes d'Amérique, et cet homme était son adversaire. Mais elle s'en moquait. Tout ce qu'elle voulait, c'était sentir ses lèvres sensuelles contre les siennes, laisser leurs langues danser à leur tour et apaiser le manque qui la rongeait.

Au lieu de ça, elle entendit :

— Doucement, maître. On se calme.

Ses lèvres entrouvertes se pincèrent et ses yeux se rouvrirent brusquement. Avait-elle haleté ? Elle n'était plus sûre de rien. Victor était-il seulement venu pour lui serrer la main ? Elle ne savait plus si elle devait être furieuse ou soulagée. Elle voulut lui dire au revoir à son tour, mais demanda malgré elle :

— Vas-tu rentrer au Costa Rica ?

Les yeux de Victor s'assombrirent dangereusement.

— Sans doute.

Il s'humecta les lèvres, et elle suivit des yeux le mouvement de sa langue comme un chiot suit sa mère.

— Mais je vais faire des allers-retours réguliers pour consulter mes clients.

— Bien sûr.

— Et pour te voir.

— Ce petit jeu de séduction est parfaitement inapproprié.

— Que veux-tu ? Je suis un homme au sang chaud attiré par une belle femme. Je ne vais pas étouffer mes sentiments pour rester politiquement correct.

— Et ça ne me surprend pas, venant de toi !

Il sourit, et Maeve se sentit de nouveau attirée à lui comme un aimant. Il venait de se redresser et de reculer d'un pas, mais il la regardait toujours et sa présence l'échauffait tout autant.

— Tu sais quoi ? dit-il. À chaque fois que je pense à toi, et c'est souvent, je me souviens de tes yeux aguicheurs, de ces lèvres tentatrices, de ta silhouette sensuelle… Mais quand je te vois, je me rends compte que ma mémoire est en dessous de la réalité. Tu es une femme extraordinaire, Maeve Eddington, et je tenais à te le dire.

Il passa un bras par la fenêtre pour serrer le sien et s'en alla sans un regard en arrière. Maeve parvint péniblement à faire démarrer son Aston et à passer une vitesse pour sortir enfin du parking. Elle devait mettre le plus de distance possible entre elle et ce qui était en train de devenir sa kryptonite personnelle ! Elle aurait pourtant dû ressentir bien des choses. De la colère. De l'amusement. De la peine. Une pointe de révolte. Hélas, seules les paroles de Victor occupaient son esprit.

Il pensait souvent à elle. Il la trouvait belle, extraordinaire.

Elle se sentit soudain aussi perdue qu'une adolescente amoureuse, souhaitant à la fois qu'il disparaisse de sa vie et qu'il reste toujours à ses côtés.

- 8 -

Victor rejoignit la plage de sable blanc et, encore mouillé, monta jusqu'à la cour de sa maison en front de mer. Ses grands pieds à la pédicure impeccable gravirent les trente-trois marches à flanc de falaise et traversèrent les galets de porcelaine lisses entourant sa piscine à débordement. Il fit coulisser la porte-fenêtre de son paradis personnel juste à temps pour voir sa femme de charge et mère de cœur, Hasina, glisser la sangle de son sac à main sur son épaule.

— J'allais partir, dit-elle.

— Je vois ça.

— Leandro a préparé le repas que tu as commandé, mais il a dû s'en aller plus tôt : notre petite-fille vient de naître.

— Ah ! Tarone et Eralia ont enfin eu le bébé qu'ils attendaient avec impatience. Mes félicitations à eux.

Hasina le dévisagea avec une pointe de sévérité.

— Ils ne sont pas les seuls en âge de fonder une famille. Je pense qu'il est grand temps pour toi de te marier et d'avoir des enfants !

Victor éclata de rire et l'attira dans ses bras en dépit de ses protestations amusées.

— Tu sais très bien que je ne suis pas fait pour ça.

— C'est ce que tous les hommes pensent avant de rencontrer la femme de leurs rêves.

Le visage souriant de Maeve passa comme un éclair devant ses yeux, mais il le chassa. Du moins, il essaya.

Hélas, lorsqu'il se retrouva assis seul dans le patio de

l'étage pour déguster un poisson préparé avec soin en admirant le coucher de soleil sur l'océan, le souvenir de son adversaire continua à le hanter. Une fois son dîner terminé, il alluma un cigare et se servit un verre de whisky avant de prendre son portable pour faire quelques recherches au sujet des Eddington. La toile regorgeait de nouvelles les concernant. Il dénicha bien vite un article annonçant que le père de Maeve avait été désigné l'année précédente comme nouveau président de la Société de Ma'at, une fraternité très fermée rassemblant les hommes les plus puissants du monde. Victor n'en faisait pas partie, mais il connaissait un membre et savait à quel point ce poste prestigieux allait augmenter l'influence de Derrick Eddington. Il fallait une sacrée force de caractère pour se hisser si haut ! Il poursuivit son exploration et trouva un autre article, dans la section « people » du *PDS Post*, le journal local de la Pointe du Sable. Il concernait les époux Eddington, décrivait leurs liens profonds avec la cité et le rôle qu'ils avaient joué lors de sa fondation. Le journaliste retraçait les humbles débuts d'Eddington Enterprise, la genèse de la relation entre Derrick et Mona à la fac et la grande fête qu'on allait bientôt organiser au country club pour célébrer leurs trente-cinq ans de mariage.

Victor songea de nouveau à la Maeve Eddington qu'il avait rencontrée pendant ses études. Il comprenait mieux, à présent, comment elle avait pu devenir une jeune femme aussi belle, intelligente et confiante. Grandir auprès de deux parents aimants, avec tout le luxe offert par leur immense succès, était le terreau idéal pour permettre à une précieuse fleur comme elle de s'épanouir. Lui, par contre, n'avait jamais connu une telle stabilité. Arly Cortez, son père, diplomate séduisant et extraverti, avait souvent été absent de la maison familiale. Il n'avait en fait eu de père que le nom… Quant à sa mère, Cedella, sa beauté avait été ternie par son insécurité galopante – entretenue par le regard baladeur de son époux qui se posait sur tous les jupons à sa portée. Elle avait tout fait pour ne jamais quitter Arly des yeux et l'empêcher de la tromper. Victor avait donc surtout été élevé par sa *chacha*, sa nourrice à domicile, et le personnel de la maison. Ils avaient été chaleureux, amicaux et l'avaient traité comme un membre de leur famille ; mais leur amour et leur attention ne suffisaient pas. Il avait eu besoin de son papa et de sa maman.

Plus tard, ses parents avaient fini par divorcer. Au bout de longues années, Cedella s'était remariée ; elle vivait à présent en paix dans sa Jamaïque natale avec un époux timide et dévoué. Arly, lui, en était à sa troisième union avec une femme à peine plus âgée que Victor. Le bonheur actuel de sa mère aurait dû suffire à lui prouver que l'on pouvait être heureux en couple. Hélas, Victor avait tendance à se concentrer sur les erreurs de son père. Craignait-il inconsciemment de lui ressembler plus qu'il le croyait ?

Après un séjour très studieux au Costa Rica et un passage à San José, Victor rentra à Chicago. Techniquement, il aurait pu télétravailler pendant au moins une semaine de plus, mais il tenait à se familiariser avec le monde dans lequel ses clients naviguaient et avec le quotidien de la Pointe du Sable. Un détail du dossier continuait à le troubler. Il n'était pas certain d'avoir mis le doigt dessus ; une pièce du puzzle semblait simplement manquer. Passer un peu de temps en ville, discuter avec d'anciens amis de Lillian Duberry et rassembler quelques informations au sujet de ses héritiers pourrait l'aider à résoudre ce mystère.

En tout cas, c'était ce qu'il se répétait.

Durant le long vol dans son jet privé, en récupérant la clé de sa suite du Four Seasons et en confiant sa voiture de location au voiturier, il se persuada qu'il n'était là que pour son travail. C'était aussi pour avancer sur l'affaire qu'il décida de se rendre au country club le soir même. Il voulait rencontrer des personnes qui auraient pu connaître Mme Duberry, son fils ou ses trois petits-enfants. Ça n'avait absolument rien à voir avec une certaine avocate toute en jambes, séduisante et irrésistible, qui semblait décidée à rejeter toutes ses avances…

Son retour en Illinois et sa décision de faire sa séance de sport coutumière au country club plutôt que dans la salle de gym haut de gamme du Four Seasons n'avait *aucun* rapport avec Maeve Eddington.

Rien. *Nada. Zilch.*

Néanmoins, alors que le portier vérifiait son identité avant de le laisser entrer, Victor savait précisément pourquoi il était ici. Maeve. Elle seule occupait ses pensées. Suivant les instructions qu'on lui avait données, il traversa le hall, passa devant la boutique de cadeaux, le comptoir à café, le fumoir, la bibliothèque et une série de bureaux pour atteindre une salle entourée de baies vitrées. Le froid de novembre s'installait déjà, mais l'espace était agréablement chauffé. Il atteignit enfin le gymnase, se changea et, au lieu d'aller directement sur le court de tennis couvert, décida de commencer par une séance de musculation.

Une demi-heure plus tard, il prit enfin le chemin des courts, bien échauffé et prêt à disputer quelques sets, quand un parfum familier flotta jusqu'à lui. Il accéléra le pas, passa l'angle d'un couloir et la vit.

— Maeve.

Elle se détourna du panneau d'information qu'elle étudiait, clairement surprise de le voir.

— Victor ?

— Le seul et unique.

— Que fais-tu là ? reprit-elle avec un demi-sourire.

— Ça se voit : du sport.

Il indiqua sa tenue d'un geste. Il mourait d'envie d'enfouir les doigts dans les boucles de Maeve, d'effleurer la peau qui se devinait sous son T-shirt moulant et le legging épousant à merveille la rondeur de ses fesses. Mais il se contenta d'agripper un peu plus fort la serviette passée sur ses épaules.

— Et toi ? Que fais-tu ici ?

— Je pensais disputer un bon match de tennis…

— Tu ne l'as pas fait ?

Elle secoua la tête.

— Pourquoi ? insista-t-il.

— Mon partenaire m'a lâchée.

— Qui est-ce ?

— Cornelius.

— Mince !

Elle le dévisagea un instant.

— Lui as-tu parlé, récemment ?

Contrairement à la réaction sincère de Maeve quand elle avait entendu sa voix, la surprise de Victor fut totalement feinte. C'était en discutant avec lui, justement, qu'il avait appris que la jeune femme était au club.

— Moi ? Je viens à peine d'arriver en ville !

— Et tu as décidé de venir faire du sport ici ? demanda-t-elle, clairement sceptique.

— Exactement.

— Ne pouvais-tu pas faire ça à ton hôtel ?

— Si j'étais resté là-bas, je n'aurais pas eu le plaisir de te croiser…

Il pouvait voir les pensées défiler dans la charmante tête de Maeve. Après un court silence, il glissa l'air de rien :

— Tu sais, je ne suis pas si mauvais au tennis.

— Vraiment ?

— Je ne suis pas Rafael Nadal, mais je parie que je peux te battre.

— Ha ! Sois prudent : ne va pas t'engager dans des promesses que tu ne pourras pas tenir.

— Je n'ai besoin que d'une bonne raquette pour te le prouver. À moins que tu aies peur de te mesurer à un homme comme moi, ce que je comprendrais parfaitement.

L'air vibrait de désir. Une excitation inavouée crépitait autour d'eux. Victor se tut, savourant le silence et la certitude que Maeve ne pourrait résister à l'envie de relever son défi.

— Parfait, dit-elle enfin. Un match complet en trois sets.

— D'accord, mais seulement trois points par set.

— Six.

Il jeta un coup d'œil à sa montre.

— Je travaille, demain.

— Quatre, proposa-t-elle.

Il accepta le compromis et la suivit jusqu'aux portes.

— Tirons au sort pour savoir qui sert en premier.

— Inutile. Je te laisse cet honneur.

— Oh ! non ! s'écria-t-elle. Tu irais raconter partout que tu m'as accordé un avantage !

— Ton audace est sexy, murmura-t-il en riant.

— Ce n'est pas de l'audace, mais du talent.

Une fois sur le court, ils laissèrent les plaisanteries de côté et se concentrèrent sur le jeu. Victor fut surpris d'apprendre que Maeve avait été une joueuse de premier ordre, au lycée ; mais elle ignorait qu'*il* avait grandi entouré par quelques tennismen pros de premier plan et avait tout appris d'eux. Il avait même été assez bon pour qu'on le repère et avait failli opter pour une carrière de sportif. Les services de Maeve n'étaient certes pas aussi puissants que les siens, mais ils étaient d'une précision redoutable et imprévisible. Il commença tranquillement le premier set, décidé à ne pas mettre son adversaire dans une position trop délicate. Hélas, il dut bien vite recourir à ses derniers atouts pour tenir le rythme. Lorsqu'un point impeccable offrit à Maeve le deuxième set, il devint vraiment sérieux. Sa nature compétitive se réveilla. Il gagna le dernier set haut la main, quatre à deux. Non seulement ce match l'avait épuisé, mais il lui avait aussi apporté un tout nouveau respect pour sa rivale.

— Tu es douée, dit-il lorsqu'ils quittèrent le terrain en direction des vestiaires.

— Tu n'es pas mal non plus, répondit-elle en se massant le bras avec une grimace.

Il se sentit un peu coupable. Ses ripostes avaient-elles été trop violentes ? Il but une gorgée de sa bouteille d'eau et expliqua :

— Je me suis entraîné pendant des années.

— Pas étonnant que tu m'aies fait courir comme un pantin ! dit-elle en lui donnant une bonne bourrade.

— Tu as tout de même réussi à me renvoyer presque toutes mes balles. J'avoue que je suis admiratif. Je pensais que Serena Williams aurait été la seule femme à pouvoir m'arracher un set.

— Pas Halep, Coco ou Naomi Osaka ?

— D'accord, n'importe laquelle des dix meilleures joueuses du monde pourrait m'écraser comme un insecte.

Maeve, qui avait été sur le point de boire, se figea en plein mouvement.

— Attention, maître. On pourrait prendre ça pour de l'humilité, et je ne suis pas sûre qu'un homme aussi arrogant que toi soit familier de ce concept…

— C'est faux. Je connais mes qualités et mes faiblesses.

— Nommes-en une. Une faiblesse.

Il s'arrêta, jeta un coup d'œil autour d'eux et, une fois sûr qu'ils étaient seuls, se pencha à son oreille.

— Je n'arrive pas à te chasser de mes pensées.

Il déposa un petit baiser sur son lobe et l'entendit retenir son souffle un instant.

— C'est un défaut ? demanda-t-elle d'un ton léger, alors que ses tétons se mettaient à pointer sous son T-shirt, trahissant son trouble.

— Honnêtement, c'est un sacré problème, en ce moment. J'ai très envie d'apprendre à mieux te connaître, mais la menace d'un procès nous sépare.

Ils atteignirent les vestiaires et ralentirent devant les portes jumelles ornées de plaques « Hommes » et « Femmes ».

— Dans ce cas, bien que j'aie apprécié cette soirée, je pense que nous devrions nous contenter de nous voir au tribunal à l'avenir, déclara-t-elle.

Il baissa les yeux sur ses seins aux tétons tendus.

— En es-tu sûre ?

Elle suivit son regard et croisa rapidement les bras.

— Certaine.

— Alors, je me plierai à ta volonté pour l'instant, Maeve Eddington. Mais quand j'aurai gagné cette affaire, je te promets de t'inviter à sortir avec moi dans les règles.

— Quand tu auras perdu cette affaire, je crains que tu changes d'avis.

— Impossible.

— Que tu perdes ? Ou que tu changes d'avis ?

— Les deux, répondit-il sans hésiter.

Un petit sourire illumina le visage de Maeve.

— Nous verrons bien.

— En effet. À la semaine prochaine, devant la juge.

Tout son corps la réclamait. Il s'imaginait sans mal embrasser ses orteils, remonter le long de ses jambes et dévorer sa peau jusqu'au petit matin… Mais il s'obligea à chasser ces images. Ils étaient en public, au cœur de la communauté très liée de la Pointe du Sable où tout le monde se connaissait, où les fenêtres avaient des yeux et les murs, des oreilles. Ils se dirent donc au revoir. Victor passa dans le vestiaire le temps de fourrer ses vêtements dans son sac sans se changer et rejoignit sa voiture. Une fois installé derrière le volant, il écrivit un texto à Maeve.

Tu es aussi belle rouge et transpirante que calme et bien coiffée. Je vais rêver de toi, cette nuit.

Il l'envoya très vite, sans se laisser le temps de penser aux conséquences. Quelques secondes plus tard, la réponse fusa :

Un rêve pour ce soir. Ton pire cauchemar dès demain.

Il éclata de rire et quitta le parking, longeant l'allée bordée d'arbres qui descendait jusqu'au centre-ville et à la bretelle d'autoroute. Écoutant la radio d'une oreille, il songea à des moyens de passer du temps avec Maeve en dehors du tribunal. De manière générale, il était plutôt mesuré et prévoyant, pesant chacun de ses gestes avant d'agir. Mais cette femme lui donnait envie de tout oublier et de jeter sa prudence naturelle aux requins.

C'était une nouvelle expérience, à la fois fascinante et terrifiante. Néanmoins, il était prêt à la tenter.

- 9 -

Maeve avait rejoint Regina Campbell, une amie d'enfance qu'elle avait très peu revue depuis qu'elles avaient toutes les deux été demoiselles d'honneur au même mariage deux ans plus tôt. Elles s'étaient retrouvées par hasard lors d'un First Friday à Chicago et s'était promis de passer une soirée ensemble avant la fin du mois. Tout en étudiant le menu de Tasty Vegan, un nouveau restaurant haut de gamme tenu par une amie de Reign, Maeve se rendit compte qu'elle ne s'était plus accordé ce genre de détente depuis bien longtemps – manger avec une amie, sans se poser de questions. En plus de l'affaire Duberry, elle gérait plusieurs dossiers pour le département juridique de la firme, dont des dépôts de brevets pour le nouveau logiciel de Cayden Barker, leur programmeur de génie, et pour E-Squared, la cryptomonnaie lancée par Desmond l'année précédente. Sans compter le pire facteur de stress du moment : Victor Cortez. Cette masse de provocation virile qui la suivait partout où elle allait…

— Tout a l'air délicieux, remarqua Regina en buvant une gorgée de son cocktail apéritif. Que me conseilles-tu ?

— Je ne suis venue ici qu'une fois et j'avais pris les tacos de la mer. Je ne sais pas à partir de quoi ils sont faits, mais le substitut protéiné, le croquant du chou et l'amertume de la sauce sont meilleurs que n'importe quel poisson ! Ça m'a presque donné envie de sauter le pas et de devenir végétarienne…

— Impressionnant, quand on sait à quel point tu aimes la viande, gloussa Regina en jouant des sourcils.

— Oh ! tais-toi !

Elles finirent de lire le menu en riant. Regina décida d'essayer les tacos, tandis que Maeve opta pour un nouveau plat : un steak de chou-fleur façon barbecue accompagné de légumes grillés et de mangue glacée. Le plat était relevé par un mélange épicé de haricots noirs et de quinoa. Avec l'approche des vacances et des fêtes de fin d'année, elle préférait opter pour un régime allégé ; surtout si elle voulait rentrer dans ses robes moulantes de Thanksgiving et de Noël.

— J'ai lu l'article au sujet de tes parents, lança Regina une fois que le serveur eut apporté un panier de pains variés et de l'eau fraîche. Trente-cinq ans de mariage. Waouh !

— Je sais. Incroyable, hein ?

— De nos jours, si un mariage dure trente-cinq *mois*, on considère que c'est déjà un exploit…

— C'est vrai.

— Parle-moi un peu de tes frères. Desmond a quoi… Trente et un ans ? Trente-deux ?

— Il va sur ses trente-deux.

— Oh… Ce qui veut dire qu'une fille de ma connaissance ne va pas tarder à fêter sa trentaine…

— Ne m'en parle pas ! répondit Maeve en buvant une gorgée d'eau pétillante. J'ai encore un an pour m'y préparer.

— Et tu es toujours célibataire ? Quelqu'un en vue ?

— Pas vraiment.

Au même instant, le regard sensuel de Victor se matérialisa devant elle, accompagné par les mots tendres qu'il avait prononcés lors de leur dernière rencontre.

— Aucune nouvelle de Tu-Sais-Qui ?

Maeve grimaça. Elle n'eut aucun mal à deviner de qui son amie parlait. *Lionel le Chacal.* Celui qu'elle avait appelé avec affection *Mon Amant Lionel* pendant leurs sept ans de relation et leurs deux années de fiançailles.

— Non.

Cette brève réponse contenait des abîmes d'aveux, et Regina sut les déchiffrer comme seule une meilleure amie peut le faire.

— Qui sera ton cavalier pour la soirée d'anniversaire ?

— Bonne question.

Maeve ne manquait pas de candidats : des collègues, d'anciens camarades de classe, des amis de ses frères. Avant l'apparition de Peyton, elle aurait même pu jeter son dévolu sur le sage et rassurant Cornelius. Hélas, on racontait que leur relation était devenue plus sérieuse, ces derniers mois, et qu'elle pourrait bientôt prendre un tour plus officiel. Maeve ne blâmait pas Cornelius. En fait, elle l'approuvait. Elle l'aimait comme un frère et avait toujours su qu'il ne pourrait rien se passer d'autre entre eux. *S'il a réussi à charmer une femme aussi belle que Peyton, tant mieux pour lui.*

— Et Cornelius ? demanda Regina, comme si elle avait lu dans ses pensées. Vous êtes sortis ensemble, autrefois.

— Oui. *Autrefois*, en effet, mais nous n'avons jamais passé le stade de l'amitié. L'embrasser m'a donné l'impression d'embrasser mon frangin.

— Beurk !

— Exactement.

Elle plongea un morceau de pain dans la sauce spéciale du restaurant – un mélange de vinaigre balsamique, d'huile d'olive et d'épices africaines – et prit le temps de le savourer.

— Et toi ? Enfin prête à fonder une famille avec Bryant ?

— Oui, et on y travaille aussi souvent que possible.

— Ne dis pas ça si fort ! Tu es si excentrique…

— C'est l'hôpital qui se moque de la charité.

— Pas du tout. En termes de relations amoureuses, je

suis plutôt conventionnelle, au contraire. En tout cas, je suis contente pour vous deux.

— Un conseil : le jour où tu voudras franchir le pas, sois sûre que l'homme que tu choisiras est fait pour toi. Le mariage est un défi, mais ça en vaut la peine. C'est un perpétuel apprentissage… Je veux que tu connaisses ça un jour. Un amour comme celui qui unit tes parents ou que Bryant et moi essayons de construire, ça en vaut la peine !

— Pour l'instant, je me concentre sur le tribunal, pas la chambre à coucher. Nous sommes au cœur d'une affaire essentielle pour l'avenir de l'entreprise.

— Et tes dossiers vont te tenir compagnie, réchauffer tes nuits, pendant les vacances ?

Maeve ne sut que répondre et leva les yeux au ciel.

— Tout ce que je veux dire, c'est que tu devrais te concentrer sur ton avenir, et pas seulement celui de l'entreprise, reprit son amie.

— C'est vrai. Maintenant, si on changeait de sujet ?

— Oui… Encore un dernier détail.

— Quoi ?

— Bien gagner ta vie est important, mais ça ne sert à rien si tu ne *vis* pas.

Enfin, on apporta leurs plats et elles parlèrent d'autre chose. Hélas, pendant toute la semaine qui suivit, Maeve ne put oublier les remarques de son amie ; surtout lorsqu'elle croisait Victor par hasard, et ça arrivait étrangement souvent. Ils se retrouvèrent deux fois devant le bureau du juge, alors que leurs rendez-vous étaient reportés à cause du planning chargé des audiences. Elle le vit une autre fois au club, alors que Victor y déjeunait en compagnie de Cornelius et de gens que Maeve ne connaissait pas. Heureusement, ces rencontres furent brèves et eurent lieu en public… Elles lui rappelèrent aussi à quel point cet homme l'attirait et à quel point elle avait envie de lui demander de l'accompagner à la fête d'anniversaire de ses parents. Elle n'en ferait rien, bien sûr. Ce ne serait ni sage ni approprié. Mais elle voulait le voir là-bas. Il lui manquait. L'air semblait moins vibrant quand il n'était pas là.

Le samedi du gala arriva, et elle chassa toutes ces pensées dangereuses. Elle avait fini par inviter un ancien ami d'école, Matthias Bailey. Malgré tout, lorsqu'elle choisit sa tenue, ce fut en pensant à Victor. Sa robe sirène en soie cuivrée, créée sur mesure pour l'occasion avec son corsage décolleté et sa profonde fente sur le côté de la cuisse, caressait sa peau avec sensualité – comme les mains de Victor lorsqu'il l'avait serrée contre lui. Les escarpins à talons aiguilles qu'elle avait enfilés la grandissaient, rendant sa démarche plus confiante. Elle acheva son look glamour avec l'aide de sa sœur et, en se glissant sur la banquette de la limousine que Matthias avait réservée, elle ne put s'empêcher de se sentir comme Cendrillon en route pour le bal.

Ils arrivèrent au club et pénétrèrent dans le hall rempli de robes de bal, de smokings et de bijoux plus luxueux encore que tous ceux de la couronne d'Angleterre. N'importe quelle débutante aurait perdu ses moyens devant un tel étalage de luxe, mais Maeve était détendue. Ces gens étaient ses amis, ses pairs, et cet endroit était une seconde maison pour elle depuis le jour où elle y avait paradé comme une princesse pour le bal de ses dix ans. Matthias, qui avait aussi grandi à la Pointe du Sable, n'était pas intimidé non plus. Très vite, il s'engagea dans une vive discussion politique avec un jeune élu et Maeve navigua dans le hall, au milieu des cocktails apéritifs et des amuse-bouche que l'on servait à volonté, riant et bavardant avec ses connaissances. Soudain, quelque chose arriva. La température de la salle parut changer, et elle sentit – sut – que Victor était là. Elle tenta de se convaincre que c'était de la folie ; hélas, la sensation perdura. Elle se précipita aux toilettes pour se remettre de son choc, ressortit, et il fut là. Son fantasme secret incarné devant elle.

— Bonsoir, ma belle.

— V-Victor.

Qui donc était cette fille tremblante ? Maeve n'avait jamais bégayé une seule fois de sa vie ! Le sourire de Victor semblait lui dire qu'il savait ce qui causait son trouble : lui. Hélas, il ne la laissa pas seule pour reprendre ses esprits comme elle l'avait espéré et, ajoutant l'insulte au malaise, il se pencha sur elle pour déposer un petit baiser sur sa joue et lui glisser à l'oreille :

— Cette robe est parfaitement décadente…

Elle fut fière de parvenir à rester immobile, sans reculer d'un pas. Elle n'était pas une gamine timide et Victor n'était pas un dieu, même s'il n'aurait eu aucun mal à jouer ce type de rôle à la télé. Il était grand, fort, beau, mais elle avait déjà rencontré des dizaines d'hommes comme lui. D'accord, peut-être pas dix, mais plusieurs… Cependant, jamais encore elle ne s'était retrouvée en présence de quelqu'un capable de la perturber à ce point. Elle fut presque tentée de jeter la prudence aux orties, de l'entraîner dans un placard et de se jeter sur lui comme une lapine en chaleur.

— Que fais-tu ici ?

Il haussa son sourcil arqué d'un air mutin. Comment pouvait-il être aussi sexy dans un simple smoking ?

— J'ai été invité par…

— Ah, te voilà !

Une ravissante jeune femme portant une robe rouge au décolleté échancré plongeant dans un nuage de tulle aussi vaste que Chicago attrapa le bras de Victor d'un air possessif et vint se coller à lui. Maeve fut d'abord ravie de cette interruption… jusqu'à ce qu'elle voie avec quelle adoration la nouvelle venue contemplait son cavalier.

— Viens avec moi, chéri, dit-elle comme si Maeve était soudain devenue invisible. Je veux te présenter à des personnes très importantes !

Victor s'écarta d'elle avec douceur et récupéra son bras.

— Camela, connais-tu Maeve Eddington ?

Elle la dévisagea sans vraiment s'arrêter sur elle et rejeta ses lourds cheveux soyeux dans son dos, dévoilant une fleur tatouée sur son épaule nue.

— Bien sûr ! Bonsoir, Maeve, dit-elle, les lèvres pincées.

— Bonsoir, Camela.

Maeve dut réprimer un fou rire et maudit intérieurement Jake. Son frère avait été à l'école avec Camela. Sans doute était-ce lui qui l'avait invitée, ce soir.

— Victor, allons-y.

La moue qui effaça un instant le sourire du jeune homme fut furtive mais flagrante. Clairement, il n'avait pas l'habitude d'obéir aux ordres. Il se tourna vers sa cavalière avec une politesse exagérée.

— J'ai besoin de parler avec Maeve en privé un instant. Va donc retrouver tes amis. Je te rejoins très vite.

— Mais je veux…

— Si tu préfères, je peux laisser tomber le dîner et rentrer chez moi.

— Oh non, chéri ! Je… hum… Je t'attends un peu plus loin, dit-elle en lui montrant un groupe d'invités, près de la porte de la salle à manger.

Puis, après lui avoir envoyé un baiser, elle s'éloigna en ondulant savamment des hanches. Sans doute aurait-elle été déçue de constater que Victor ne la regardait même plus…

— Tu devrais compter tes doigts, murmura Maeve. Camela est une mangeuse d'hommes.

Il s'approcha et lui prit la main.

— Je te promets que tous mes membres sont intacts et

en parfait état de marche. Je connais ce genre de femme et, crois-moi, je saurai la prendre en main.

— Je n'en doute pas. Comment t'es-tu retrouvé à son bras, ce soir ? Je sais que ce ne sont pas mes affaires, mais…

— Je n'ai aucun secret. En ce qui concerne ma vie privée, tu peux me demander ce que tu veux.

— Vraiment ? Je garderai ça en tête.

— Pour en revenir à Camela, je l'ai rencontrée cette semaine chez Cornelius. Il m'a d'ailleurs conseillé de ne pas accepter d'assister avec elle à l'anniversaire de tes parents.

— Dans ce cas, pourquoi es-tu venu ?

— J'ai bien compris que tu avais trop peur pour suivre ton instinct et m'inviter toi-même. J'ai donc dû trouver un autre moyen de pouvoir profiter de ta présence radieuse.

Elle voulut protester mais ne trouva aucune réponse appropriée. Victor avait touché dans le mille.

— Dis-moi que c'est faux, reprit-il à mi-voix.

— Je dirai juste que tu es arrogant.

Et que tu as raison sur toute la ligne…

— Pourrais-tu m'affirmer que je ne te plais pas ? Que tu n'as pas envie de moi comme j'ai envie de toi ?

— Ce dont nous avons envie importe peu, lâcha-t-elle, cassante. Nous sommes des adversaires sur un dossier sensible qui met ma famille en cause. Donc, rien ne pourra jamais se passer entre nous.

— Qui a décrété ça ?

— Moi.

— Et je devine pourquoi. Tu as l'habitude de tenir la barre et tu as peur de ne pas pouvoir contrôler un type comme moi.

— Tu as vraiment un ego surdimensionné !

— Prouve-moi que j'ai tort et embrasse-moi.

— Pardon ?!

— Je ne demande qu'un baiser. Si tu considères toujours

que mes avances sont déplacées après ça, je te promets de te laisser en paix.

— Et si je refuse, tu comptes continuer à me harceler ?

Il la gratifia d'un de ses sourires dévastateurs.

— Peu importe. Je savais que tu n'étais pas aussi courageuse que tu le prétends, dit-il avant de jeter un coup d'œil derrière elle. De plus, on dirait que notre conversation rend ton cavalier nerveux.

Sans se retourner, elle répliqua :

— Je peux dire la même chose au sujet de la tienne. Camela nous fusille du regard depuis tout à l'heure.

Il lui prit la main et la serra fort. Un geste aussi innocent n'aurait pas dû la troubler, et pourtant un incendie se déclara entre ses cuisses.

— Bonne soirée, mademoiselle Eddington.

Maeve lui arracha sa main et se retourna sans répondre. Elle fut fière de parvenir à marcher d'un pas égal, alors qu'elle sentait encore le poids des yeux de Victor dans son dos. Hélas, il la hanta toute la soirée, depuis l'entrée jusqu'au fromage. Depuis les discours jusqu'aux larmes de joie. Depuis les toasts portés en l'honneur de ses parents jusqu'aux derniers applaudissements. Enfin, tandis qu'on apportait le dessert, elle envoya un texto à l'objet de son obsession, puis un autre message à Avery et Reign.

Je m'éclipse pour parler à Victor. Si je ne suis pas de retour dans 15 minutes, envoyez les secours.

À peine eut-elle rangé son téléphone qu'elle se sut perdue. Elle devenait folle, et embrasser l'homme qui avait osé la sous-estimer n'était sans doute pas le meilleur moyen de recouvrer ses esprits…

- 10 -

Tout en subissant le babillage ininterrompu de Camela, Victor songea que Maeve avait une sacrée dette envers lui. Elle pouvait bien au moins lui accorder ce fameux baiser. À présent, il comprenait mieux pourquoi Cornelius avait essayé de le mettre en garde. Camela n'avait pas arrêté de parler une seule seconde, même en mangeant. Comment parvenait-elle à survivre, alors qu'elle ne semblait même pas prendre le temps de respirer entre chaque phrase ou bouchée ? Il n'avait eu de répit que lorsqu'un des amis de Jake, qui connaissait aussi Cornelius et se trouvait assis à côté de lui, s'était brièvement immiscé dans la conversation.

La soirée s'étira lentement. Il n'eut pas l'occasion d'échanger le moindre mot avec Maeve, qui resplendissait à la table d'honneur en compagnie d'un homme sans doute agréable mais que Victor eut instinctivement envie de frapper. Enfin, alors qu'il envisageait sérieusement de s'ouvrir les veines pour ne pas avoir à passer une seconde de plus avec Camela, son portable se mit à vibrer. Il le tira de sa poche et le consulta discrètement.

> Rdv dans 5 minutes. Traverse le hall. Prends le couloir, près du vestiaire. Sors par la porte de secours et traverse la pelouse jusqu'au bâtiment d'en face. Personne ne doit te voir. Je n'attendrai que quelques minutes.

Son cœur s'emballa. Son pantalon lui parut soudain trop étroit. Il se leva, se fit excuser et quitta la salle sans un regard en arrière. Le dîner s'achevait à peine et peu d'invités s'attardaient encore dans le hall. Il fit semblant d'aller aux toilettes, se lava les mains et pria pour que la voie soit libre quand il ressortit. C'était le cas. Il suivit ensuite les instructions de Maeve pour trouver l'issue de secours. L'air glacial du parc lui coupa le souffle mais n'apaisa en rien le feu de son désir. Voyant une lumière briller dans le bâtiment opposé, il jeta un dernier coup d'œil autour de lui et traversa la pelouse d'un pas vif. Il atteignit la porte en quelques secondes, se glissa à l'intérieur et plongea le long d'un couloir sombre.

Il sentit le parfum de Maeve avant de la voir et attendit, souriant, les mains dans les poches pour se réchauffer. En un éclair, elle fut là, noyée dans la pénombre. Son corps n'était qu'à un souffle du sien.

— Me voilà, dit-il, soudain pressé d'énoncer l'évidence.

— Je sais.

Le souffle de Maeve était plus rapide que d'habitude. Était-elle nerveuse ou excitée ?

— Que veux-tu ?

— Te prouver que je ne suis pas lâche.

— Comment ?

Elle s'approcha un peu plus.

— Comme ceci.

Sentir soudain son corps vêtu de soie pressé contre le sien fut une expérience nouvelle et bouleversante. Il prit sa taille et se pencha sur sa bouche offerte. Leurs lèvres s'effleurèrent à peine avant qu'elle entrouvre les siennes, l'invitant à aller plus loin. Il obéit et réprima un gémissement en remontant une main le long de son dos pour l'enfouir dans les boucles qui retombaient sur sa nuque. Sa langue avait un goût de paradis… Il s'obligea à ralentir, prenant le temps de déposer plusieurs petits baisers au coin de sa bouche, sur sa joue et son cou avant de revenir à leur tango sensuel. Sans quitter ses lèvres, il caressa ses fesses – qu'il avait tant admirées. Maeve n'était pas timide, et il en fut ravi. Elle passa les bras dans son cou, pressa sa poitrine contre lui. Dans cette position, il put à loisir remonter la main le long de son corsage si fin, qui ne cachait pas ses tétons tendus, et les pincer à travers l'étoffe. Oh ! il en voulait plus ! Plus d'elle. Plus de tout ça. Il explora sa robe et trouva le décolleté plongeant qui lui permit de refermer la main directement sur son sein pour jouer avec cette petite perle sensible qu'il aurait tant voulu lécher. Maeve poussa un petit grognement, et son sexe se raidit plus encore. Il ne pensait plus qu'à se déshabiller, ici et maintenant, et lui faire l'amour jusqu'au matin. Il se moquait de la fête. Il se moquait de Camela et de ses potins. La seule personne qu'il désirait était là, dans ses bras.

Bien décidé à céder au désir qui les taraudait tous les deux, il la souleva de terre et se tourna pour la plaquer dos au mur. Elle passa d'instinct les jambes autour de ses hanches pour se retenir, et la longue fente de sa jupe lui ouvrit un chemin direct vers le paradis. Il n'attendit pas son invitation… Une main fermement placée à sa taille, il faufila l'autre sous la soie cuivrée. Maeve portait des bas tenus par une jarretière. C'était si sexy… Qui portait encore des jarretières ? C'était également parfait pour ce que Victor avait en tête – à savoir, explorer la peau satinée de sa cuisse. Elle eut un petit hoquet de surprise en sentant ses doigts et il le cueillit sur ses lèvres. Sans attendre, il alla chercher sa fleur intime à travers la dentelle mince de sa culotte. Il repoussa l'étoffe et insinua son majeur entre ses plis humides. Elle s'agrippa plus encore à lui, l'embrassa au même rythme que les va-et-vient qu'il faisait en elle. Elle poussa un cri rauque et rejeta la tête en arrière.

Tout se figea. Maeve se redressa vivement.

— Stop, parvint-elle à articuler. Repose-moi.

Victor la laissa à regret glisser le long de ses hanches

pour qu'elle sente bien la preuve de son désir. Il déposa une nouvelle série de baisers sur toute la peau nue qu'il put trouver.

— Bébé, j'ai envie de toi, murmura-t-il. Nous avons tous les deux envie de ça. Si nous…

Elle le fit taire d'une main plaquée sur son torse.

— Non. Nous devons retourner au bal. C'est…

Elle ravala sa salive, le contourna et rajusta sa tenue.

— C'est ce que nous allons faire. Point.

Les yeux désormais habitués à la pénombre, il vit passer un flot d'émotions sur son visage et devina précisément à quel instant elle parvint à retrouver son masque mondain.

— Maeve…

— Est-ce que quelqu'un t'a vu venir ?

— Non, soupira-t-il.

— En es-tu certain ?

— Quasiment.

Elle s'engagea dans le couloir, prenant la direction opposée à celle par laquelle il était arrivé.

— Viens. Une autre porte conduit à un sentier qui mène à l'entrée du grand hall. Passe par là, tandis que je reprends le chemin par lequel nous sommes arrivés. Si quelqu'un nous surveille, on nous verra au moins venir de directions opposées.

Avant de la quitter, Victor posa la main sur son bras.

— Tu sais que ce n'est pas terminé, n'est-ce pas ?

— Quoi donc ? répondit-elle en s'écartant. Tu as demandé un baiser, et tu as déjà obtenu bien plus.

— Je ne t'ai pas forcé la main.

— Non, en effet. Nous sommes tous les deux adultes et je ne regrette rien. Mais à l'avenir, nos interactions resteront strictement professionnelles.

Il éclata de rire.

— Après ce que nous venons de faire ? Es-tu sérieuse ?

— Très sérieuse. J'espère que tu sauras te tenir.

Cette fois, ce n'était plus le moment de rire, songea-t-il. Il se rapprocha pour mieux voir son visage dans la pénombre.

— Je ne promets rien, chérie. La fête ne fait que débuter.

Sur ce, il ouvrit la porte, sortit et inspira l'air froid à pleins poumons. Une fois qu'il eut pris ses repères, il partit en direction du bâtiment principal, sentant à peine le sol sous ses pieds. Avoir embrassé Maeve, se souvenir encore de la douceur de son corps, du goût de ses lèvres, de la chaleur de son sexe lui donnait l'impression de marcher sur un nuage. Il huma son odeur au bout de ses doigts. Il ne pouvait ni la chasser de ses pensées, ni se concentrer pleinement sur elle. Il n'avait plus qu'une certitude : cette joie *devait* faire partie intégrante de sa vie. D'une manière ou d'une autre, Maeve Eddington serait sienne.

Hélas, dès qu'il passa la porte du club, son paradis se changea en enfer. Camela abandonna l'agent de sécurité avec lequel elle était en train de parler et se jeta sur lui. Si Victor avait envisagé un instant de rejoindre la fête, il changea immédiatement d'avis et obliqua vers le vestiaire.

— Victor ! s'écria sa cavalière en le suivant de près. Je m'inquiétais. Où étais-tu ?

Il lui jeta un coup d'œil et vit son air méfiant.

— Avec Maeve ? glissa-t-elle.

— Avec l'associé qui m'a envoyé un texto, tout à l'heure.

Ce n'était pas vraiment un mensonge. Maeve et lui étaient en quelque sorte associés. Du moins, ils travaillaient ensemble…

— Que fais-tu ? demanda encore Camela en le voyant s'arrêter devant le comptoir du vestiaire.

— Je récupère mon manteau.

— Pourquoi ? La fête ne fait que débuter !

Il sourit, amusé par l'ironie de la situation.

— Désolé, chérie. C'est une urgence. Je dois partir.

Oui, c'était une urgence ! Il avait hâte de rentrer chez lui pour prendre une douche froide.

— Tu ne peux quand même pas me planter là !

Il haussa les épaules et tendit son propre ticket.

— C'est toi qui vois. Je m'excuse, mais je ne peux ni rester, ni te raccompagner chez toi. Si tu veux, je peux appeler une limousine pour qu'elle te conduise où tu veux, à l'heure qui te convient…

Elle parut sur le point de protester. Heureusement, le valet apporta enfin son manteau et le tira de sa transe. Il se secoua et présenta une carte à Camela.

— Voici le numéro de mon chauffeur. Je lui dirai que tu vas l'appeler et lui demanderai de se mettre à ta disposition pendant les prochaines vingt-quatre heures.

Elle lui arracha la carte des doigts.

— Écoute, reprit-il, je sais que la soirée ne s'est pas passée comme tu l'espérais, mais je te remercie de m'avoir invité. Si ça peut te rassurer, je me suis bien amusé.

Il s'écarta le temps de se rhabiller, espérant s'être enfin débarrassé d'elle. Hélas, ce n'était pas si simple.

— Crois-tu vraiment pouvoir me plaquer comme ça ? s'écria-t-elle dans son dos.

— Je ne te plaque pas. Je rentre juste plus tôt que prévu.

Elle fit volte-face dans un mouvement d'humeur et, si elle n'avait pas été perchée sur des talons hauts, serait sans doute partie en tapant des pieds. Victor se sentit un peu coupable – mais pas assez pour s'imposer plus de torture en sa présence. Ça n'aurait fait que ternir les instants précieux qu'il avait passés avec Maeve.

Il attendit donc dehors qu'on avance sa voiture jusqu'à la porte et se glissa derrière le volant avec assurance. Il n'était pas parieur, mais il aurait misé gros sur ses chances…

- 11 -

Une seule pensée hanta Maeve jusqu'à la fin de la soirée. Victor. Elle tenta d'oublier leur baiser, en vain. Cette scène tournait en boucle devant ses yeux. Elle sentait de nouveau sa langue dans sa bouche, autoritaire et délicieuse. Elle aurait voulu le découvrir maladroit, mais ça avait été tout le contraire. Elle avait prévu de n'échanger qu'un rapide petit bisou, pour lui prouver qu'elle n'était pas lâche. Hélas, quand leurs lèvres s'étaient jointes, elle n'avait pu que l'enlacer et s'abandonner. Et, quand il l'avait pressée contre lui, tout son corps s'était mis à chanter. Elle avait adoré sentir sa main forte glisser dans son dos, sur ses fesses. Son sexe dressé s'était plaqué à elle, et le simple fait de l'imaginer en elle avait tendu ses tétons tandis qu'une humidité douce avait envahi sa culotte. Enfin, quand il l'avait soulevée et coincée contre le mur pour la toucher… ? Elle ne comprenait toujours pas comment elle avait fait pour ne pas jouir – ou comment elle parvenait encore à se retenir, maintenant.

— Maeve ?

La voix de Matthias lui parvint, lointaine et trouble.

— Hum ?

— M'as-tu entendu ? demanda-t-il, les sourcils froncés.

— Non… Qu'as-tu dit ?

— Je voulais savoir si ça allait.

Non ! Oh non ! Ça ne va pas du tout ! Il fallait à tout prix qu'elle oublie Victor, et vite.

— Bien sûr. Pourquoi cette question ?

— Parce que je t'ai appelée deux fois, et tu n'as pas répondu, dit-il d'un air pincé.

— Désolée, Matt. J'ai dû avoir une absence.

— Oui, depuis le début de la soirée ! J'ai l'impression d'être accompagné par un fantôme…

Elle fit de son mieux pour se concentrer sur lui et sourit, sincèrement navrée.

— Je te fais mes excuses. Tu as raison. J'ai l'esprit trop préoccupé, ce soir.

— Veux-tu qu'on en parle ?

— Non, ce sont des problèmes au travail et je ne devrais pas laisser ça gâcher la fête de mes parents.

Elle se leva et lui tendit la main.

— Veux-tu danser ?

— Je ne sais pas…

— Oh ! s'il te plaît !

En temps normal, elle n'aurait supplié personne de cette manière, mais elle tenait à se racheter. Il finit par accepter, et elle l'entraîna sur la piste. Elle oublia presque Victor et ses baisers enflammés, et put enfin accorder à Matthias l'attention qu'il méritait. Elle rit avec sa famille, bavarda joyeusement et, enfin, se retrouva sur le perron avec son cavalier en attendant que leur chauffeur arrive. Ils se précipitèrent au chaud, sur la banquette arrière.

— C'était formidable ! s'écria Matthias, une fois assis.

— Je suis bien d'accord. Mes parents méritaient de faire une pause et de s'amuser.

— Toi aussi, dit-il en lui prenant la main. Tu as toujours travaillé trop dur, Maeve.

Elle s'écarta de lui et lissa avec soin des plis inexistants sur son manteau. Matthias ne fut pas dupe, évidemment.

— Cette soirée m'a prouvé que je devais changer de rythme. J'ai quelques dossiers sensibles en attente, mais je pense qu'une de mes bonnes résolutions sera d'accepter des affaires plus légères aussi.

La voiture se faufila au milieu du labyrinthe de véhicules de luxe garés devant le club et atteignit enfin la route.

— Il est un peu tard, remarqua Matthias en consultant sa montre, mais j'aimerais beaucoup t'offrir un dernier verre. Mon avion ne décolle que tôt demain matin.

Il la dévisagea, plein d'espoir. En dépit de sa culpabilité, Maeve sut qu'elle ne pouvait accepter – pas quand elle sentait encore les mains et les lèvres de Victor sur elle.

— Je suis désolée, Matt, mais mes parents partent aussi demain pour une croisière de deux semaines et je suis sûre qu'ils auront besoin de mon aide pour finir leurs bagages de dernière minute…

Matthias se redressa et perdit son sourire.

— Matt, nous avons toujours été amis et j'aimerais que ça continue !

— Et si je voulais plus ?

— C'est impossible, surtout maintenant. Le travail m'occupe jour et nuit. Je n'ai pas de place pour une liaison.

— J'espère que ce n'est pas à cause de Lionel. Ce qu'il t'a fait était affreux ; d'un autre côté, j'ai toujours trouvé que tu étais trop bien pour lui. Pardonne ma franchise, mais je pense qu'il est temps pour toi de tourner la page et j'adorerais être l'homme avec qui tu choisiras de poursuivre ta route.

Au même instant, le portable de Maeve sonna et elle le tira de son sac. *Victor !* Bon sang. Il ne pouvait pas tomber à un pire moment. Elle coupa le son et rangea son téléphone.

— Encore le travail ? demanda Mattias, sceptique.

— La famille, mais je les rejoins tout à l'heure.

Entendre ces mots lui noua l'estomac d'une drôle de manière. Une part d'elle aurait aimé pouvoir considérer Victor comme sa famille. Elle avait tellement envie de le revoir ! *Seulement au tribunal*, se rappela-t-elle. Elle ne ferait plus l'erreur de lui donner rendez-vous en privé.

Néanmoins, une fois rentrée chez elle, elle se déshabilla, se jeta sur son lit et composa son numéro… Il répondit dès la première sonnerie.

— On pense encore à moi ? lança-t-il avec arrogance.

— Je te rappelle, c'est tout.

Elle bâilla bruyamment pour bien lui montrer qu'il n'avait aucune importance à ses yeux. *Bien joué, ma fille.*

— Que voulais-tu ?

— Toi, répondit-il du tac au tac.

— Oublie ça.

— Peux-tu honnêtement prétendre que tu ne ressens rien pour moi, après ce soir ?

— Bien sûr que je ressens quelque chose, admit-elle, mais on n'obtient pas toujours ce qu'on veut, dans la vie.

— Nous sommes deux adultes consentants. Pourquoi ne pourrions-nous pas nous accorder un peu de plaisir ?

— Je pense à un million de raisons…

— Donne m'en une.

— Lillian Duberry.

— Es-tu incapable de séparer travail et plaisir ?

— C'est ce que je fais, en refusant continuellement tes alléchantes propositions sexuelles.

— Tu admets donc que c'est alléchant ?

Sa voix basse l'échauffa comme une braise, et toutes ses muscles se contractèrent. Elle dut serrer les cuisses pour garder le contrôle.

— Tu sembles doué, donc oui. Maintenant, arrête de sourire bêtement.

Il éclata de rire, et elle frémit de plus belle.

— Tu as raison : je souriais. Je veux te faire monter au septième ciel, ma jolie.

Elle se laissa couler sur les oreillers avec paresse. Elle

avait toujours aimé discuter avec des hommes virils comme lui. S'il était aussi persistant à la barre qu'ici, les problèmes ne faisaient que commencer, songea-t-elle soudain.

— Rejoins-moi, suggéra-t-il.

Un flot de désir s'écoula de ces deux mots, dans lesquels perçait cet accent caribéen si irrésistible. Elle tint bon.

— Non. Je ne peux pas.

— Pourquoi ?

— Pour toutes les raisons que je t'ai déjà données. Ce ne serait pas sage.

— Même en pleine nuit ?

— Oui. Chicago paraît immense, mais c'est une petite ville, au fond : tout le monde me connaît et les fenêtres ont des yeux…

— Dans ce cas, accompagne-moi au Costa Rica pour quelques jours, loin de nos obligations et des regards indiscrets. Bébé, cessons un peu de repousser l'inévitable. La vie est courte. Offrons-nous une chance de connaître quelque chose d'extraordinaire.

— Ce n'est pas le moment de prendre des vacances !

Même à ses oreilles, cette réponse sonna creux. *Est*-ce franchement tout ce que tu as trouvé ?

— Ne me dis pas que tu avais prévu de travailler pendant les fêtes de fin d'année. Même les grandes entreprises comme la tienne ferment, à cette période. Thanksgiving est réservé à la famille, d'accord, mais Noël ? Ou bien le nouvel an ? On pourrait passer quelques jours chez moi. Il te suffirait de boucler un sac, je m'occuperai du reste. Et si tu n'as pas le temps d'emporter des vêtements, nous achèterons ce qu'il te faut sur place.

Elle s'enfouit un peu plus dans les coussins.

— Je vais y réfléchir, finit-elle par répondre.

— Je m'absente la semaine prochaine, ça te laissera le temps de prendre une décision.

— OK. On se parle à ton retour.

— Bonne nuit, ma belle.

Maeve éteignit la lumière, mais le sommeil ne vint pas. *Partir avec lui au Costa Rica ? Est*-il fou ?

Elle voulut s'en convaincre mais, quelque part au fond d'elle, elle était déjà en train de préparer sa valise…

— Où as-tu prévu d'aller ? Et pour faire quoi ?

Le jour avait fini par se lever et, étant donné que les époux Eddington avaient prévu de partir ce matin, le brunch habituel du dimanche avait été annulé. La fratrie était seule sur le Domaine. Desmond et son épouse Ivy avaient profité de l'occasion pour s'offrir une journée « blues et barbecue » à Memphis. Jake, lui, était accompagné par sa copine du moment, et Maeve avait décidé de se détendre sans penser à rien avec Reign. Hélas, elle s'était si bien relaxée qu'elle venait de se trahir en lui parlant de son projet secret.

— Je ne suis pas sûre de partir, dit-elle en grignotant un légume tiré du panier-déjeuner concocté avec soin par John. Mais ça fait une éternité que je n'ai pas pris de vacances et comme je n'ai encore rien de prévu pour le nouvel an…

Elle haussa les épaules, finit sa bouchée et la fit passer avec une gorgée d'eau pétillante. Reign la dévisagea, le regard brillant, par-dessus sa flûte de champagne.

— Je savais que tu ne pourrais pas lui résister ! Vas-y et fais-toi plaisir. Tous les jours et dans toutes les positions…

— Reign !

— Quoi ? Non seulement Victor est un parti enviable, mais il est aussi chaud comme la braise ! À ta place, je n'hésiterais pas un instant.

Maeve fronça les sourcils et sa sœur ajouta très vite :

— S'il était intéressé par moi, bien sûr…

— Mais, l'éthique ? Je ne peux pas me permettre de sortir avec l'avocat de la partie adverse !

— Dis-toi plutôt que tu vas passer quelques jours avec un homme qui t'attire. As-tu l'intention de te servir de tes charmes pour le pousser à abandonner l'affaire ? Veux-tu le manipuler ? Non. Tu vas juste t'envoyer en l'air sous les tropiques et, franchement, il était temps !

Reign avait raison, et Maeve dut bien l'admettre. La semaine suivante, elle envoya un texto à Victor :

Pour le Costa Rica, j'accepte ton offre.

Le 26 décembre, elle se réveilla hantée par des émotions contradictoires. Une partie d'elle se sentait étrangement vivante, tandis que son esprit rationnel était gêné à l'idée de ne pas avoir le contrôle de la situation. Victor l'avait invitée chez lui mais, quand elle l'avait interrogé sur le programme qu'il avait prévu, il était resté très vague.

— Tu n'auras pas besoin de beaucoup de vêtements, avait-il seulement dit d'un air mutin.

Elle avait protesté, trahie par les ronronnements impatients de son minou… Finalement, elle avait bouclé son sac pour la semaine, emportant des vêtements de sport, plusieurs maillots de bain, quelques robes légères et une combinaison de soie ornée de cristaux aussi sexy que confortable. Elle avait l'intention de la porter sur des talons hauts, sans rien dessous, et, après une soirée de danse, la laisser couler le long de son corps avant de rejoindre les bras de Victor. Déjà, toute sa chair s'échauffait à cette idée.

Elle prit son petit déjeuner en famille. Heureusement, personne ne l'interrogea au sujet du « vieil ami » qu'elle allait voir – seule Reign était dans la confidence. Desmond la conduisit jusqu'à l'aérodrome où Victor avait posé son avion privé. Lorsque l'appareil traversa la couverture nuageuse pour jaillir sous le soleil hivernal, elle sentit sa peur et sa prudence s'évanouir, remplacées par une excitation fiévreuse.

À l'atterrissage, Victor fut la première personne qu'elle vit, et ce spectacle aurait suffi à rendre la vue à une aveugle ! Il était encore plus beau dans sa chemisette et son pantalon de lin blanc qu'en smoking à Chicago. Elle ne put s'empêcher de saliver et fut heureuse de pouvoir dissimuler son regard vorace sous ses lunettes de soleil.

— Joyeux Noël ! lança-t-il avant de l'embrasser fermement sur les lèvres et de la soulever dans ses bras pour la faire tournoyer en l'air.

Il la reposa ensuite, la laissant glisser le long de son corps musclé et ferme. Elle s'écarta dès que ses orteils touchèrent le sol.

— Arrête ! On pourrait nous voir !

— Détends-toi, chérie. C'est un aérodrome privé, sur un domaine privé. Le mien. Toutes les personnes que tu croiseras sont mes employés. Au pire, ils te dévisageront, et je ne les comprendrais : tu es splendide.

Il passa un bras autour de ses épaules et fit signe à un technicien de décharger ses bagages tandis qu'il la conduisait jusqu'à une splendide jeep blanche.

— Merci de m'avoir invitée, dit Maeve, secrètement troublée par son dernier commentaire. D'après ce que j'ai déjà pu voir, ton pays semble très beau.

— Ne me dis pas que c'est ta première visite ici !

— Hélas, si. Mes parents et mes frères sont venus, par contre, et ont été impressionnés. Ça fait longtemps que j'envisage d'y passer quelques jours…

— Qu'est-ce qui t'en a empêchée ?

— Le travail, principalement.

Ils atteignirent la jeep et, une fois la valise de Maeve chargée à l'arrière, ils prirent place à l'intérieur.

— Depuis quand n'as-tu pas pris de vacances ? demanda Victor en conduisant.

— J'ai passé un week-end à Sag Harbor cet été et, parfois, je prolonge un voyage professionnel d'un jour pour me promener…

— Je parlais de *vraies* vacances, comme celles-ci.

— Je ne sais pas. Deux ans ? Honnêtement, j'ai oublié.

— Tu sais ce qu'on dit : il faut travailler pour vivre, et pas vivre pour travailler.

— J'essaye de garder un équilibre sain. Ces derniers mois ont été chargés, mais je pense souffler l'été prochain. Mes honoraires après avoir gagné le procès Duberry m'offriront un séjour bien mérité dans une villa de luxe.

Victor lui jeta un coup d'œil sans ralentir.

— N'oublies-tu jamais ton boulot ? Notre relation n'est-elle qu'un duel à tes yeux ?

— Nous n'avons pas de relation, coupa-t-elle. Tu es mon adversaire, point.

Victor éclata de rire, et une vague de chaleur l'enveloppa.

— Tu ne le sais peut-être pas encore, ma belle, mais je suis bien plus que ça.

— Es-tu toujours aussi arrogant ?

— Uniquement quand on me provoque.

— C'est ce que je fais, à ton avis ?

Il glissa une main le long de son bras et caressa son poignet avec son pouce. Maeve fit de son mieux pour rester de marbre, mais il dut forcément sentir son pouls accélérer.

— Je te laisse juger…

Oh ! c'était exactement ce qu'elle craignait ! Les efforts du sexy Victor Cortez pour la séduire risquaient de lui faire complètement perdre la tête.

- 12 -

Victor s'engagea dans une allée bordée de palmiers et fermée par un portail de sécurité automatique qui s'ouvrit à son approche.

— *Bienvenida* au Palais Cortez, annonça-t-il avec un geste théâtral. *Mi casa es su casa.*

— Un palais ? Où ?

Après avoir atteint le sommet d'une colline et passé un dernier virage, l'immense résidence à plusieurs étages de Victor et ses dépendances apparurent enfin.

— Waouh ! s'exclama Maeve. Tu appelles ça un palais ?

— Comment l'appellerais-tu, toi ?

— Une citadelle. C'est gigantesque !

Il éclata de rire, plus fier que jamais. Il lui avait fallu cinq ans, les efforts de deux entreprises de construction et de sept décorateurs d'intérieur pour bâtir la maison de ses rêves. Les façades de pierre blanche et d'acier reflétaient l'éclat du soleil et se mariaient parfaitement au bleu de l'océan. Des chevaux broutaient paisiblement au loin. Le parc était planté de palmiers et d'arbres fruitiers. L'ensemble était un chef-d'œuvre architectural et artistique. En dehors de son travail, Victor le considérait comme sa plus grande réussite ; et savoir qu'il avait réussi à impressionner une femme comme Maeve était une grande satisfaction.

— Mon Dieu ! cria-t-elle soudain. Est-ce un poulet ?

Il ralentit pour laisser passer la poule et ses petits.

— Élevage bio en plein air, expliqua-t-il. Presque tout ce que nous mangeons ici provient du domaine.

— Victor Cortez, tu es un homme plein de surprises…

Il agita les sourcils d'une manière comique.

— Comment disait-on déjà, dans les vieux films américains ? Tu n'as encore rien vu, poupée !

Ils dépassèrent trois maisons d'amis avant d'atteindre la demeure principale, avec ses dix chambres et sept salles de bains. Maeve se perdit en compliments. Victor avait peut-être dépensé des millions pour construire tout ça, mais la réaction de son invitée justifiait ce prix. Arrivé au deuxième étage, il s'arrêta sur le palier.

— J'ai demandé à Hasina de préparer deux chambres d'amis. Tu peux choisir entre une vue sur la montagne, et une vue sur l'océan.

— Quoi ? plaisanta-t-elle. Pas les deux ?

— Seule ma chambre ouvre des deux côtés à la fois.

Il la vit avaler sa salive avec peine.

— Tu la découvriras plus tard…

Pour une fois, elle ne protesta pas. *Un point pour moi.*

— J'ai pensé que le vol t'aurait sans doute fatiguée et je te propose un dîner simple ici, suivi si ça te tente par une baignade au coucher du soleil. Pour le reste, je te laisserai décider du programme. Il y a beaucoup à voir et à faire, ici.

— J'admets que le voyage a été long et que j'apprécierais une soirée calme. Comme je peux admirer toutes les montagnes imaginables à Chicago, je crois que je vais aussi opter sur la chambre côté mer.

— Hasina y fera monter tes bagages. Veux-tu te reposer ? Te rafraîchir ? J'ai hâte de te faire visiter le domaine, mais si tu n'es pas assez en forme pour ça, je le comprendrais.

— J'adorerais explorer ta propriété. Laisse-moi juste le temps de me doucher…

Il fut tenté de rebondir sur l'idée de la douche pour lancer un ou deux commentaires sexy, mais sa bonne éducation l'en empêcha.

— OK. Rendez-vous en bas dans une heure ?

— Une demi-heure suffira.

— Parfait. N'hésite pas à enfiler une tenue confortable et de bonnes chaussures. Il y a quelques beaux endroits qu'on ne peut pas atteindre en voiture, sur le domaine.

Elle lui adressa un regard troublant.

— L'aventure commence…

— En effet, répondit-il en lui embrassant le front. Je suis content que tu sois là.

— Moi aussi.

Il alla l'attendre près du pied de l'escalier, ne voulant pas l'obliger à le chercher dans toute la maison. Il était facile de s'y perdre. Très vite, Hasina le rejoignit, un sac à la main. Elle le lui confia avec fermeté.

— Qu'est-ce que c'est ?

— Une petite collation. La pauvre fille vient d'atterrir et tu ne lui as même pas proposé un verre d'eau. Où sont donc passées tes bonnes manières ?

— J'ai dû les égarer… Merci de ta prévenance.

— La falaise qui surplombe la maison ferait un parfait endroit pour votre pique-nique. Leandro a ajouté des couverts, des serviettes et une bouteille de vin.

Elle jeta un coup d'œil à l'escalier et ajouta :

— Cette jeune femme est spéciale. Ne gâche pas tout.

Puis, sur un sourire complice, elle retourna dans la cuisine sans laisser à Victor le temps de lui demander d'où lui venait une telle certitude – elle avait à peine croisé Maeve ! Néanmoins, lorsque celle-ci redescendit vêtue de blanc depuis son T-shirt léger jusqu'à ses tennis de toile, il ne put que partager l'avis d'Hasina. Elle était très spéciale, en effet. Il n'avait jamais envisagé de se marier, mais, s'il finissait par franchir le pas, elle aurait été le genre de femme qui aurait aisément trouvé sa place dans son monde, à son bras, dans son lit…

— Tu es ravissante, dit-il en l'embrassant.

Elle se détourna très vite, l'air gêné.

— Ne fais pas ça.

— Oh ! je compte bien faire plus, prévint-il en s'enivrant de son parfum fleuri et citronné. Ma maison, mes règles.

Maeve passa nerveusement la main dans ses cheveux.

— Qu'y a-t-il dans ce sac ?

Il devina qu'elle essayait de lui faire oublier la tension sensuelle palpable qui s'installait peu à peu et sourit.

— Hasina a pensé que tu pourrais avoir faim après ton long voyage. Son mari Leandro nous a préparé un déjeuner.

— C'est très gentil à eux !

— Hasina est l'une des personnes les plus douces et attentionnées que je connaisse. Cette maison ne tiendrait pas debout sans elle.

— Un couple marié gère aussi notre domaine. Ils font partie de notre famille depuis bien avant ma naissance.

— Pareil pour moi. Es-tu prête ?

— Absolument.

Ils reprirent la jeep et, quelques minutes plus tard, s'engagèrent sur la route à deux voies qui faisait le tour de la propriété. Victor montra à Maeve les jardins et les structures qui constituaient sa ferme bio autosuffisante, le lac rempli de poissons, les serres et le golf de dix trous entretenu avec soin flanqué de terrains de basket et de tennis.

— C'est un paradis ! conclut Maeve quand il s'engagea sur un chemin de graviers. Comment as-tu déniché cette terre ?

— Elle appartient à ma famille depuis longtemps. Mon grand-père l'a achetée quelques années après avoir débarqué de Jamaïque, dans les années 1950. J'ai passé mes étés ici et suis tombé amoureux de la nature, de la mer et des cultures. Mon grand-père m'a encouragé dans cette voie. Il a toujours regretté que mon père ait tourné le dos à la campagne dans laquelle il avait grandi. Depuis son entrée à la fac, seules les grandes villes existent à ses yeux.

— Étrange, tu ne m'as pas fait l'effet d'un campagnard.

— Pas un « campagnard », mais contrairement à ce que beaucoup de personnes pensent, je préfère le calme des grands espaces à l'agitation des métropoles.

Il se gara au bord du chemin et annonça :

— La jeep ne pourra pas aller plus loin. On va devoir continuer à pied.

— Où allons-nous ?

— Au paradis.

L'air surpris de Maeve le fit éclater de rire et il se pencha pour l'embrasser de nouveau. Il n'aurait pas pu tenir plus longtemps sans céder à l'appel de ses lèvres. Il sortit en premier, attrapa leur pique-nique, puis vint ouvrir la portière de son invitée. Il lui prit la main et la guida à travers un bosquet dense jusqu'à un escalier de pierre creusé à même la montagne. Le ciel était d'un bleu pur, l'air était frais. À cette altitude, on aurait presque pu toucher les nuages…

— Cet endroit est magique, murmura Maeve.

— Oui, répondit-il en serrant ses doigts dans les siens.

Arrivés au sommet, il se retourna pour guetter sa réaction. Devant ses yeux pétillants, il sentit son cœur accélérer. Elle s'écarta en douceur et tourna sur elle-même pour admirer les montagnes, l'océan, les îles qui brisaient la ligne d'horizon. Un peu gêné de l'observer ainsi, il entreprit de déballer leur déjeuner. Hasina avait glissé une couverture dans le sac et il l'étala par terre pour y déposer les assiettes et couverts. Il aligna ensuite au centre une boîte remplie de salade, du saumon fumé et quelques pains enveloppés dans une serviette. Il venait de récupérer deux bouteilles d'eau quand il sentit des mains douces se poser sur ses épaules.

— Merci de m'avoir amenée ici.

Il prit une profonde inspiration pour contrôler ses tremblements et se leva.

— Merci d'apprécier ce paysage autant que moi.

Il déposa un baiser sur son front, sa joue, ses lèvres.

— Et merci aussi de m'avoir touché comme ça. Je crois que je ne pourrai pas résister longtemps à la tentation.

— Je n'ai peut-être pas envie que tu résistes…

Il n'avait pas besoin de plus d'encouragement et l'attira dans ses bras pour échanger un long baiser. Elle se pressa contre lui et entrouvrit les lèvres avec fièvre. Un gémissement lui échappa, et il eut l'impression d'être réellement au paradis. C'était comme s'il avait manqué jusque-là un élément essentiel à sa vie – un élément qu'il venait de trouver. Il laissa sa main descendre sur les fesses de Maeve et s'arrêta juste avant de les agripper, conscient qu'il n'aurait sans doute pas la force de les lâcher. Il avait déjà envie de la déshabiller, de s'étendre nu sur elle et de lui faire l'amour. Il ne parvint à s'écarter que grâce à la discipline qu'il avait acquise au fil des ans, à force de travail.

— Mangeons.

Il n'avait pourtant d'appétit que pour elle. Néanmoins, après un dernier baiser, il s'écarta et l'aida à s'installer sur la couverture ; non sans remarquer ses pupilles dilatées et ses lèvres rougies. Il ressentait la même chose et, pendant la semaine à venir, il avait envie de découvrir avec passion tout ce que ce désir partagé avait à leur offrir. Il avait prévu un monceau d'activités : des sorties entre amis, des fêtes, de l'aventure… Mais plus rien n'avait d'importance. Il voulait garder Maeve pour lui seul.

— Tu ne viens pas t'asseoir ?

— Si, maintenant que je peux me le permettre, répondit-il en rajustant avec une grimace son short de toile.

Maeve détourna les yeux d'un air timide qui attisa encore plus son imagination débordante. Malgré tout, il ne voulait pas la presser. Ils allaient coucher ensemble, c'était inévitable, mais ça arriverait en son temps. Déjà, le cœur de Victor, protégé depuis toujours par sa méfiance vis-à-vis de l'amour, commençait à s'ouvrir. Lentement, à force de mots, de baisers, de gestes gracieux, Maeve en forçait l'entrée…

- 13 -

Maeve aurait dû se sentir mal à l'aise, mais elle n'était que plus convaincue à chaque heure qui passait. Convaincue que Victor était le genre d'homme dont elle avait toujours rêvé. Convaincue qu'il la désirait autant qu'elle et que, ce soir, lorsqu'il essayerait de terminer ce qu'ils avaient commencé dans le couloir sombre du country club, rien ne l'arrêterait. Elle savait d'instinct que sa vie ne serait plus la même, après cette semaine de vacances. Elle n'aurait pas dû ressentir ça pour lui ; hélas, c'était déjà peine perdue.

Bien sûr, elle faisait face à un dilemme et ça l'effrayait. Tant de choses les séparaient – à commencer par le procès Duberry. Elle s'apprêtait à coucher avec l'ennemi. Littéralement. Il y avait aussi ce frisson qui la traversait dès qu'elle le voyait ou pensait à lui. Ils s'étaient à peine embrassés une poignée de fois et, déjà, elle avait envie de penser à l'*am*... Ridicule, bien sûr ! Il n'y avait que dans les livres qu'on tombait amoureux si vite. Il n'y avait que là aussi qu'on vivait heureux pour toujours. Ce bonheur durable, elle ne l'avait encore rencontré que chez les autres : ses parents, Regina, Desmond, Cayden... Pendant des années, elle avait cru connaître enfin cette félicité avec Lionel, elle lui avait ouvert son cœur sans souci de paraître vulnérable, et il l'avait trahie, rejetée. Si ses souvenirs s'effaçaient peu à peu depuis quatre ans, la douleur, elle, était toujours présente. En apprenant son mariage avec une autre femme, dans un autre État, elle s'était juré de ne plus jamais aimer.

Elle n'était sortie qu'avec quelques hommes depuis et avait toujours pris soin de faire des recherches à leur sujet en amont. Tous avaient été fiables, prévisibles, rassurants et gentils, comme Cornelius et Matthias. N'avait-elle pas pensé la même chose de Lionel, à l'époque ? Oui, il avait semblé parfait, au premier abord…

Sentant son moral baisser, elle chassa ces pensées et se leva de sa chaise, perchée sur de hautes sandales pailletées. Victor était un hôte idéal mais, aussi formidable qu'ait été leur première journée, elle attendait la soirée avec impatience. Elle traversa la chambre, entra dans l'immense dressing et ouvrit son coffret à bijoux de voyage. Elle en tira un fin bracelet de diamants et de simples boucles d'oreilles en forme de goutte. Elle ne voulait pas gâcher l'effet de la robe longue colorée qu'elle avait choisie pour leur dîner devant le coucher de soleil. Elle jeta un dernier regard à son miroir, puis se prépara à sortir. Au même instant, son portable sonna et elle se souvint des textos impatients de sa sœur.

— Salut, Reign…

— Pas de « salut, Reign » qui tienne ! J'ai attendu de tes nouvelles toute la journéc !

— Tu as reçu mon message, non ?

— Tu plaisantes ? Tu pars à l'autre bout du monde, et je suis censée me contenter d'un vague SMS pour m'annoncer que tu es bien arrivée ?

Maeve ne put s'empêcher de sourire.

— Je suis désolée.

— Je ne te crois pas.

— C'est vrai ! La journée a été bien remplie et je comptais t'appeler dès demain.

— Trop tard : je suis là.

— Je m'apprêtais à descendre dîner.

— Pas avant de m'avoir fait un rapport. Comment ça se

passe ? Victor est-il toujours aussi sexy ? Avez-vous déjà couché ensemble ?

— *Reign !*

— Oups… Je voulais dire : avez-vous eu des relations ?

— Arrête, on croirait entendre grand-mère.

— Ne change pas de sujet, frangine. C'est toi qui prétends être pressée.

— Je t'accorde cinq minutes, répondit Maeve en sortant sur le balcon. Pour répondre à tes questions, tout se passe très bien. La maison de Victor est féerique et il se comporte comme un gentleman. Mais non, nous n'avons pas eu de… relations.

— Ça va venir, répondit sa sœur.

— Je ne sais pas.

— Menteuse ! J'entends ton bonheur à travers l'écouteur. Promets-moi de ne pas trop réfléchir, Maeve. Il est temps pour toi d'oublier tes anciennes blessures.

— Si tu le dis. Quoi qu'il en soit, je passe un bon moment.

Elle lui raconta rapidement leur excursion de l'après-midi à Puerto Limón, puis leur partie de tennis et l'agréable conversation qu'ils avaient eue avec Leandro et Hasina autour d'une tasse de thé.

— Ils me rappellent Bernice et Chauncey. C'est ma première journée ici, mais je me sens déjà comme chez moi.

— Et je suis sûre que Victor n'est pas étranger à ça…

— En parlant de lui, je dois le rejoindre. Fais des bises à tout le monde de ma part et rassure nos frères : je vais bien.

— Promis. Je vais tout faire pour les empêcher d'enquêter au sujet de ton mystérieux « ami ».

— Je t'en dois une, sœurette.

— Et je m'en souviendrai. À ton retour, je tiens à ce que tu me racontes *tout* ce qui se sera passé !

Maeve descendit. Son sourire ne fit que s'élargir quand elle vit Victor. Comme elle, il s'était changé. Il portait à présent un pantalon noir et une tunique assortie. Dès son entrée, il s'approcha pour l'embrasser.

— Tu es magnifique, dit-il.

— Merci.

— Ce pays est réputé pour sa nature luxuriante, mais tu surpasses les plus belles de nos fleurs.

Chacun de ses compliments brisait un maillon de la chaîne qui enserrait son cœur… Néanmoins, elle préféra cacher sa faiblesse sous un voile de sarcasme – comme toujours.

— Tu ne crois pas que tu en fais un peu trop ?

— Je ne dis que la vérité, ma douce.

Elle tressaillit, puis se dit qu'il devait employer ces mots avec toutes ses conquêtes. Ce n'était qu'un surnom destiné à l'attirer dans son lit… Décidant soudain qu'elle en avait assez de lutter contre le destin, elle sourit de plus belle et se promit de profiter de chaque instant jusqu'au matin. Elle prit donc le bras qu'il lui offrait et murmura :

— Tu n'es pas mal non plus.

— J'essaye.

— Où mangeons-nous ?

— Pas loin.

Quelques minutes plus tard, il tirait pour elle une des deux chaises disposées autour d'une table romantique sur sa plage privée au sable blanc. Le dîner fut simple et savoureux – mais Maeve n'était même pas certaine qu'elle se souviendrait du menu, plus tard. Pour fêter son arrivée, Victor déboucha une bouteille de Dom Pérignon « Réserve de l'Abbaye » qui fut divine. À chaque gorgée, Maeve sentit sa prudence fondre et son audace grandir. C'était la seule explication qu'elle pouvait donner au fait qu'elle allait se retrouver dans son lit dès leur retour à la maison…

Juste après minuit, la fatigue du voyage commençant à se faire sentir et le champagne aidant, Maeve s'était mise à bâiller en se promenant sur la plage avec Victor. Il avait donc insisté pour rentrer. Ils montèrent à l'étage ensemble et s'arrêtèrent devant la porte de la chambre de Maeve. Son hôte l'embrassa chastement pour lui souhaiter une bonne nuit et alla s'enfermer dans sa suite.

Restée seule, elle se doucha et enfila un ensemble de lingerie qu'elle avait achetée exprès pour ce voyage. La nuisette en dentelle translucide descendait jusqu'au sol et s'ornait de fentes remontant le long de ses cuisses, jusqu'à ses hanches. Dessous, elle ne portait qu'un string assorti. Elle s'allongea sur le matelas, moelleux comme un nuage, et ferma les yeux, convaincue que le sommeil la saisirait très vite. Hélas, la douche ou le fait de savoir que Victor dormait à quelques mètres d'elle l'empêchèrent de sombrer. Après avoir tourné et gigoté entre les draps, elle comprit qu'elle allait avoir besoin d'un petit coup de pouce – et que ce coup de pouce se trouvait précisément au bout du couloir.

Elle se leva et sortit sur la pointe des pieds, excitée par sa propre audace. Elle avait perdu la tête… Jamais elle ne faisait ce genre de choses ! Elle aurait presque pu entendre sa sœur et Regina l'acclamer dans sa tête.

Elle ouvrit la porte de la chambre de Victor sans un bruit et attendit un instant que ses yeux s'habituent à l'obscurité. La suite en L était constituée d'un petit coin salon, puis de la chambre, cachée par l'angle du mur. Victor était sans doute allongé là, nu, sans se douter de sa présence. Qu'allait-il dire, s'il se réveillait pour la découvrir dans son lit ?

Pressée de le savoir, elle s'approcha et dut étouffer un cri. Une baie vitrée donnant sur le patio occupait presque tout un mur et l'une des portes était restée ouverte pour faire pénétrer le chant des vagues ainsi que la brise nocturne. Le magnifique corps sombre de Victor se dessinait sur les draps immaculés, illuminé par la lune. Maeve eut soudain l'impression d'être une sorte de sirène, le corps en feu, ne contrôlant plus ses mouvements. Elle s'approcha prudemment pour ne pas le réveiller et avait presque atteint le lit quand elle vit l'éclat de ses yeux. Il ne dormait pas ! Il guettait son approche depuis le début !

— Victor, souffla-t-elle, sous le choc.

— Viens ici, dit-il en lui tendant la main.

Elle grimpa sur le matelas et se réfugia dans ses bras ouverts. Ils ne parlèrent pas : c'était inutile. Leurs corps prirent le dessus. Elle s'assit à cheval sur lui et l'embrassa avec fièvre. Ses grandes mains lui firent l'effet de fers brûlants lorsqu'elles descendirent le long de ses bras, de son dos, avant de se fixer sur ses fesses. Il les étreignit. Sa langue se fit plus joueuse, et Maeve sentit ses tétons durcir contre son torse. Comme s'il avait compris de quoi elle avait besoin, Victor s'écarta un instant, puis en saisit un entre ses lèvres. Il gémit, et la sensation de sa langue chaude à travers l'étoffe de la nuisette traversa Maeve comme un arc électrique. Son sexe était déjà humide et elle se mit à bouger, se frottant contre le membre dressé de Victor. Elle sentit ses mains passer sous la dentelle pour trouver ses fesses nues. D'un doigt, il se glissa entre elles pour la caresser, de bas en haut, tout en dévorant son sein. Quand elle ne put plus supporter l'attente, elle se redressa pour écarter son vêtement devenu gênant. Le sexe de Victor se pressa contre son string – dernière barrière entre elle et l'extase. Victor parut soudain se figer, hésiter un instant, puis il attrapa un préservatif sur la table de chevet. Il fit rouler Maeve sur le dos, enfila sa protection, puis souleva une de ses jambes pour s'introduire en elle. Elle avait su dès le départ qu'il serait un amant formidable et il ne la déçut pas. Son membre, d'une taille impressionnante, la plongea dans une torture exquise. Elle eut besoin de quelques secondes pour s'habituer à cette présence en elle et, quand elle fut plus à l'aise, Victor se mit à bouger plus vite, plus profondément. Bientôt, elle se surprit à pousser des gémissements inarticulés, emportée par la montée du plaisir.

— Ouvre les yeux, dit-il avec douceur.

Elle obéit. Au même instant, il insinua un doigt entre ses lèvres du bas, joua un peu avec la perle sensible de son clitoris et lécha son doigt.

— Quel délice…

— Quelle sensation, répondit-elle, enivrée.

Ils continuèrent ainsi presque toute la nuit. Après trois orgasmes dévastateurs, Maeve perdit le compte. Elle se réveilla le lendemain, courbatue et ravie. Le reste de la semaine fut rythmé par les fêtes où elle rencontra plusieurs amis de Victor, les repas savoureux et de sensationnels interludes sexuels dès qu'ils en avaient l'occasion. Dedans, dehors, dans toutes les positions imaginables. Mais rien n'égala leur première nuit.

Car, ce soir-là, Maeve était tombée désespérément amoureuse de Victor…

- 14 -

Victor était de retour à Chicago depuis moins d'une heure et, déjà, la chaleur du soleil de son pays lui manquait. Alors que la limousine qu'il avait commandée atteignait l'entrée d'un immense immeuble d'habitation, il enroula son écharpe autour de son cou et enfila un bonnet assorti. Il donna quelques consignes au chauffeur concernant ses bagages et sortit du véhicule pour courir jusqu'à la porte d'entrée.

— Victor ?

Il fit volte-face instinctivement et le regretta tout de suite. Camela approchait, portant jean, bottes, manteau de cuir et sourire ravageur. Il revint à regret sur ses pas, sous l'auvent, et la rejoignit au milieu de l'allée.

— Bonjour, Camela.

— Salut, beau gosse !

Elle se pencha, espérant clairement un câlin, et il eut du mal à la tenir à distance. Heureusement, elle n'insista pas.

— Je pensais que tu étais rentré chez toi pour les fêtes.

— Oui.

Elle la couva d'un regard aguicheur.

— Mais tu es revenu parce que je te manquais, hein ?

Ignorant cette remarque, il changea de sujet :

— Habites-tu dans le quartier ?

— Pourquoi ? Aimerais-tu passer chez moi ?

— Tout est possible…

— En fait, je devais juste déposer quelque chose là-bas, dit-elle en indiquant un autre immeuble, un peu plus loin.

— Je vois. De mon côté, j'ai un rendez-vous, donc… Passe une bonne journée, Camela.

Il préféra ne pas mentionner que son « rendez-vous » impliquait sa douche et sa télévision, et tourna les talons.

— Tu me dois un repas ! claironna Camela dans son dos.

Oh non, il ne lui devait rien…

— Désolé, pas cette fois, répondit-il.

Il lui fit signe sans se retourner et passa la porte. Après un bref arrêt au poste de sécurité pour rappeler au gardien qu'il tenait à son intimité et ne désirait recevoir *aucun* invité surprise, il monta dans l'ascenseur pour s'enfermer dans son nouveau foyer, si loin de chez lui.

Il se rendit immédiatement dans le bureau, l'une des pièces qui l'avaient poussé à faire une offre sur cet appartement, et posa sa sacoche sur la table avant d'allumer la cheminée électrique. Il resta quelques instants devant le feu pour se débarrasser à la fois du froid et de l'apparition inattendue de Camela. Décidément, il ne regrettait pas d'avoir acheté sur un coup de tête ce bijou d'architecture au bord du lac, avec ses deux chambres et trois salles de bains. Il avait affirmé à l'employée de l'agence qu'il en avait assez de dormir à l'hôtel et, quand elle lui avait rappelé qu'une location de courte durée lui coûterait moins cher, il avait prétendu vouloir enrichir son portfolio par quelques investissements dans l'immobilier.– À Chicago ? avait-elle demandé.

— Oui.

— Dans… l'Illinois ?

— Oui, avait-il répété en soupirant.

Elle avait ensuite eu la sagesse de ne pas remettre sa décision en question et lui avait même conseillé un décorateur d'intérieur pour l'aider à aménager son logement.

En moins de deux semaines et après une myriade d'appels vidéo, le célèbre Sam Breedlove avait largement gagné son salaire exorbitant. Le mobilier était simple mais sophistiqué, mettant en valeur avec goût les vues sur le lac Michigan que l'on avait depuis presque toutes les pièces. Déjà, Victor s'imaginait sans peine profiter d'une tasse de café dans le salon avec Maeve, à l'issue d'une nuit passionnée… Il songea un instant qu'*elle* était la véritable cause de cet achat impulsif, et chassa cette idée. Il prit son téléphone pour appeler ses clients, en particulier les héritiers Duberry, mais se surprit à chercher un tout autre numéro…

Maeve décrocha dès la deuxième sonnerie.

— Allô ?

— Qu'est-ce que tu portes ?

— Attends.

Il entendit un froissement de papiers, puis le son mat d'une porte que l'on refermait avec soin.

— Viens-tu *vraiment* de me demander ça ?

Entendre le rire d'une femme au téléphone n'aurait pas dû le rendre aussi heureux, et pourtant…

— Oui, je l'ai demandé. Avoue que ça t'a fait frissonner, tout en bas.

— Dans tes rêves !

— Dans *tes* rêves, tu voudrais que je sois là pour te faire frissonner encore plus, répondit-il.

Ils rirent de nouveau – ensemble – car ils savaient tous les deux que c'était la vérité. Victor se laissa aller contre son dossier et ajusta son jean, qui devenait vite trop serré. Puis il posa ses pieds nus sur la table basse de son bureau comme s'il avait tout son temps devant lui… et aucun dossier en souffrance.

— Puis-je être honnête avec toi ?

— Un avocat honnête ? glousa-t-elle. Impossible !

Il éclata de rire de nouveau. Son humour grinçant était si adorable…

— Quand je te parle, murmura-t-il avec sensualité, mon sexe se dresse tout seul, parfois.

Un long silence accueillit cet aveu. Enfin, Maeve s'éclaircit la voix.

— Est-ce le cas, maintenant ?

— Oh oui, répondit-il en se massant tranquillement à travers son pantalon. Ma table basse est en verre et je pourrais presque graver mon nom dessus avec…

— Sans blague ! J'aimerais voir ça !

— Pas de problème. Je t'attends.

— Tu sais que c'est impossible.

— Pourquoi ?

— Arrête de poser cette question, Victor. As-tu oublié la conversation que nous avons eue avant de quitter le Costa Rica ? Nous avons décidé de ne plus nous fréquenter jusqu'à la fin de cette affaire.

— Je m'en souviens, mais j'aimerais quand même que tu viennes. Et, avant de refuser, tu dois savoir une chose.

— Laquelle ?

— Je ne suis pas au Ritz.

— Vraiment ? Où t'es-tu installé ?

— Dans un charmant appartement sur Lake Shore Drive. Privé. Discret. J'ai déjà glissé un billet au gardien. Je pourrais t'envoyer une voiture quand tu quitteras ton bureau et commander un repas.

— C'est très tentant, mais je ne peux accepter.

— Maeve, ce n'est qu'un dîner !

— Avec un dessert particulier, non ?

— Ça ne te semble pas alléchant ?

— Délicieux. Et c'est pour ça que je dis non. Oh ! un instant… Oui ?

Il entendit des voix étouffées, puis Maeve revint vers lui.

— Désolée, je dois filer. Avec tout le travail que me demande notre affaire, je crains de ne pas avoir de temps pour bavarder avant des semaines.

— Maeve, attends !

— Prends soin de toi, chuchota-t-elle.

Sa voix le fit frémir d'impatience. Il avait été attiré par elle dès l'instant où il l'avait croisée lors de cette fête, à la fac. À présent qu'il savait avec quelle douceur elle s'abandonnait quand ils faisaient l'amour, il la désirait encore plus.

Hélas, rien n'arriverait avant une semaine. Au moins.

Il raccrocha et décida de se concentrer sur son travail. Il alla chercher de l'eau dans son frigo dernier cri, s'installa à son bureau et appela Hubert III, un client aussi difficile à cerner qu'à contacter. Heureusement, celui-ci décrocha tout de suite, pour une fois.

— Monsieur Cortez ! Bonne année !

— Bonne année à vous aussi. Vous semblez bien joyeux.

— Oui. Un de mes artistes vient de signer un contrat à sept chiffres avec un gros label…

Victor se mit immédiatement à prendre des notes.

— Un artiste ? Je ne savais pas que vous faisiez partie du monde de la musique.

— De temps à autre.

— Producteur ?

— Plutôt manager et consultant. J'ai plusieurs casquettes.

— Intéressant… Je vous appelais pour vous annoncer que je suis de retour en ville et que j'aimerais vous rencontrer très vite, ainsi que vos sœurs.

— Pourquoi donc ?

Victor fronça les sourcils et alla se camper devant sa fenêtre qui donnait sur un petit parc apprécié des joggeurs.

— Au sujet d'une petite affaire nommée le procès contre Eddington Enterprise. C'est pour ça que je suis ici.

— Je vous paye pour régler cette affaire.

— Et j'y parviendrais plus facilement si vous n'étiez pas aussi difficile à joindre.

— Je vous avais dit que je m'absentais pour les fêtes.

— En effet, répondit Victor en faisant de son mieux pour rester calme. Vous étiez à l'étranger, mais je ne me souviens pas dans quel pays. Avez-vous passé un bon séjour ?

— Le meilleur possible !

— Vos sœurs vous ont-elles accompagné ? Je les ai appelées mais n'ai pas eu de réponse.

— Elles étaient à Londres avec notre mère.

Il fit défiler une fiche sur sa tablette.

— Daphne, c'est ça ? Elle vit en Angleterre ?

— Depuis deux ans.

— Quel est son nom de famille ?

— Pourquoi toutes ces questions ?

— Parce qu'elle était encore l'épouse de votre père quand Lillian a établi son testament. J'aime rassembler le plus d'informations possible en amont pour ne jamais être pris de court devant le juge. Je tiens à avoir toutes les cartes en main.

— Daphne Collins, répondit Hubert, clairement rassuré.

— Elle est remariée ?

— Quel type futé vous êtes !

Et quel baratineur vous faites…

— Puis-je avoir le nom de son époux ? Leurs métiers ?

— Il s'appelle Jeffrey et je ne sais pas ce qu'il fait. Quant à ma mère, elle n'a jamais travaillé, glousa Hubert comme si l'idée de voir sa mère poursuivre une carrière quelconque était hilarante.

Décidément, Victor avait hâte de boucler ce dossier.

— Très bien. Serait-il possible de tous nous retrouver pour déjeuner en ville, demain ? Disons vers midi et demi. C'est très important.

— Mes sœurs sont retournées à la fac, à Washington.

— Aucun souci, nous ferons ça en visioconférence. Je vais leur téléphoner, fixer une heure, et je vous rappelle.

— Faites vite. Je suis très occupé.

— Merci, Hubert. Je m'en souviendrai.

Il contacta ensuite les jumelles, bien plus cordiales que leur frère, renvoya un texto à Hubert, puis appela sa secrétaire. Il passa ensuite la soirée à faire des recherches sur Daphne Collins. Elle était née Everett, fille d'une mondaine et d'un ingénieur de la NASA, et avait épousé Hubert dès la fin de ses études. Celui-ci avait décroché un master en science politique à Howard et avait géré le portefeuille de Lillian jusqu'à sa mort prématurée. Il avait d'ailleurs fait du bon travail… D'après les informations qu'il dénicha, Daphne paraissait aussi mener une belle vie. Son second mari, Sir Jeffrey, était un militaire décoré et semblait fréquenter la famille royale. Au premier regard, Daphne ne devait pas avoir besoin de l'argent de son ancienne belle-mère ; mais Victor était avocat depuis assez longtemps pour savoir qu'on ne peut jamais se fier aux apparences.

Les jumelles faisaient des études brillantes et, d'après leurs réseaux sociaux, profitaient de chaque journée. On ne pouvait pas en dire autant d'Hubert III. Celui-ci avait abandonné les cours très jeune, pour des raisons obscures.

— Sans doute préfère-t-il coacher des rappeurs, marmonna Victor en étudiant une série de photos qui le représentaient entouré par des hommes chargés de bijoux voyants, des liasses de billets à la main et accompagnés par des femmes à moitié nues.

Ça aurait pu passer pour les caprices d'un enfant riche ; ou la dérive d'un homme qui vivait au-dessus de ses moyens. Où trouvait-il cet argent ? Sans doute pas via le trust établi par son père. Celui-ci prévoyait le financement des études de ses enfants et une rente raisonnable en attendant de plus gros versements à trente, quarante et cinquante ans. Plus il en apprenait, moins il était à l'aise à l'idée de représenter Hubert III et plus il doutait de pouvoir remporter le procès. Il avait accepté ce dossier pour rendre service à Cornelius. Son ami s'inquiétait-il vraiment de ses liens avec l'autre parti ? Ou bien hésitait-il à aider Daphne et son fils à dilapider l'argent de Lillian Duberry ? Victor ne voulait pas penser à cela, mais l'argent pouvait pousser les gens à faire des choix discutables…

Il alla se coucher, troublé. Quelque chose clochait et il *devait* découvrir quoi !

Un autre souci l'empêcha de trouver le sommeil. Maeve aurait dû être avec lui, dans son lit. C'était sa place, il le sentait plus que jamais. Il allait aussi falloir qu'il trouve un moyen d'arranger ça au plus tôt…

- 15 -

— Tu l'as fait !

Le 2 janvier, quand Reign était venue chercher Maeve à la descente de l'avion, tels avaient été ses premiers mots.

— Fait quoi ? avait-elle répondu bêtement.

— Tu as couché avec lui ! Tu rayonnes, frangine.

Ça avait marqué le début d'un interrogatoire de deux heures – et Reign n'avait pas eu besoin de lui arracher des aveux. Maeve avait été ravie de revivre cette merveilleuse semaine et toutes les aventures qu'elle avait vécues avec Victor. Yacht, jet-ski, baignades au clair de lune… Même un dîner avec son père, Arly, et sa splendide épouse à peine plus âgée que Victor. Elle n'avait pas nié un instant qu'ils aient passé leurs nuits ensemble. De toute manière, ça devait se lire inscrit en grandes lettres sur son visage.

— Oui, je l'ai fait.

Sa sœur avait poussé un cri, un poing en l'air.

— Ce n'est pas la peine de t'emballer. C'est arrivé, c'est tout, avait protesté Maeve qui, déjà, doutait de sa sagesse.

— J'en suis ravie. Tu as passé trop de temps refermée sur toi-même… Et n'essaye même pas de dire le contraire. Bien sûr, tu as fréquenté quelques types, mais avais-tu vraiment envie d'eux autant que de Victor ?

Non ! avait crié une voix en elle.

— Je m'en doutais, avait murmuré Reign comme si elle avait lu dans ses pensées. Alors, est-il aussi doué qu'il en a l'air ?

Maeve avait souri, perdue dans ses souvenirs.

— Mieux encore, avait-elle soupiré. Je n'avais jamais ressenti ça de ma vie !

Elle sauvegarda le document qu'elle venait de rédiger et s'écarta de son bureau pour s'étirer. Elle attrapa sa troisième tasse de café de la matinée – et il n'était même pas 10 heures ! Elle travaillait depuis 7 heures du matin dans l'espoir de terminer la plaidoirie qu'elle comptait prononcer devant la juge Keller la semaine suivante. Savourant son expresso vanille-caramel, elle alla admirer la vue depuis la baie vitrée qui occupait presque tout un mur. Elle adorait la lumière naturelle qui se déversait dans la pièce et la vue sur le parc. Les hauts pins étaient poudrés de neige au milieu des chênes, érables et frênes majestueux aux branches nues. La pelouse recouverte d'un voile blanc et les nuages gris pâle semblaient si paisibles, contrairement à elle. Elle ne savait toujours pas comment ce procès allait s'achever et ne cessait de penser à Victor, l'estomac noué. Soudain, on frappa à la porte et elle se retourna pour voir qui était là.

— Maeve ? As-tu un instant ?

— Bien sûr, Raymond. Entre.

Contournant le bureau, elle alla s'installer dans l'un des quatre fauteuils de cuir qui flanquaient une table basse ornée d'un bouquet de fleurs fraîches parfumées. Raymond Zelensky l'imita, calant son immense carrure dans le siège opposé. Génie des mathématiques, il ressemblait plus à un garde du corps qu'à un comptable, avec ses cheveux roux vif et ses yeux verts. Son arrivée à Eddington Enterprise avait été un miracle pour la firme.

— Je sais que les vacances sont finies, dit-elle, mais j'espère que tu m'apportes un petit cadeau de Noël...

— Possible.

Il posa un dossier sur la table. Elle avait été si préoccupée par Victor qu'elle ne l'avait pas encore remarqué. L'ouvrant, il en tira une unique feuille de papier.

— Qu'est-ce ?

— Justement, je ne sais pas. Nous avons fait venir un expert-comptable pour étudier les relevés des placements Duberry et nous assurer que nous n'avions rien raté. Enterré dans l'un de leurs portefeuilles se trouvait ce trust.

Elle lut rapidement l'en-tête.

— Fiducie de Stone Mountain. Est-ce en Géorgie ?

Il haussa les épaules.

— Et l'ex-femme d'Hubert ne vient-elle pas d'Atlanta ?

Maeve alla récupérer son ordinateur portable et revint s'asseoir en le calant sur ses genoux pour effectuer une recherche sur Daphne Everett-Duberry.

— Hubert ? Le père des plaignants ? demanda Raymond.

— Oui.

— Bonne question. Je l'ignore.

— Ah, on dirait que l'ex Mme Duberry est devenue Daphne Collins, murmura Maeve en cliquant sur quelques liens. Je trouve plein de photos prises en Europe, surtout à Londres. Son nouveau mari doit être anglais.

— Elle semblerait avoir réussi à établir un trust *dans* le trust et à y déplacer de l'argent à notre insu.

— Comment est-ce possible ?

— Un voleur trouvera toujours un moyen. C'est compliqué, mais pas impossible.

— Et n'aurait-elle pas eu besoin de l'aide d'un de nos employés pour ça ?

— Oui, je le crains, soupira Raymond. Te rappelles-tu de Louis, le petit magicien de l'informatique que nous avions embauché il y a deux ans ?

— M. MIT ? Comment l'oublier ? Il est parti sans prévenir, non ?

— Une urgence familiale, d'après ce qu'il a dit.

— Tu penses qu'il aurait pu…

Elle s'interrompit en voyant le regard de Raymond s'assombrir, puis saisit son téléphone et mit le haut-parleur.

— Derrick, c'est Maeve.

Au bureau, son père tenait à être appelé par son prénom. Il ne redevenait « papa » qu'à la maison.

— Qu'y a-t-il ?

— As-tu le temps de passer me voir ? C'est au sujet des Duberry…

— J'arrive.

Dix minutes plus tard, Derrick, Desmond et Jake arrivèrent. Bien vite, on fit venir deux autres membres du département financier et l'expert-comptable qui avait découvert le problème. Avant la fin de la semaine, on trouva d'autres irrégularités et des informations qui, bien maniées, pourraient enterrer l'affaire pour de bon. Hélas, Maeve allait avoir besoin de plus de temps pour monter son dossier et se préparait déjà à demander un délai auprès de la juge. Mais, avant, elle devait téléphoner à quelqu'un d'autre… Depuis des jours, elle brûlait de composer le numéro de Victor. À présent, elle avait une bonne raison de le faire. En fin de journée, elle l'appela donc depuis sa voiture.

— Il était temps ! lança-t-il en décrochant.

Elle fut surprise par cette attaque, mais ne put s'empêcher de sourire. Sa semaine, déjà bonne, devint formidable.

— Tu peux appeler aussi, tu sais.

— C'est vrai, mais quelqu'un a insisté pour qu'on ne communique pas en dehors de l'affaire.

— Et tu fais toujours ce qu'on te dit ?

— Et toi, as-tu vraiment l'habitude d'outrepasser les règles ? répliqua-t-il du tac au tac.

— De toute évidence, on a encore de choses à apprendre l'un sur l'autre…

— Est-ce pour ça que tu appelles un vendredi soir ? Aimerais-tu venir chez moi pour… mieux me connaître ?

Sa voix, soudain plus grave et sensuelle, la fit frémir.

— J'ai besoin de te voir, oui, mais c'est professionnel. Je vais contacter la juge dès lundi pour demander un délai.

— Pourquoi ?

— Parce que nous avons découvert de nouvelles informations au sujet des placements Duberry et je tiens à te les communiquer avant de les verser au dossier.

— Qu'as-tu donc trouvé ?

— Un trust obscur lié à l'ex-femme d'Hubert Jr.

— La mère de mes clients ?

— Bingo. Es-tu libre, ce soir ? On pourrait dîner ensemble chez toi pour en parler.

— Euh… En fait, je préférerais te retrouver ailleurs.

— Écoute, ce rendez-vous est strictement lié au procès, mais j'aimerais qu'on se voie en privé. Je t'inviterais bien chez moi, mais tu devrais traverser toute la ville et on risque de te reconnaître. Étant donné la nature délicate de l'affaire, je ne voudrais pas qu'on puisse mettre nos actions en doute.

À ces mots, elle se revit soudain dans les bras de Victor, les jambes nouées autour de ses hanches.

— Ce n'est pas ce qui m'inquiète. J'ai juste fait une rencontre malheureuse le jour de mon retour… Camela.

— Oh ! lâcha Maeve. Où ça ?

— Au pied de mon immeuble, hélas. J'ai prétendu que j'avais un rendez-vous, mais elle a appelé Cornelius pour savoir où je logeais.

— Je t'avais prévenu : Chicago est une petite ville.

— Trop petite pour moi, en tout cas.

— Ne me dis pas qu'elle vit là aussi !

— Non, elle ne faisait que passer dans le quartier.

— Dans ce cas, d'accord. Retrouvons-nous ailleurs. Mais je *dois* te voir ce week-end. Pour le travail, insista-t-elle.

Maeve n'avait vraiment aucune envie de le faire venir à la Pointe du Sable : la tentation serait trop grande…

— Envoie-moi ton adresse et je vais trouver un endroit hors des sentiers battus.

— Dois-je prendre ma brosse à dents et mon pyjama ?

— Non, mais ton ordinateur sera utile. Je passe te prendre dans une heure.

Elle fit un détour chez elle, le temps d'enfiler un jean, des bottes plates, un pull chaud et son manteau préféré. Elle se fit une queue-de-cheval, enfila un bonnet et glissa ses gants assortis dans sa poche. Depuis le garage, elle envoya un message à son père et à Reign. Elle troqua son Aston contre un 4x4 plus pratique et jeta un coup d'œil à la météo. En dépit des flocons qui commençaient à tomber, aucune tempête n'était annoncée. Elle entra dans son GPS l'adresse d'un hôtel-restaurant de luxe isolé dans lequel elle n'avait dîné qu'une fois. Avec Lionel. Le jour où il lui avait demandé sa main. Elle chassa cette pensée, s'obligeant à songer au moment où elle avait appris son mariage avec cette autre femme, tombée enceinte de lui « par accident ». Très vite, la colère vint remplacer sa tristesse. Tant mieux. Elle allait enfin exorciser ce souvenir douloureux en retournant là-bas avec Victor dont les talents au lit éclipsaient tous les autres !

L'espace d'un instant, elle fut tentée de remonter chez elle pour prendre un sac de nuit, mais elle se retint. C'était professionnel. Ils allaient manger, discuter de l'affaire et rentrer à Chicago. Quand elle se coucherait, ce soir, ce serait chez elle. Seule.

- 16 -

Peu après 19 heures, Victor se campa devant sa fenêtre pour contempler les rares flocons qui dansaient dehors. Son portable vibra, et il se précipita pour lire le texto de Maeve.

Je suis devant le café, au coin de la rue.

Ses précautions excessives le firent sourire. Sans doute pensait-elle encore à Camela. Lui-même eut un instant peur de tomber sur elle en descendant, comme lors de son arrivée. Puis il songea à Maeve. Avait-il une chance de la convaincre de passer la nuit avec lui ? Sans doute pas…

Il enfila le long manteau de cuir chaud qu'il venait d'acheter, attrapa sa mallette, son chargeur de portable et la casquette des Chicago Bears qu'il s'était offerte à l'aéroport. Enfin, il quitta l'appartement. L'ascenseur était vide, comme le hall. La rue aussi était déserte – à cause de la neige et du vent glacial qui montait du lac. Il passa l'angle du pâté de maisons et vit un gros 4x4 aux phares allumés. Il pressa le pas et se glissa à l'intérieur, accueilli par un chauffage bienvenu.

— Sympa, dit-il en se frottant les mains.

— Tu as froid ? demanda Maeve en démarrant.

— Je ne sais pas comment on peut vivre ici.

— On s'y habitue, j'imagine.

— Le gel ? La neige ? Jamais ! Heureusement, ça n'a pas l'air de tenir sur la route.

— J'ai vérifié la météo : ça devrait s'arrêter vite. On annonce une nuit froide mais jusqu'à minuit, ça ira.

— Où allons-nous ?

— Dans un restaurant appelé Cook, à une heure et demie de la ville. Le chef a des origines grecques et turques, donc attends-toi à une cuisine ensoleillée. Tu vas aimer.

— Étant donné que je n'ai rien avalé depuis midi, même un sandwich me conviendrait.

Ils bavardèrent pendant tout le chemin, jusqu'à s'engager sur une route secondaire à quelques kilomètres de la ville.

— Il neige plus fort, remarqua Victor.

— Oui, dit Maeve en allumant ses essuie-glaces. C'est une route de campagne et elle ne sera pas salée aussi vite que les grandes voies, mais ne t'en fais pas. Cook est un établissement réputé, et l'hôtel voisin est toujours plein. Ils s'assureront de dégager les accès.

— Hôtel ?

— Ne te fais pas d'illusions. On sera rentrés ce soir.

Au même instant, la neige devint plus dense.

— En es-tu sûre ? murmura Victor, inquiet.

— Certaine. C'est pour ça que j'ai pris cette voiture : elle a des pneus d'hiver et une traction avant.

— C'est-à-dire ?

— On ne sera pas coincés dans les montagnes.

Ils atteignirent leur destination et se retrouvèrent bientôt installés devant une immense cheminée centrale, au cœur de la salle du restaurant. Le sommelier leur apporta un robuste vin rouge qui finit de les réchauffer, ainsi qu'une assiette d'apéritifs, de salades grecques et de minibrochettes d'agneau. Maeve engagea immédiatement la conversation.

— Je pense que nous avons trouvé l'argent manquant, ou plutôt le compte vers lequel il a été détourné.

Victor haussa un sourcil, attendant la suite.

— Un trust nommé Stone Mountain a été découvert, caché dans les registres. C'est le nom d'une ville de Géorgie.

Cette fois, il cessa de manger.

— La région natale de Daphne Collins.

— Tu as entendu parler d'elle ?

— J'ai fait mes propres recherches.

— Dois-je comprendre que quelque chose te dérange aussi, dans ce dossier ?

— Je m'applique toujours à bien connaître mes clients.

— Parfait. Nous n'avons pas pu accéder au trust, mais nous savons que dix millions de dollars, au moins, ont été transférés dessus depuis les comptes de Mme Duberry.

— Il a fallu qu'un de vos employés le fasse, non ?

Elle prit son verre de vin et se cala au fond de son siège.

— Possible, mais Hubert a aussi dû participer et quelqu'un a forcément falsifié la signature de Daphne.

— Pas forcément. Ton employé a pu agir seul.

Il scruta son expression devenue plus froide.

— As-tu interrogé ton personnel ?

— Non, dit-elle très vite.

Trop vite. Elle ne lui avait pas tout avoué. Il songea aussi à autre chose : ses clients avaient-ils été piégés ? Étaient-ils innocents ?

— Pourquoi pas ?

— Il y a autre chose, reprit-elle en avalant une brochette. Nous avons beaucoup de détails à aborder, toi et moi.

— Le nom de l'employé qui a validé le virement doit être consigné, répondit Victor. Il me faut cette information.

— Et nous te la livrerons si cela devient nécessaire.

— Une somme importante a été détournée à l'insu de Mme Duberry. À mes yeux, *c'est* nécessaire !

— Je n'ai pas l'intention de te cacher quoi que ce soit, maître Cortez. Je tiens juste à ce que personne ne soit soupçonné à tort. L'argent a suivi un chemin tortueux et il va nous falloir du temps pour le retracer. C'est pourquoi je vais demander un délai à la juge.

— Elle ne va pas apprécier.

— Vu l'impact potentiel de cette découverte, elle ne pourra pas refuser.

— L'impact ? L'innocence de mes clients, par exemple ?

— Ou le fait que cette piste pourrait nous mener directement à Hubert III et/ou sa mère.

— Maeve, tu dois me transmettre toutes tes preuves.

Elle tressaillit, et Victor étouffa un sourire. Il aimait la voir troublée – ici comme au lit…

— Ce sera fait, en temps voulu.

L'arrivée de leur serveur brisa soudain la tension entre eux.

— Comment se passe votre repas ?

— C'est excellent, dit-elle avec un sourire aguicheur.

— Tout à fait, renchérit-il de la même manière.

— Euh… Très bien, balbutia le serveur, clairement déstabilisé. Puis-je vous proposer nos plats du jour ?

La conversation fut interrompue pendant le repas. Maeve avait eu raison : le chef avait un don exceptionnel. Les plats exquis suffirent à les distraire de leur joute verbale. Ils parlèrent des restaurants qu'ils avaient connus, des voyages de Victor et de la famille Eddington. Lorsque les desserts furent proposés, ils riaient déjà de bon cœur. Décidément, cette femme était charmante et il aurait voulu passer plus de temps avec elle…

— Je vous recommande notre baklava traditionnel, annonça le serveur, mais pour une nuit aussi froide que celle-ci, j'aimerais aussi attirer votre attention sur le moelleux au chocolat et liqueur amaretto.

— C'est très appétissant, mais je crains de ne plus pouvoir avaler quoi que ce soit, soupira Maeve. Et toi, Victor ?

— Je ne dis jamais non au chocolat, mais c'est moins drôle de manger seul…

— Dans ce cas, je peux faire monter le dessert à votre chambre, qui possède un minifrigo garni de boissons.

— Oh non, nous sommes juste venus dîner !

Le serveur parut surpris.

— Je crains que vous soyez contraints de rester. L'autoroute 9 a été fermée il y a une demi-heure.

— Pourquoi n'avez-vous rien dit ?

— Je suis désolé. J'ai supposé que…

— Vous ne devriez rien supposer !

Elle sortit son téléphone et jura en voyant qu'elle n'avait pas de réseau. Au même instant, le chef approcha.

— Bonsoir, mademoiselle Eddington, dit-il avec un grand sourire. Je suis ravi de vous revoir et j'espère que vous avez apprécié votre repas.

Maeve leva brusquement les yeux de son écran.

— Pourquoi n'avons-nous pas été informés de la tempête et du risque de ne pas pouvoir rentrer chez nous ?

— Toutes mes excuses. Une annonce a été faite en début de soirée, sans doute avant votre arrivée. Toutes les personnes présentes ce soir ont réservé des chambres pour la nuit. Je vais faire de mon mieux pour vous trouver une suite. Cadeau de la maison.

— M. Cortez et moi sommes en réunion professionnelle. Nous allons donc avoir besoin de *deux* chambres.

Le chef acquiesça, s'éloigna, puis revint quelques minutes plus tard.

— J'ai une bonne et une mauvaise nouvelle, annonça-t-il. Nous allons pouvoir vous loger cette nuit…

— Mais… ?

— Mais il ne nous reste plus qu'une suite.

Maeve serra les dents. Victor, lui, était ravi. Il n'aurait pas pu rêver meilleur vendredi soir – et il se surprit même à apprécier la neige un peu plus.

- 17 -

Ils furent conduits dans leur suite, décorée avec goût, mais Maeve ne prit pas le temps de l'admirer et se laissa tomber sur le canapé.

— Je n'arrive pas à croire que la météo se soit trompée à ce point !

Elle jeta un coup d'œil à Victor, qui semblait triompher. Ça n'aurait pas dû la perturber : il n'avait pas *causé* la tempête. Comment pouvait-il rester si calme, alors qu'elle brûlait de désir pour lui et arrivait à peine à se contenir ?

— Que fais-tu ? lança-t-elle quand il sortit son téléphone.

— J'examine nos options, dit-il sans réagir à sa colère.

— Pourquoi n'as-tu pas dit plus tôt que tu avais du réseau ? On aurait pu trouver un moyen de rentrer !

— Impossible. J'ai vérifié sur Internet.

— Quand ?

— Pendant que tu insultais ce pauvre chef, qui n'y est pour rien, répondit-il avec une fermeté qui étouffa le sarcasme de Maeve.

Il avait raison. Le patron s'était montré courtois, et elle avait agi comme une peste. Elle lui devait des excuses. À Victor aussi…

— Pardonne-moi. J'étais frustrée, mais cet incident n'est la faute de personne.

— Il y a pire, à mes yeux, qu'être coincé dans un hôtel cinq étoiles avec une femme aussi belle que toi.

— As-tu oublié qu'on doit bientôt voir la juge ?

— On ne pourra pas, si la neige continue à tomber.

Elle le rejoignit à la fenêtre.

— C'est un vrai blizzard…

— Je pense tout de même pouvoir nous sortir de là. Un de mes amis possède une entreprise de transport en hélicoptère. S'il a des contacts dans la région et s'il y a un héliport pas loin, on pourrait venir nous chercher.

Au même instant, le portable de Maeve sonna et elle se précipita dessus, soulagée. Hélas, son sourire s'effaça quand elle reconnut le numéro de Mona. Victor lui fit signe qu'il descendait dans le hall et la laissa seule.

— Bonsoir, maman.

— Enfin ! J'ai essayé de te joindre toute la soirée !

— J'avais une réunion chez Cook, à l'hôtel Bouvó, et le réseau nous a lâchés.

— Tu es montée là-bas par ce temps ?

— Il neigeait à peine quand j'ai quitté Chicago.

— Tout le monde a été surpris. On vient de lancer une alerte météo maximale.

— Oh non ! Combien de temps ça va durer ?

Elle fit de son mieux pour ne pas paniquer. Si elle craignait déjà de passer une nuit avec Victor, comment pourrait-elle survivre à une deuxième ?

— La tempête va s'installer pour vingt-quatre à quarante-huit heures. Mais ne crains rien, ma chérie. L'hôtel est agréable. Vois ça comme un congé inattendu.

— Je n'ai pas le temps pour ça. J'ai du travail !

— Tu peux travailler sur place, non ? Mais pas ce soir. Tu as l'air tendue. Commande une bouteille de vin et prends un bon bain. Ça ira mieux ensuite.

— Pourquoi voulais-tu me joindre ?

— Rien d'important : des ragots en ville. Je vais prévenir les autres que tu es bloquée ici. Préviens-moi dès que tu pars.

— Promis.

Elle raccrocha et jeta un coup d'œil autour d'elle. La suite était vraiment romantique : une cheminée, de beaux meubles, un grand lit dans la chambre, couvert d'un édredon bleu qui lui rappela le ciel du Costa Rica… Elle revint près de la fenêtre pour oublier les images sensuelles qui l'envahirent. On frappa soudain à la porte. Victor avait-il oublié sa clé ? Elle ouvrit et vit un employé chargé d'un paquet cadeau.

— Mademoiselle Eddington ? C'est pour vous. Nous savons que certains de nos clients n'avaient pas prévu de passer la nuit ici, et ceci est une manière de nous excuser.

Alors qu'elle hésitait encore, Victor sortit de l'ascenseur.

— Merci, dit-il. Laissez-moi vous débarrasser.

Il posa le paquet sur la table, et Maeve le suivit. Ils l'ouvrirent ensemble. La boîte contenait du vin, de l'eau en bouteille, des snacks gourmands, des bougies et quelques produits de toilette.

— C'est attentionné de leur part, murmura-t-elle.

— Oui. Veux-tu boire un verre ?

— Non merci.

Une gorgée de vin était tout ce dont elle aurait eu besoin pour se jeter au cou de Victor. Mieux valait rester sobre… Sans insister, il alla allumer la cheminée au gaz.

— A-t-on vraiment besoin de ça ?

— C'est plus sympa, dit-il en haussant les épaules.

— Très bien. Je vais consulter mes mails, me doucher et dormir. Y a-t-il des draps en plus pour le canapé ou bien devons-nous en demander à l'accueil ?

Le regard que lui adressa Victor valait mille mots.

— Le canapé ? Jamais je n'ai dormi sur un canapé !

— Il y a une première pour tout.

Elle tourna les talons et s'installa au bureau de la chambre pour travailler. Le rire qui la suivit fut aussi agaçant que sexy, et elle résista à l'envie de claquer la porte. Elle n'avait plus seize ans ! Elle pouvait se concentrer sur l'affaire, comme une adulte responsable.

Hélas, ce fut impossible. Victor se mit à siffler joyeusement dans la pièce voisine, et elle regretta de ne pas avoir pris de casque audio. La main sur la souris, elle laissa ses regards divaguer jusqu'à la fenêtre. Un temps pareil obligeait le monde à ralentir et, dans n'importe quelle autre situation, elle aurait adoré ça. Surtout la cheminée. Elle aimait la lumière du feu depuis qu'elle était petite : ça lui donnait toujours l'impression que le Père Noël allait passer. Sauf que, cette fois, son cadeau était Victor. Un homme qu'elle ne pouvait se permettre de toucher. Il avait essayé de la prévenir, en quittant Chicago, mais elle n'avait pas écouté. Elle avait pensé tout savoir mieux que lui et, aveuglée par sa confiance en elle, s'était crue en sécurité. Quelle erreur ! Elle était plus en danger maintenant que jamais. Bien décidée à ne pas céder, elle ouvrit un fichier comptable… et la pièce plongea dans l'obscurité.

— Que s'est-il passé ? demanda-t-elle, figée.

— Une coupure de courant, sans doute.

Il s'interrompit, puis marmonna – assez fort pour qu'elle l'entende :

— Il faut croire que ces bougies vont nous être utiles…

Elle réprima un juron. Il avait été assez difficile de résister à son désir en pleine lumière, mais pendant toute une soirée aux chandelles ? Impossible ! Elle ne pouvait plus se cacher dans la chambre, avec son lit si accueillant. Se guidant à la lueur de la cheminée, elle revint dans le petit salon.

— Au moins, nous avons du feu, dit-elle dans un soupir.

Victor, de nouveau campé devant la fenêtre, déclara :

— La neige est de plus en plus haute. On pourrait être bloqués là pendant des semaines, des mois…

— Non, protesta-t-elle en le rejoignant. La chute de

neige a été rapide, ce qui la rend plus poudreuse. C'est une bonne chose. Tant que les températures ne chutent pas trop, les routes pourront être dégagées facilement.

Hélas, une fois de plus, elle avait tort. Victor consulta la météo sur son téléphone satellite et vit que toute la région de Chicago allait subir des températures négatives dans le courant de la nuit. Les gens étaient invités à rester chez eux, et les déneigeuses ne pourraient commencer à travailler que le lendemain matin. Il leva les yeux sur Maeve, et elle sentit son sang battre plus fort dans les zones intimes de son corps.

— Et si on doit attendre ?

— Restons positifs !

— En effet… Nous avons toujours cette nuit…

Il alla tirer les bougies de la boîte restée sur la table et les alluma avant de récupérer la bouteille de vin.

— Il devrait y avoir des verres dans le placard, là-bas.

— Qui t'a dit que je voulais boire ? lança-t-elle.

— Ce n'est pas le cas ?

— D'accord. Un petit verre, c'est tout. Mais je te préviens, il est hors de question de faire quoi que ce soit.

Elle tourna les talons pour fuir le sourire entendu de Victor. Oh ! qu'elle aurait aimé que les routes soient dégagées, qu'il y ait eu une autre chambre libre, ou même une suite à deux lits !

Au fond, ce qu'elle souhaitait réellement était d'avoir la force de résister au charme de Victor. Hélas, en attrapant deux verres, elle comprit que ça n'arriverait pas. Comment refuser ses avances, quand elle mourait d'envie de s'abandonner dans ses bras ?

- 18 -

Victor étouffa un sourire. Maeve pouvait bien dire ce qu'elle voulait, ses regards et son corps chantaient un air différent. Elle le désirait et, bien qu'elle luttât, elle savait comment la nuit allait finir. Tout comme lui. Elle déposa les verres sur la table et retourna à la fenêtre.

— C'est beau, murmura-t-elle d'une voix douce.

En un éclair, il eut envie de lui ôter son pull pour caresser sa peau, retrouver un peu de la magie du Costa Rica. Néanmoins, il se contrôla, déboucha la bouteille et remplit leurs verres avant de s'installer sur le canapé, devant le feu. C'était l'endroit idéal pour quelques jeux de séduction.

Il avait toujours été un gentleman. Il était honnête, discipliné ; mais, en cet instant, il lui fallut toutes ses forces pour résister à la tentation. Maeve savait-elle seulement à quel point elle était belle, dans la lumière des bougies ? À quel point les flammes donnaient à sa peau couleur moka des reflets gourmands ? À quel point ses tétons tendus et ses yeux brillants trahissaient son désir malgré elle ? Il se releva et entreprit de déballer les friandises sucrées et salées préparées par le chef, pour se distraire.

— Eh bien, au moins nous n'aurons pas faim, dit-il.

— Ni froid, répondit-elle en indiquant d'un geste les couvertures supplémentaires qu'on leur avait aussi données.

Puis, retrouvant son air grave, elle ajouta :

— Ce n'est pas drôle. Mon portable n'a que la moitié de sa batterie et, même si le tien est connecté aux satellites, ne penses-tu pas que tu auras besoin de le garder allumé jusqu'à ce que nous ayons quitté cette montagne ?

— Aucun souci : il se recharge tout seul.

Son regard ahuri le poussa à sourire, un peu gêné.

— C'est une nouvelle technologie. Plus de batterie, plus de chargeur.

— Comment se fait-il que je ne la connaisse pas ?

— Comme tu peux l'imaginer, certaines entreprises ne sont pas ravies par cette découverte…

— Puis-je le voir ? demanda-t-elle, puis, devant son hésitation : Ne t'en fais pas. Je ne vais pas fouiller dans tes messages à la recherche de photos de femmes nues.

— Dans ce cas…

Il lui tendit son téléphone et elle l'examina sous toutes les coutures. Il la laissa faire, conscient que l'air vibrait d'un désir mal contenu. Quand elle le lui rendit, il lui prit la main.

— Viens t'asseoir. Profitons du vin et de ce bon feu.

— Je ferais sans doute mieux de rester à distance.

— Pourquoi ? L'issue est inévitable et tu le sais. Quelles que soient nos différences, sur le plan physique nous pensons à la même chose. Ce que nous partageons est magique. Je n'ai encore jamais ressenti ça pour une autre femme… Et toi ?

— Je ne peux pas, lâcha-t-elle dans un souffle.

Il posa le portable à l'écart et lui massa la nuque.

— Tu es tendue.

— Sans blague ? Cette soirée est si frustrante !

Il repoussa ses cheveux et déposa un baiser dans son cou.

— Laisse-moi t'aider à te relaxer, murmura-t-il.

— Victor ! C'est impossible…

— Je sais, mais nous en avons envie et c'est le meilleur moyen de nous réchauffer.

Elle hésita encore un instant.

— D'accord. Une dernière fois. Ce qui se passe ici restera

ici et, quand nous serons rentrés à Chicago, je veux que tu me jures de me laisser en paix.

— OK.

— Promis ?

— J'essayerai.

— Victor…

Il l'embrassa, enivré par son parfum.

— Je ferai de mon mieux pour respecter tes souhaits. C'est tout ce que je peux promettre.

Il s'écarta ensuite pour rejoindre l'autre pièce.

— Que fais-tu ?

— As-tu vu la baignoire ? Je suis sûr qu'un peu d'eau chaude t'aiderait à dénouer tes muscles crispés.

Il ne mentionna pas les autres techniques qu'il avait l'intention d'appliquer pour la détendre et se contenta d'emporter leurs verres dans la chambre. Il remplit la baignoire, y versa des sels et le flacon de bain moussant inclus dans le paquet, puis la déshabilla lentement avant de la porter et de la plonger dans un océan de bulles. Elle soupira.

— Je reviens, dit-il.

Il alla chercher les bougies et les disposa autour de la baignoire. Cela fait, il se déshabilla à son tour pour la rejoindre. Attrapant un gant, il la massa longuement avant de poser les mains sur son corps. Plus tard, dans le lit, il explora chaque centimètre de sa peau. Il la couvrit d'un drap et se glissa dessous pour la dévorer. Il suça, lécha, mordilla. Elle fit de même, et ses lèvres chaudes sur son sexe faillirent le rendre fou. Ils firent l'amour lentement, avec bonheur. Dehors, la neige tombait toujours mais, dans la chambre, tout était brûlant…

À son réveil, déjà prêt à tout recommencer, il se tourna vers Maeve mais ne trouva que des draps froissés. Ce n'était pas vraiment ce qu'il avait espéré. Était-elle dans la salle de bains ? Allait-elle réapparaître, radieuse et nue ? Il se caressa pensivement, un sourire flottant sur les lèvres en songeant à la manière dont ils avaient lutté contre la chute de température, toute la nuit durant.

— Maeve ! Bébé, où es-tu ?

N'obtenant pas de réponse, il se leva et passa dans le salon, sans s'habiller. Personne.

— Maeve ?

Il alla dans la salle de bains et vit qu'elle s'était douchée : plusieurs flacons étaient restés ouverts sur le comptoir et des serviettes mouillées étaient abandonnées par terre. Il refit le tour du salon – inutilement. Puis, au bout de plusieurs minutes, il remarqua une nouveauté. De la lumière. Le courant était revenu. Sur la table, l'ordinateur de Maeve était branché et allumé. Intrigué, il s'habilla. Le portable de Maeve, branché lui aussi la veille, n'était plus sur la table de chevet. Parfait. Il attrapa le sien,décidé à l'appeler, quand la porte s'ouvrit.

— Où étais-tu ? demanda-t-il plus durement qu'il l'aurait voulu, emporté par sa frustration.

Elle ne parut pas choquée. Au contraire, elle semblait rafraîchie et enjouée. Un bandeau retenait ses boucles en arrière. Son regard pétillait. Elle s'approcha de la table comme s'il n'avait pas été là et… Où avait-elle trouvé des vêtements propres ? Il inspira profondément et la rejoignit, plus calme.

— Je m'inquiétais.

— Désolée. J'étais dans la salle de réunion.

— Tu travaillais ? Sur l'affaire ?

— Sur ceci, dit-elle en posant un dossier entre eux. Ce sont les faits que je vais présenter à la juge cette semaine.

— Pour obtenir un délai ?

— Non. Un abandon des poursuites.

Il s'apprêtait déjà à répliquer mais, voyant son air

triomphant, préféra lire le dossier. Dès le premier paragraphe, son humeur s'assombrit. Au deuxième, il alla se camper devant la fenêtre. La neige tombait toujours, recouvrant le paysage. Ainsi, son client avait volé sa propre grand-mère ! Il ne fut pas déçu de savoir que ces preuves allaient lui faire perdre le procès. Il était furieux. Lui-même avait été très proche de sa grand-mère avant sa mort. Jamais il n'aurait pu la trahir ! Enfin, il revint s'asseoir.

— Hubert est lié à la Fiducie de Stone Mountain ?

— Sa mère et lui l'ont créée ensemble. Mon équipe essaye encore de contourner certaines barrières légales pour obtenir un compte rendu précis du montant détourné, mais il est clair qu'il existe un pont entre ce trust et un compte ouvert par Hubert à Las Vegas, qui fournit lui-même un autre compte off-shore. Bien sûr, l'identité du gestionnaire de celui-ci est confidentielle. J'espère juste que les preuves que nous avons découvertes grâce à une de nos sources suffiront à convaincre Hubert de renoncer à sa plainte.

— Qui est cette source ?

Elle soupira et, pour la première fois depuis son arrivée, parut un peu moins radieuse.

— Il s'appelle Louis Guiterrez. C'est un ancien employé visiblement de mèche avec ton client. Il nous a quittés sans prévenir il y a deux ans et s'est installé dans un autre État. Le détective privé que nous avons lancé sur ses traces l'a retrouvé hier.

— Et il a admis avoir pris part à ce crime ?

— Au départ, il se serait fermé comme une huître. Néanmoins, face au risque d'une accusation de détournement de fonds, de blanchiment d'argent, sans parler de la peine de prison encourue, il aurait apparemment retrouvé la parole…

— Qu'a-t-il dit ?

— Il a admis avoir travaillé avec Hubert quand il était

notre employé et avoir validé des transactions illégales. Il a accepté de témoigner en présence d'un avocat. Cette tempête risque de nous empêcher d'être présents, mais j'espère pouvoir programmer une visioconférence dès mardi.

Victor se cala au fond de son siège et réfléchit un instant.

— C'est… fou.

— Je sais. Il suffit de quelques heures pour faire pencher la balance.

— Excuse-moi un instant, dit-il en attrapant son portable.

— Que fais-tu ?

— Je vais commander un petit déjeuner et me mettre au travail. Il semblerait que je doive organiser ma propre visioconférence…

Il mangea, se doucha, encore troublé par ces dernières révélations. Il aurait dû s'inquiéter de ce que les découvertes de Maeve signifiaient pour son client ; mais il ne pensait plus qu'à une chose. Dès que l'affaire serait classée, elle et lui ne seraient plus des adversaires. Il serait alors libre de la séduire au grand jour – et c'était exactement ce qu'il avait l'intention de faire !

- 19 -

Maeve n’arrivait pas à y croire. En moins de vingt-quatre heures, elle était passée d’une quasi-dispute avec Victor concernant l’issue du procès à des ébats passionnés dans ses bras. Puis, dès qu’elle avait vu la lumière de son chargeur de portable clignoter et compris que l’électricité était revenue, elle s’était empressée de lire ses messages – et toute sa journée avait été bouleversée. Peut-être même sa vie. Elle avait abandonné l’idée de se prélasser au lit avec Victor, s’était douchée et avait repris le travail.

Elle avait appelé Raymond, avait lu son rapport envoyé par mail, avait discuté en visioconférence avec Louis Guiterrez, puis consigné dans un nouveau fichier tous ses aveux. Descendant en salle de réunion, elle avait imprimé une version de cette déclaration pour Victor et envoyé une copie par mail à la juge Keller. Au lieu de demander un délai, elle réclamait l’abandon pur et simple des charges. À présent, en attendant que toutes les parties concernées se rassemblent pour leur entretien à distance, elle grignota un croissant, contempla la pièce et fit le point.

Quelques heures plus tôt, en écoutant la respiration douce de son amant, elle avait réfléchi à sa situation intenable. Elle n’était pas seulement hantée par le désir. Elle était amoureuse et n’avait eu aucune idée de ce qu’elle allait faire. La première option paraissait simple : sortir avec lui en secret jusqu’à la fin du procès Duberry. Le convaincre de quitter son paradis du Costa Rica pour la rejoindre. L’introduire parmi l'élite de la Pointe du Sable. Pousser ses frères et sa famille à oublier qu'il avait défendu leurs accusateurs et à l'accepter. Ne pas craindre de lui offrir son cœur.

D'un autre côté, la simple idée d'une relation sérieuse entre eux était absurde. Ils vivaient dans des pays différents, avec des racines profondément ancrées dans leurs terres natales. De plus, il avait admis qu'il aimait séduire les femmes. Maeve avait déjà été brisée par un homme infidèle. Elle avait travaillé dur pour oublier Lionel et avait toujours peur de vivre de nouveau une telle déception. Victor était un feu d'artifice : amusant, excitant… Mais que se passerait-il quand les dernières étincelles allaient s'éteindre ? Risquait-il de la quitter pour une autre ? Devait-elle prendre ce risque ou bien choisir un homme comme Matthias, plus stable et rassurant ?

— Bonjour, sœurette !

La voix de Desmond dans le haut-parleur de son ordinateur la tira de sa rêverie.

— Eh bien, tu avais l'air ailleurs… Déjà en train de bosser sur ta prochaine affaire ?

— Quelque chose comme ça, admit-elle.

Elle prit son téléphone d'un air innocent, le cœur battant.

— Attends une seconde, Des. Je dois envoyer un petit message à mon assistant…

Elle écrivit un texto. À Victor.

Où que tu sois, ne remonte pas tout de suite. Visioconférence avec ma famille.

— Où es-tu ? demanda son frère.

— Coincée dans la montagne. Maman ne t'a rien dit ?

— Si, mais je voulais entendre ta réponse.

— Je suis encore à l'hôtel, mais la neige tombe moins fort qu'hier. Si jamais une accalmie se profile cet après-midi, nous espérons voir les déneigeuses arriver dès ce soir.

— Nous ?

Zut ! Elle soutint de son mieux le regard soupçonneux de son frère.

— Maman nous a dit que tu assistais à une réunion. Avec qui ?

— Pourquoi veux-tu le savoir ? gloussa-t-elle en regrettant de ne pas avoir inventé d'excuse.

— Parce que ça fait loin pour un simple rendez-vous professionnel…

Jake apparut dans son dos et lui donna une bourrade.

— Occupe-toi de tes affaires, Des.

Maeve aurait pu l'embrasser !

Ils échangèrent encore quelques plaisanteries potaches avant de voir se connecter l'expert-comptable et certains de leurs collègues concernés par l'affaire. Durant l'heure qui suivit, Maeve réussit un exploit : elle cessa de penser à Victor et à la manière dont il l'avait ensorcelée corps et âme.

Assis dans un bureau vide du deuxième étage de l'hôtel, Victor sirotait une tasse de café en discutant avec les jumelles, Adele et Agnes, en attendant que leur frère rejoigne la visioconférence. Il avait renoncé à l'idée d'un simple rendez-vous téléphonique car il tenait à voir les réactions de son client quand il apprendrait les dernières découvertes d'Eddington Enterprise. Souriant, il faisait de son mieux pour s'intéresser à la conversation. Hubert III était en retard, alors que cette réunion aurait dû être de première importance pour lui. Victor détestait ça. Il détestait aussi les voleurs…

— Avez-vous eu le moindre contact avec votre frère ? lança-t-il enfin en jetant un coup d'œil à sa montre.

— Je viens de lui envoyer un texto, répondit Agnes. Avec la tempête d'hier soir, on peut être sûrs qu'il est chez lui… Voulez-vous que je l'appelle ?

Au même instant, une notification tinta.

— Inutile, le voilà.

Hubert apparut, encore au lit, ravivant la colère de Victor. Il la ravala, bien décidé à garder la tête froide. Bientôt, il serait débarrassé de cet enfant gâté pour de bon.

— Je suis content que vous ayez pu nous rejoindre.

Hubert bâilla à s'en décrocher la mâchoire.

— Il est tôt, mon vieux. Je croyais qu'on ne devait parler que la semaine prochaine.

— Toutes mes excuses, mais les nouvelles que je viens de recevoir au sujet de l'affaire sont très importantes.

— Avez-vous démasqué ceux qui ont volé mon argent ?

— *Notre* argent, corrigea Agnes.

— Quoi qu'il en soit, faites vite. Je suis très occupé.

Victor ignora cette insulte et se pencha vers la caméra, gravement, dans une posture d'autorité.

— Hubert, Agnes, Adele, je vous remercie d'avoir accepté cet entretien de dernière minute concernant une avancée majeur de votre dossier. Pour préparer la réunion de la semaine prochaine au tribunal, Me Eddington a engagé un expert-comptable afin d'examiner les relevés de placements de votre grand-mère. Ce travail est toujours en cours, mais l'expert a découvert une chose susceptible de bouleverser le déroulé du procès.

Il croisa les doigts devant son menton et tourna toute son attention sur Hubert.

— Monsieur Duberry, quelle est votre relation avec Louis Guiterrez ?

Le choc de son client fut furtif et vite camouflé.

— Louis qui ? demanda-t-il en se frottant le menton.

Victor s'était attendu à cette réaction et envoya à ses clients une photo représentant Hubert et Louis dans une boîte de nuit, tous sourires, un verre à la main.

— Oh ! ce type. Euh… Oui, il se fait appeler Luke. Je

l'ai croisé une ou deux fois quand il vivait à la Pointe du Sable. D'ailleurs, je crois qu'il a travaillé un moment chez Eddington Enterprise…

Il se cala un peu mieux contre ses oreillers, de plus en plus convaincu par sa petite histoire.

— On s'est vus en société, pendant des fêtes. Je crois que cette photo a été prise au country club de la Pointe.

— Non, coupa Victor. Elle vient du casino CANN de Las Vegas et date d'avril, il y a deux ans. Peu de temps après que Louis a quitté son poste chez Eddington Enterprise.

Deuxième bombe lâchée. Cible atteinte. Victor guetta la réaction d'Hubert, qui paraissait plus pâle. Il ravala sa salive, et Victor aurait juré voir le regard de son interlocuteur s'affoler.

— Oh. C'est peut-être vrai. Je voyage tellement que je ne différencie même plus les villes que je visite…

Désirant lui laisser le temps de reprendre son souffle, Victor se tourna vers ses sœurs et sourit.

— Vous êtes bien silencieuses, mesdemoiselles.

— Je n'ai rien à dire, répondit Adele. Je ne me souviens pas d'avoir déjà croisé cet homme.

— Parfait. Et vous, Agnes ?

Elle baissa un instant les yeux, si vite que Victor faillit le manquer.

— Peut-être… Je ne sais pas.

Victor reprit la main et leur montra un dossier.

— Voici le détail de transactions qui, sur une période de plusieurs mois, ont savamment réussi à envoyer l'argent de votre grand-mère sur un compte externe.

Partageant un scanner de l'une des pages, il zooma sur l'en-tête qui indiquait « *Fiducie de Stone Mountain* ».

— Nos grands-parents vivaient en Géorgie ! s'écria Adele.

— Nous a-t-il posé la question ? éructa Hubert.

Sa sœur fronça les sourcils, ouvrit la bouche et la referma.

— Agnes, Adele, je ne pense pas avoir d'autres questions pour vous, ce matin, reprit Victor. Je vous remercie.

— De rien. Si vous avez besoin de nous, n'hésitez pas.

Elles se déconnectèrent ensemble.

— Bien, Hubert. Maintenant que nous sommes seuls, pourquoi ne pas me dire tout ce que vous savez sur la Fiducie de Stone Mountain ?

— J'ignore tout de ce trust !

— C'est intéressant, d'autant plus que les comptes liés sont localisés dans la ville où ce cliché de Louis et vous a été pris. Ils portent également votre nom.

— Je ne sais pas quoi vous dire. Le seul trust auquel je suis rattaché est celui que mon père a établi pour mes sœurs et moi. J'ignore tout d'une fiducie en Géorgie.

— Tenez-vous vraiment à jouer cette carte-là ? Bien. Sachez néanmoins que je compte mener ma propre enquête, indépendamment de celle commanditée par Eddington Enterprise. Je ne serai peut-être pas capable de tracer le propriétaire du compte off-shore des Bahamas qui a reçu les fonds, celui qui garde aussi votre empreinte, mais je découvrirai la vérité. Vous devriez donc jouer cartes sur table avec moi dès maintenant. Si ces preuves poussent la juge à se ranger du côté de vos adversaires, vous pourriez vous retrouver à votre tour sur le banc des accusés ; et vous ne voudriez pas que votre ancien avocat vienne témoigner contre vous…

— Je ne suis pas inquiet, répliqua Hubert avec une assurance qui sonna creux.

Sans doute pensait-il que ça suffirait à jeter de la poudre aux yeux de Victor, mais celui-ci voyait sa peur. Il mit fin à l'appel et quitta le bureau. Une part de son esprit était concentrée sur l'affaire. L'autre part, sur Maeve et ce qu'il avait envie de lui faire dès son retour dans leur suite.

- 20 -

Maeve chantonnait en travaillant. Les nouvelles preuves accusant Hubert allaient exonérer la firme de toutes les charges, et la réputation de sa famille resterait intacte. Elle venait aussi de prendre une décision personnelle : elle allait enfin laisser le passé à sa place. C'était la seule solution, si elle voulait avoir un avenir. Victor lui faisait découvrir des sensations qu'elle n'avait connues avec personne et elle aurait été folle d'y renoncer à cause de la trahison d'un autre… Soudain, la porte s'ouvrit, Victor entra, souriant, et elle souhaita pouvoir passer toutes ses journées avec lui.

— Bonjour.

— Bonjour, beauté.

— Alors ? As-tu dit à tes clients que le jeu était terminé ?

— Pas si vite, maître. Je vais avoir besoin de temps pour corroborer ou réfuter les éléments que tu m'as transmis.

Elle se cala au fond de sa chaise, jouant avec un stylo.

— Menteur ! Tu es convaincu que ces preuves sont valables, toi aussi. Sans ça, tu ne te serais pas précipité pour mener ton enquête auprès des Duberry.

— Qui te dit que je l'ai fait ?

— Tu es un avocat de premier ordre, et personne n'obtient une telle réputation sans travailler dur pour ça.

— Ainsi, tu connais ma réputation…

Il s'approcha, la couvant d'un regard qui laissait deviner qu'il ne parlait plus uniquement de son travail. Il voulait jouer ? Très bien, elle était prête.

— J'ai entendu quelques rumeurs, minauda-t-elle.

— On ne peut pas croire tout ce que les gens racontent.

Il lui prit la main, la releva et déposa quelques doux baisers sur sa tempe avant d'effleurer sa joue du bout de la langue. Puis il l'enlaça, pressant son bassin contre elle.

— Par contre, tu peux croire *ceci*, ajouta-t-il.

— Oh… Est-ce le marteau de la juge, caché là-dedans ?

Il la souleva de terre, et elle noua ses longues jambes autour de ses hanches. Elle l'embrassa avec fièvre. La nuit précédente, il avait pris le dessus. Cette fois, c'était elle qui se montrait la plus fougueuse. Sa langue franchit ses lèvres sans hésiter. Il répliqua en massant ses fesses de ses mains. Elle gémit, se frotta à lui.

— J'ai envie de toi, murmura-t-elle contre sa bouche.

Il la porta jusque dans la chambre, la posa sur le lit et commença à déboutonner sa chemise. Elle attrapa sa ceinture sans perdre un instant et la défit d'une main tremblante. Puis elle retira son propre haut et son soutien-gorge. Le pantalon de Victor coula au sol. Il l'enjamba. Son sexe dressé tendait la toile de son boxer noir et Victor était déjà sur le point de le libérer quand un téléphone sonna dans l'autre pièce. Maeve lui prit vivement la main.

— Ne réponds pas !

Il s'appuya sur le matelas, les bras tendus et se laissa descendre lentement sur elle.

— Je n'en avais pas l'intention.

Leur baiser fut intense et possessif. Il souleva un des seins de Maeve pour caresser avec paresse son téton, qui se tendit. Elle laissa courir ses mains le long de son dos et sur ses épaules. Tout son corps appelait cet homme, criait. Elle était prête et affamée…

— Je ne veux pas attendre, dit-il en attrapant l'un des préservatifs éparpillés sur la table de chevet.

— Laisse-moi faire.

Il enleva son boxer.

Le portable de Maeve vibra.

Sans s'en préoccuper, elle embrassa le sexe de Victor, dressé vers elle. Elle effleura la peau sensible du sommet, guettant ses réactions.

Un message s'annonça sur le téléphone de Victor.

— Attends, bébé, dit-il en retenant sa main. Je dois quand même voir qui c'est.

— Pourquoi ?

Elle voulut le retenir, mais il se glissa hors du lit. Attrapant son portable, il quitta la pièce et elle l'entendit bientôt parler.

— Salut, mon pote. Comment ça va ?

Il passa la tête dans la chambre le temps de mimer du bout des lèvres : « Cornelius ». Surprise, Maeve se leva, enfila son haut et alla consulter son téléphone.

— Ce que tu me demandes est confidentiel, protesta Victor dans l'autre pièce. Je ne peux pas te répondre.

Elle le rejoignit et, lui faisant signe de ne rien dire, lui montra son appel manqué. *Cornelius.* Victor mit immédiatement le haut-parleur.

— Hubert n'est pas satisfait de ta prestation, disait leur confrère. Il prétend que Maeve essaye de l'obliger à abandonner les poursuites et que tu ne sembles pas avoir de stratégie pour contrer ses efforts de sabotage.

— Je gère cette affaire en fonction des faits portés à ma connaissance, riposta Victor.

— Il pense que tu ne l'aimes pas et que c'est pour ça que tu cherches à obtenir un non-lieu. Il a l'impression que tu sabotes ce procès et ne te fait plus confiance.

— Veux-tu reprendre le dossier ? Je serai plus qu'heureux de te le rendre. Tu n'as qu'à dire à Hubert de m'appeler, ou mieux : de m'envoyer ses consignes par mail pour que j'en garde une trace écrite.

— On dirait qu'il a raison de croire que tu ne veux pas travailler pour lui.

— Ne me mets pas ça sur le dos ! C'est lui qui semble vouloir un autre avocat, d'un seul coup. Je ne fais que tenter de le satisfaire. Peut-être vaudrait-il mieux que tu te charges de ce dossier, d'ailleurs. Si le procès n'est pas annulé, il sera au moins retardé et je peux t'envoyer tous les documents dès mon retour, lundi, pour te laisser le temps de les lire.

— Ton retour ? Où es-tu ?

Maeve et Victor tressaillirent ensemble.

— Il fallait que je quitte Chicago, répondit-il tranquillement. Tu sais que je déteste la neige.

— J'ai aussi essayé de joindre Maeve, en vain. Sais-tu où elle est ?

— J'ai une petite idée…

Elle le frappa, et il se mordit la lèvre pour ne pas rire.

— Êtes-vous ensemble ? s'enquit Cornelius.

— Pas du tout, mais je sais où elle est.

Maeve murmura « Menteur ! » et l'embrassa sur la joue.

— Quand elle m'a envoyé l'information qui a tant contrarié Hubert, elle a dit qu'elle était coincée dans un hôtel à cause de la tempête.

— Oui, il fait mauvais…

Cornelius paraissait sceptique. Il était trop futé pour accepter cette excuse.

— Elle a aussi dit que l'électricité avait été coupée toute la nuit. Elle n'a eu accès à Internet que ce matin.

Maeve enlaça Victor et fit glisser sa main sur son torse, descendant vers son bassin. Il ne put s'empêcher de pincer l'un des tétons qui pointaient sous son haut.

— Alors, tu le veux ou pas ? demanda-t-il.

— Quoi ?

— Le dossier. Je n'ai pas envie de travailler pour un

client qui doute de ma motivation. Hubert est peut-être un enfant gâté qui aurait bien besoin d'une leçon, mais je suis un homme intègre et honnête. Je fais toujours de mon mieux pour aider mes clients et, dans le cas présent, je pense qu'un abandon des charges serait dans son intérêt.

Maeve commençait à en avoir assez de cette discussion. Elle poussa Victor sur le divan et s'accroupit entre ses jambes pour lécher son sexe dressé comme une sucette.

— Écoute, mec, je dois y aller, murmura-t-il tandis qu'elle le gobait avec fièvre. On n'a qu'à se voir au club, lundi.

— OK, à quelle heure ?

— Comme tu préfères.

Il poussa un petit soupir quand elle referma la main sur ses testicules et grimaça.

— Désolé, j'ai un double appel.

Victor raccrocha sans même dire au revoir. D'un geste, il fit basculer Maeve sous lui, enfila le préservatif qu'il avait gardé à la main et la pénétra. Il resta quelques instants immobile avant de se mettre à bouger.

— Où en étions-nous ? chuchota-t-elle.

— Juste là, répondit-il en se lançant dans de lents va-et-vient sensuels. Exactement là où nous le voulions…

Elle passa les jambes autour de ses hanches pour l'aider. Ils avaient beaucoup de travail mais, pour le moment, rien n'était plus important que faire l'amour…

Le lendemain matin, après une nuit très agitée, Victor commanda un petit déjeuner pour deux avant de prendre une douche. Lorsque le plateau arriva, il vint murmurer à l'oreille de Maeve :

— Debout, jolie marmotte.

Elle ouvrit lentement les yeux, et il eut soudain envie

d'assister à ce spectacle chaque jour de sa vie. Elle se redressa d'un air encore somnolent. Elle était si belle !

— Quelle heure est-il ?

— 10 heures passées.

— Quoi ?!

— N'attends pas que je m'excuse de t'avoir trop fatiguée hier soir, dit-il en riant. Tu avais besoin de dormir.

— J'ai surtout besoin d'une douche.

— D'accord, mais fais vite. Le petit déjeuner est servi.

Elle s'éclipsa dans la salle de bains et réapparut un peu plus tard enveloppée dans une serviette, les cheveux encore humides. Victor avait étalé une nappe sur le lit, transformant leur nid d'amour en coin de pique-nique intime.

— Je suis affamée, dit-elle en s'asseyant près de lui.

Elle souleva l'une des cloches qui couvraient les assiettes. Un parfum de quiche aux légumes et de saucisse emplit la chambre. Ils mangèrent en silence puis Victor rassembla les plats vides sur le plateau et attira Maeve dans ses bras. Il s'enivra de l'odeur de jasmin de son shampoing.

— Tu as fait ça exprès…

— Quoi ? demanda-t-elle.

— M'amener ici. Tu es née dans la région et tu savais forcément que la tempête allait nous empêcher de rentrer. Tu avais prévu dès le début de profiter de moi et tu avais juste besoin d'un bon alibi.

— Tu te trompes.

— Non, j'ai touché dans le mille. Mais je ne t'en veux pas : je veux bien être ton otage n'importe quand.

— Dans ce cas, tais-toi et embrasse-moi.

Pour une fois, leur baiser ne s'acheva pas en étreintes passionnées. Ils décidèrent plutôt de s'habiller et de s'asseoir devant le feu avec deux tasses de chocolat chaud pour apprendre à mieux se connaître.

— Quand est ton anniversaire ? s'enquit Maeve.

— Le 9 octobre. Et toi ?

— Le 22 février.

— C'est bientôt. Je devrais t'organiser une petite fête.

— Vraiment ?

— Oui, juste entre nous.

Elle lui adressa un regard sévère et il se défendit :

— Ce n'est pas ma faute, si je veux t'avoir pour moi seul ! Aimerais-tu revenir au Costa Rica pour l'occasion ?

— Avec plaisir.

— Alors, quel âge auras-tu ? Quarante ans ?

Il esquiva à peine sa bourrade.

— Vingt-neuf, merci bien ! Si quelqu'un approche des quarante, c'est plutôt toi.

— Pas vraiment, chérie. Je viens d'en avoir trente-quatre.

— Et combien de relations sérieuses as-tu eues ?

— Qu'entends-tu par *sérieuses* ?

— Fidélité. Longue durée. Engagement…

— Aucune.

— Tu plaisantes ?

Il sirota son chocolat en énumérant ses aventures.

— Je suis bien sorti avec une fille de loin en loin pendant des années, mais elle s'est mariée et a divorcé depuis. On ne s'est revus qu'une ou deux fois. Je ne suis pas fait pour porter une alliance.

— Dommage.

— Pourquoi ? Veux-tu m'épouser ?

— Non.

— Je vois, reprit-il en s'approchant d'elle. Tu as juste l'intention de te servir de mon corps pour assouvir tes désirs, puis de me jeter aux loups.

— Quelque chose comme ça, avoua-t-elle avant de se pelotonner dans ses bras.

Victor l'enlaça, et ils se laissèrent bercer par un silence

confortable. Une chanson romantique lui vint en tête. Il sourit. Si servir de jouet à Maeve Eddington était toujours aussi doux, il était prêt à la laisser faire. Il ne se plaindrait pas. À personne.

- 21 -

Il était tard, lundi soir, quand Maeve put enfin remonter dans sa voiture et rentrer chez elle. Par précaution, surtout après l'appel de Cornelius, Victor décida de commander un véhicule avec chauffeur pour arriver en ville par une autre route. On n'était jamais trop prudent, et ils étaient trop proches de l'instant où ils pourraient enfin officialiser leur relation pour courir le moindre risque. Encore une semaine, deux au maximum, et le procès serait annulé. Ils pourraient retrouver le cours de leurs vies. Ensemble. Maeve fêterait son anniversaire avec lui. Elle n'avait plus été aussi excitée depuis… des années. Et elle avait hâte de partager son bonheur avec sa famille. Dès qu'elle fut sur l'autoroute, elle entreprit de répondre à tous les messages qu'elle avait reçus pendant la tempête. En commençant par Reign.

— Il était temps ! claironna sa sœur en décrochant. N'as-tu pas lu tous mes textos ? J'ai quelque chose d'important à te dire !

— Moi aussi… D'ailleurs, maman savait que j'étais coincée par la neige. Elle ne te l'a pas dit ?

— Si, bien sûr, mais c'était vendredi soir et il paraît que l'électricité est revenue dès le lendemain.

— Désolée. Il s'est passé beaucoup de choses. Le procès n'aura sans doute pas lieu : Hubert a volé sa propre grand-mère. Néanmoins, tout n'est pas encore bouclé et j'ai du travail à faire pour obtenir un non-lieu. Mais ce n'est pas la plus grande nouvelle du week-end.

— La plus grande nouvelle, c'est moi qui l'ai.

— J'en doute… Je suis amoureuse, avoua Maeve, incapable d'effacer son sourire.

Une petite pause suivit, puis Reign reprit :

— Frangine, tu dois savoir que…

— N'as-tu pas entendu ? Tu as passé des années à me convaincre d'ouvrir mon cœur de nouveau. Eh bien, c'est fait. Et c'est merveilleux !

— Je suis très contente pour toi.

— On ne dirait pas.

— C'est juste que…

— Quoi ? Je ne t'ai pas rappelée ? poursuivit Maeve, portée par son euphorie. Je voulais le faire, crois-moi. Je sais que la sœur aînée est censée veiller sur la plus jeune, mais cette fois, les rôles sont inversés. Tu m'as poussée à affronter mes peurs et tu as eu raison. Je n'ai jamais été aussi heureuse. Victor est fascinant, intelligent, gentil…

— Lionel est de retour.

— Tu pourrais croire qu'il n'a pas d'humour, mais…

D'un seul coup, les paroles de Reign prirent tout leur sens.

— Qu'as-tu dit ?

— Lionel. Il est revenu, divorcé et décidé à te séduire. C'est pour ça que je n'ai pas arrêté de t'appeler. Il s'est pointé à la maison vendredi, quand la tempête s'est déclarée. Il a parlé à papa et maman pendant des heures. Il a même passé la nuit au Domaine.

— Non ?!

— Tout le samedi, il s'est excusé auprès de nous, répétant qu'il avait commis une terrible erreur. Bien sûr, personne n'a accepté ses remords. On l'a interrogé. Il prétend que nous ne savons pas toute la vérité mais insiste pour t'en parler d'abord. Il semble convaincu que tu lui pardonneras…

Maeve ne sut que répondre.

— Je n'arrive pas à y croire, balbutia-t-elle au bout de quelques secondes. Il réapparaît, alors que j'ai enfin réussi à tourner la page. Pourquoi *maintenant* ?

— Je suis bien d'accord. Ce n'est pas le moment.

Peu à peu, son choc se mua en colère sourde.

— S'il pense qu'il lui suffit de pointer le bout de son nez pour que je le reprenne, il se trompe ! Je ne veux pas le voir ou entendre ses pathétiques excuses. Il a eu cinq ans pour inventer une justification alors qu'il m'a plaquée par *texto* ! Quel culot de venir au Domaine sans prévenir. Maman et papa auraient dû le mettre à la porte !

— Ils sont trop proches de sa famille pour ça.

— Je sais…

Des images surgies du passé se mirent à défiler devant ses yeux. À une époque, Lionel et elle avaient été inséparables. Tout le clan Eddington l'avait accueilli. Ils avaient relevé le défi d'une relation à distance pendant leurs études, avaient préparé leur mariage. Puis, un 4 juillet, tout avait changé…

Son signal de double appel sonna, et elle jeta un coup d'œil à l'écran intégré au tableau de bord. *Victor. Parfait.* Elle ne pouvait pas lui parler, dans son état actuel.

— Je crois que je vais avoir la migraine, soupira-t-elle.

— Désolée d'avoir gâché ton super week-end.

— Ce n'est pas ta faute. Laisse-moi arriver à la maison, et on en reparle.

En effet, dès son retour, elle ne fit *que* parler. Avec Reign. Derrick et Mona. Desmond. Jake. La réapparition du Dr Lionel B. Young était sur toutes les lèvres. Enfin, épuisée et anticipant une lourde semaine de travail, Maeve décréta que le sujet était clos et se concentra sur l'affaire. Comme toujours, son boulot allait la sauver… Elle acheva donc de remplir les papiers pour demander officiellement le non-lieu, transféra quelques documents à son assistant, confirma un déjeuner avec un nouveau client potentiel et, enfin, envoya un texto à Victor.

> Salut, beau gosse. J'ai vu ton appel mais j'ai été trop occupée pour répondre. Le travail n'attend pas. On se voit au tribunal ? 😊

Elle lut et relut le message puis, convaincue qu'il était à la fois charmeur et sérieux (à l'opposé de ses propres émotions), elle l'envoya en croisant les doigts pour que Victor ne lui téléphone pas ce soir. Une bonne nuit de sommeil allait sans doute l'aider à y voir plus clair.

Hélas, ce ne fut pas le cas. Le lendemain, elle décida donc de passer à la vitesse supérieure en choisissant sa tenue avec soin – un tailleur-pantalon blanc assorti de bottines bleu marine et d'un rang de perles colorées. Elle se glissa dans son manteau de mohair bleu préféré, passa une écharpe de soie sauvage et se rendit au tribunal. Quand elle arriva, elle avait au moins retrouvé son masque professionnel. Elle se gara et brava le froid mordant pour se précipiter dans le bâtiment. Arrivée devant le bureau de la juge, elle frappa et entra immédiatement. Elle ne vit que Victor, dont la présence réchauffait toute la pièce, et le souffle lui manqua. Depuis qu'elle l'avait quitté, sûre d'elle et de ce que leur avenir leur réservait, son monde avait été bouleversé.

Lionel est de retour.

Cette simple phrase avait tout changé et réveillé des émotions qu'elle avait crues éteintes. Elle l'avait tant aimé…

Victor s'avança, les bras ouverts, mais elle l'esquiva.

— Bonjour, dit-elle froidement.

Il parut surpris.

— Bonjour… maître.

Elle faillit manquer l'éclair de déception qui traversa son regard. Il s'approcha néanmoins pour poser une main sur son bras et l'empêcher de le fuir.

— Après notre dernière… rencontre… je pensais qu'une simple poignée de main ne suffirait pas, murmura-t-il.

— Nous sommes adversaires. Nous ne devrions pas nous toucher, point. La juge est-elle en retard ?

— Nous avons quelques minutes devant nous, dit-il en consultant sa montre.

Elle acquiesça, entreprit d'enlever son manteau et le sentit s'approcher pour l'aider. Son frisson ne lui échappa pas.

— Tout va bien, Maeve ?

— Oui, mentit-elle.

Clairement, il ne la crut pas.

— As-tu parlé à tes clients ? lança-t-elle sans lui laisser le temps de l'interroger davantage.

— Ils savent que nous sommes ici pour demander un non-lieu. Hubert n'est pas ravi. As-tu rappelé Cornelius ?

— Je lui ai envoyé un texto pour lui dire que j'étais occupée et lui répéter ce que tu lui as dit au téléphone. Il a eu l'air d'accepter ta décision.

Au même instant, la juge entra et les salua avant de prendre place derrière son bureau massif.

— J'ai cru comprendre que vous souhaitiez abandonner toutes les charges ?

— C'est exact, Votre Honneur, répondit Maeve en lui tendant un dossier. Voici une copie des documents que je vous ai envoyés par mail pour soutenir cette décision.

La magistrate examina rapidement les papiers, puis se tourna vers Victor.

— Une objection, maître Cortez ?

— Aucune, mais je souhaiterais qu'aucun préjudice ne soit retenu contre mes clients, quoi que ces preuves puissent mettre au jour à l'avenir.

— Vous êtes donc tous les deux d'avis que l'un ou plusieurs des plaignants ont été impliqués dans la disparition des fonds, objets de ce litige, et qu'Eddington Enterprise n'est en aucun cas responsable ?

— Tout à fait, Votre Honneur.

— Oui, renchérit Victor.

— Dans ce cas, Eddington Enterprise désire-t-elle déposer plainte pour diffamation ?

— Nous n'en avons pas encore discuté. La nature confidentielle de cette affaire nous a protégés de rumeurs publiques malveillantes et notre réputation reste intacte. Je souhaiterais donc rencontrer les plaignants pour trouver un accord afin que la situation reste telle quelle, et que leur silence soit assuré par un ordre de la cour.

— J'aimerais être présent lors de cet échange, précisa Victor.

— Bien sûr. Dans ce cas, je vais examiner ces nouvelles informations et vous recontacterai dans la semaine. La séance est levée.

La juge abaissa son marteau.

— Soyez prudents sur la route, reprit-elle ensuite. On annonce une nouvelle tempête.

En contemplant Victor, Maeve sentit hélas que la tempête était déjà là.

- 22 -

Dès l'arrivée de Maeve, Victor avait su que quelque chose avait changé. Il aurait même parié que ça n'avait rien à voir avec l'affaire. Il avait senti sa tension. À présent que la juge les avait laissés seuls, ce malaise reprit de plus belle.

— Que se passe-t-il ? demanda-t-il immédiatement.

— Rien. Je suis plutôt satisfaite de cette réunion.

Victor fronça les sourcils. Elle semblait vouloir faire comme si leur week-end à la montagne n'avait pas existé. Que lui cachait-elle ?

— Je parlais de toi, Maeve. Je sens bien qu'il y a un souci.

— Qui es-tu ? Madame Soleil ?

— Non, mais je le sais. Et je sens aussi que tu ne veux pas en parler…

— En effet. Ce n'est ni le lieu ni le moment.

— Veux-tu déjeuner avec moi, dans ce cas ?

— Impossible. J'ai des rendez-vous toute la journée.

Elle voulut attraper son manteau. Il le prit avant elle et leurs doigts s'effleurèrent. Un frisson les traversa, mais il le ravala et l'aida à s'habiller.

— On pourrait dîner ensemble, alors.

Victor n'avait jamais dû se battre pour obtenir un rendez-vous avec une femme. En temps normal, face à un refus, il aurait fait ses adieux et ressorti son carnet d'adresses, si peu utilisé ces derniers mois, à la recherche d'une nouvelle conquête. Mais sa liaison avec Maeve n'avait rien de normal. Aucune autre femme ne lui avait donné envie de résoudre ses problèmes, de créer du rêve ; bref, de devenir le fameux prince charmant qu'il avait toujours cru fictif. Avec elle, il voulait être tout ça.

Quand elle se détourna, il lui emboîta donc le pas.

— Es-tu garée au parking ou dans la rue ?

— J'ai trouvé une place devant le tribunal.

— Je suis au sous-sol. Laisse-moi te conduire jusqu'à ta voiture.

— C'est très galant, mais je suis encore capable de marcher, répliqua-t-elle sèchement.

Refusant de céder, il lui prit le bras pour l'entraîner vers l'ascenseur.

— Lâche-moi, siffla-t-elle entre ses dents. Je t'ai dit que j'avais des rendez-vous !

— Ce ne sera pas long, promis.

Ils rejoignirent sa voiture de location et, quand Victor ouvrit la portière passager, Maeve se glissa sur le siège de mauvaise grâce. Il reprit son interrogatoire le temps que le moteur soit chaud.

— Parle-moi. Quelque chose ne va pas entre nous et, après tout ce que nous avons partagé ce week-end, j'estime avoir le droit de savoir ce qui se passe.

Elle prit une profonde inspiration, sans répondre, le regard perdu devant elle. Puis elle soupira.

— Mon ex est revenu.

Victor eut l'impression qu'elle venait de le frapper – il aurait presque préféré ça… Il fit néanmoins de son mieux pour ne pas aggraver le malaise de Maeve et sourit.

— Ton ex-petit copain ?

— Ex-fiancé.

— Je ne savais pas que tu avais failli te marier. Que s'est-il passé ?

— Je ne sais pas, dit-elle en haussant les épaules.

— Quelle excuse t'a-t-il donnée ?

— Je n'ai pas eu l'occasion de l'interroger, à l'époque.

— Et maintenant ? Vous avez dû parler, non ?

Elle secoua la tête, les yeux baissés. La douleur qu'il lisait sur son visage donna soudain envie à Victor de tuer la personne responsable de son malheur.

— Je ne vois pas quelle importance ça aurait ? Je nous croyais heureux. On était en couple depuis le lycée et il faisait du sport avec Desmond. Nos familles sont proches. Puis, un jour…

Elle laissa sa phrase en suspens. Victor attendit. Elle parlerait quand elle serait prête, et il avait tout son temps.

— Il est allé à Washington pour des raisons familiales, afin de rendre un service à un vieil ami de son père. Celui-ci a des filles et l'une d'entre elles est tombée enceinte. Il m'a quittée pour l'épouser et ne m'en a parlé qu'après. J'ai tourné la page.

— Et c'est une très bonne chose, murmura-t-il en lui prenant la main. Tu devrais continuer à vivre ta vie, avec moi, pour poursuivre ce que nous avons commencé…

Elle serra ses doigts et sourit – enfin.

— Tu as raison.

— Vraiment ?

— Le passé est mort. Je veux me concentrer sur le présent.

Résistant à l'envie de crier victoire, il savoura la caresse de son pouce dans sa paume.

— Franchement, je ne sais pas ce que l'avenir nous réserve, reprit-elle, mais pour l'instant je veux que tu fasses partie de ma vie.

Ces quelques mots réchauffèrent son cœur, et ses reins. Il se pencha sur elle et elle se laissa embrasser. Ce fut un doux baiser, comme une promesse. D'un seul coup, les affaires qui l'attendaient au Costa Rica ne lui parurent plus aussi insurmontables. Après tout, dans à peine plus d'un mois, elle l'y rejoindrait pour son anniversaire. Il prévoyait déjà de lui préparer une soirée mémorable.

— Je dois vraiment y aller, dit-elle soudain.

Sans protester, il se mit en route.

— Alors, veux-tu dîner avec moi, ce soir ?

— Je te rappellerai cet après-midi. J'aurai une meilleure idée de mon emploi du temps.

— D'accord.

Sortant du parking, il lança encore :

— Est-ce que ta famille s'est doutée de quelque chose, quand tu leur as dit que tu étais coincée dans la montagne, ce week-end ?

— Bien sûr ! dit-elle en riant. Maman n'a pas posé de questions, mais Desmond s'est demandé qui était ce fameux client pour qui j'ai fait tant de route un vendredi soir.

— Et ta sœur ?

— Elle est au courant pour nous. Elle mérite de savoir : ça fait des années qu'elle me pousse à rencontrer quelqu'un.

Enfin, elle lui indiqua un véhicule garé plus loin.

— Nous y sommes.

— On a retrouvé les voitures de sport ? Ça te correspond.

— Essayes-tu de dire que je vais trop vite en besogne ?

— Non, que ta voiture et toi avez de belles courbes. Mais tu es bien plus sexy.

— Je n'aurais jamais pris ça pour un compliment… Merci. Je crois.

Il éclata de rire et, quand il se pencha pour lui voler un nouveau baiser, elle s'empressa de sortir.

— Quoi ? On ne peut pas s'embrasser dans la rue ? s'exclama-t-il en baissant la vitre.

— Pas tant que l'affaire n'est pas officiellement close.

Elle se pencha à la fenêtre et chuchota :

— Mais après, on pourra même faire l'amour au milieu du trottoir…

— Attention, je m'en souviendrai !

Il la regarda monter dans sa voiture et lui fit signe quand elle s'éloigna. Puis il rejoignit Main Street et, trop vibrant d'énergie pour rentrer, appela Cornelius.

— Salut ! Que fais-tu, en ce moment ?

— Je déjeune. Et toi ?

— Je viens de quitter le tribunal. La demande d'annulation a été déposée. Je voulais juste savoir si tu étais partant pour un match de tennis.

— Je serai libre dans deux heures.

— Super. À tout à l'heure.

Il s'engagea ensuite sur la bretelle d'autoroute et prit la direction de la Pointe du Sable pour aller au country club. En chemin, il s'arrêta dans un élégant restaurant, le temps d'avaler un rapide repas chaud.

Tout en mangeant, il songea à la soirée qui l'attendait. Avec un peu de chance, Maeve serait son dessert… S'il se débrouillait bien, son avocate préférée pourrait même passer bien plus de temps à ses côtés. Toute la vie, peut-être ?

- 23 -

Après ses réunions du matin, Maeve prit la route du country club de la Pointe, où elle devait déjeuner avec un nouveau client. Sur le chemin, elle ne put s'empêcher de murmurer une chanson d'amour tout en souriant. Voilà l'effet que Victor lui faisait… Ainsi que la décision qu'elle avait prise la veille, sans se laisser le temps de changer d'avis. Après avoir entendu la nouvelle fracassante du retour de Lionel, elle était revenue de son choc et s'était juré de ne pas laisser ses souvenirs briser sa nouvelle romance. Elle avait peut-être aimé son ex-fiancé, mais elle comprenait à présent qu'elle n'avait jamais été *amoureuse* de lui. Ce qu'elle ressentait pour Victor était tellement plus fort, et elle était prête à passer sa vie avec lui s'il le voulait. Elle lui envoya donc son adresse par texto, lui disant que le dîner serait servi chez elle… dans son lit.

Une fois arrivée au club, elle confia sa voiture au valet, puis traversa le restaurant pour atteindre le salon privé que son client avait réservé. Ce n'était pas rare, pour elle : de nombreuses entreprises rivales faisaient affaire avec la firme Eddington et souhaitaient que leurs liens restent discrets.

L'hôtesse d'accueil la salua avec son sourire habituel.

— Bonjour, mademoiselle Eddington. Vous semblez de bonne humeur, aujourd'hui.

— En effet. J'ai rendez-vous à midi avec…

— M. Bruce Parker. Il vous attend déjà.

— Parfait. Merci et bonne journée.

Connaissant bien les lieux, elle se rendit dans le salon que l'hôtesse lui indiqua et tenta en vain d'effacer son sourire radieux. Elle entra. Son client lui tournait le dos, campé devant la fenêtre. Quelque chose, dans sa silhouette la mit immédiatement mal à l'aise ; et elle comprit tout lorsqu'il se retourna. *Lionel.*

— Bonjour, Maeve.

Instinctivement, elle voulut s'enfuir, mais il se précipita pour lui prendre le bras.

— Attends !

— Comment oses-tu me piéger ? cria-t-elle en s'écartant.

— Pardonne-moi. Je… Je ne pensais pas que tu accepterais de me voir…

— Et tu avais raison.

— J'ai tant de choses à te dire, Maeve.

— C'est un peu tard pour ça, tu ne crois pas ?

— Il n'est jamais trop tard.

Il voulut lui saisir la main, mais elle l'esquiva. Un tourbillon de pensées défila dans son esprit.

— Je suis désolé, reprit Lionel. Tu n'imagines pas à quel point. Un million d'excuses ne suffirait pas.

— Alors, pourquoi te fatiguer ? Pourquoi remuer un passé que nous ne pouvons pas changer ? Maintenant que tu es divorcé, tu as soudain de la place pour moi dans ta vie ? Tu voudrais qu'on se remette en couple, juste parce que ta femme t'a quitté ?

— C'est moi qui suis parti.

— Oh oui, ça change tout ! Je m'en moque, Lionel. Tu m'as plaquée par texto pour en épouser une autre. Fin de l'histoire.

— Maeve, je…

— Pas un appel, pas un mail, pas la moindre explication.

— Je n'ai jamais cessé de penser à toi, tu sais. J'ai parlé à Desmond et tu imagines sans doute qu'il était en colère.

Il m'a dit de te laisser tranquille, que je t'avais fait assez de mal comme ça.

— Et tu l'as écouté ? Tu as quitté la fille qui t'a offert sa virginité et presque la moitié de sa vie. Les sentiments de mon frère sont-ils vraiment ta préoccupation principale ?

— Il m'a menacé, tu sais. Il m'a dit que tu ne voudrais pas me parler après ce que je t'ai fait, et je l'ai cru.

— Je méritais mieux !

— C'est vrai…

Un serveur gêné vint les interrompre. Pendant un instant, Maeve eut peur de ne rien pouvoir avaler sans vomir, mais la perspective de passer la soirée avec Victor lui donna le courage de commander une simple salade. Lionel choisit un steak puis lui sourit.

— Je sais que ce n'est pas vraiment une fête, mais veux-tu un peu de vin ?

— Non. Comme tu le dis : ce n'est pas une fête.

Quand le serveur fut parti, son ex revint à la charge :

— Je t'aimais à la folie, Maeve…

— Oui, à tel point que tu m'as quittée pour une autre. Merci bien, mais je me passerai de cet amour.

— Tu ne sais pas tout.

Elle jeta un coup d'œil à sa montre et haussa les épaules.

— J'ai une heure devant moi. Parle.

— On m'a piégé… Te souviens-tu du week-end que j'ai passé à Washington avec mon père ? Il voulait que je l'aide à célébrer les cinquante ans de son ami George. En fait, celui-ci a insisté pour que tu ne viennes pas car il avait besoin que je sois le cavalier de Hazel pour la soirée.

— Ta femme.

— Oui, c'est la fille aînée de George. Elle avait vingt-trois ans et était célibataire. J'ai juste voulu lui faire une fleur et, honnêtement, ça ne m'aurait pas gêné si je n'avais pas été obligé de te cacher la vérité. Dès le samedi, j'ai compris que papa et George avaient une idée derrière la tête. George tenait à ce que je courtise Hazel, et papa… Tu sais à quel point il aime la politique. Non content d'être maire de la Pointe, il envisageait de se présenter au Sénat et George avait les contacts nécessaires pour l'aider.

— Ils t'ont dit tout ça, et tu as accepté de jouer le jeu ?

— Bien sûr que non ! Nous étions fiancés, je te rappelle ! Seulement, pendant la soirée d'anniversaire, quelqu'un a versé une drogue dans mon verre. Je me suis réveillé le lendemain dans le lit de Hazel, nu. Elle a juré que nous avions couché ensemble. Bref, deux mois plus tard, elle m'a rappelé pour m'annoncer qu'elle était enceinte. Nos parents ont exigé qu'on se marie pour sauver sa réputation. Tout est allé si vite… Je ne me souviens même plus des détails.

— Et ta lune de miel ? Tu t'en souviens ?

Exaspérée, Maeve comprit soudain qu'elle n'avait peut-être pas *complètement* tourné la page, en fin de compte.

— Je t'avais déjà perdue. Je crois que j'ai juste… Je ne savais pas quoi faire. Je pensais divorcer discrètement, après la naissance du bébé. Hélas, Hazel l'a perdu juste après notre emménagement dans notre nouvelle maison. Elle a sombré dans la dépression. Je l'ai soutenue – que pouvais-je faire d'autre ? – et j'ai fini par m'attacher à elle. Un an plus tard, elle est de nouveau tombée enceinte.

— Oui, j'ai entendu dire que tu avais eu un fils.

Elle avait murmuré ces mots avec amertume. C'était elle qui aurait dû porter ses enfants…

— Sa naissance a tout changé, admit-il. Mon père est entré au Sénat et j'ai commencé à travailler avec un ami du frère de Hazel. La routine s'est installée jusqu'à l'arrivée de notre fille.

On apporta leurs plats, et Maeve reprit, toujours perplexe :

— Je ne comprends pas. Que tu aies été piégé ou pas, tu es resté. Tu lui as fait d'autres enfants. Puis tu les as abandonnés ? Je ne veux pas défendre la femme qui a détruit mes rêves, mais…

— Les enfants ne sont pas les miens.

— Quoi ?! Que veux-tu dire ?

Il lui expliqua alors toute la vérité, et Maeve regretta presque d'avoir posé la question.

— Écoute, ce qui t'est arrivé est terrible et personne ne mérite ça, dit-elle. Mais la vie n'est pas si simple. Je ne sais même pas quoi te dire.

— Ne dis rien. Accorde-moi juste un peu de temps.

— Impossible. Je sors avec quelqu'un.

Il ravala sa salive, clairement désemparé.

— Trente jours, Maeve. Accepte de me voir pendant trente jours, juste pour essayer de raviver notre amour. Si ça ne marche pas, je te promets de te laisser en paix.

— Je vais y réfléchir.

Bon sang ! Elle n'avait pas besoin de laisser l'homme qui avait brisé son cœur détruire sa relation avec Victor. Sans perdre un instant, elle prit son sac et se leva.

— Je dois y aller.

— Je suis venu en taxi et j'avais espéré que tu puisses me raccompagner au travail, à PDS Medical.

— OK…

— Très bien. Je te rejoins tout de suite, reprit-il en s'éloignant vers les toilettes.

Elle s'adossa au mur du couloir pour consulter ses mails quand une voix la fit sursauter.

— Salut, beauté.

— Victor ! Que fais-tu là ?

— Je m'apprête à démolir Cornelius sur le court de tennis.

— Je suis là, chérie !

En entendant Lionel, le cœur de Maeve s'arrêta. Elle l'avait déjà presque oublié, face à Victor. Son ex tendit immédiatement la main à l'autre homme.

— Bonjour. Je suis le Dr Lionel Young.

Victor le salua, d'un air presque amusé.

— Victor Cortez, dit-il sans quitter Maeve des yeux.

Elle ne put se détourner de lui, en dépit de la présence de Lionel. Un lien les unissait, indéniable, mais quelque chose d'autre parut soudain changer entre eux.

— Alors, comment vous connaissez-vous ? s'enquit Lionel qui, clairement, ne se doutait de rien.

On se connaît mieux que tu ne le penses ! Victor sembla avoir la même idée que Maeve, à en croire son sourire entendu, et elle eut soudain peur qu'il le dise à haute voix.

— On s'est rencontrés à Harvard, lâcha-t-elle très vite.

— Ah. Dans ce cas, ravi de te croiser, Victor.

— Ravi ? Vraiment ?

Soudain, Maeve vit son ex comprendre la situation. Cornelius arriva à point nommé pour détendre l'atmosphère.

— Bonjour à tous ! Oh ! Victor, je vois que tu viens de rencontrer le chirurgien qui est en train de bouleverser toute la médecine du pays… Comment vas-tu, Lionel ?

— Bien. Maeve et moi allions partir.

Oui ! faillit-elle crier. Sans demander son reste, elle prit la fuite, suivie par Lionel. Sur le chemin de l'hôpital, il lui promit de nouveau qu'il était prêt à tout pour la reconquérir.

Ce fut le trajet le plus long de sa vie… En définitive, oublier son passé risquait d'être plus compliqué que prévu.

- 24 -

Cette soirée allait être très spéciale : ce serait la première visite de Victor chez Maeve. Il choisit donc une tenue à la fois élégante et détendue, couplant un pantalon de daim ivoire avec un pull en laine rayé. Il avait même profité d'un passage au spa après son match pour se faire raser de près et rafraîchir sa coupe. Cornelius avait été étrange, tout l'après-midi. Distrait. Quand Victor l'avait interrogé au sujet du Dr Young, son ami était resté évasif. C'était aussi suspicieux que le comportement de Maeve, au club. Bien sûr, il avait songé à son ex, de retour en ville, mais avait chassé cette idée. Ce ne pouvait pas être le même Lionel. Maeve avait très clairement dit qu'elle ne voulait pas le voir.

Une fois dans sa voiture, il décida d'ignorer ses inquiétudes et de se concentrer sur la soirée à venir. Il voulait que Maeve se sente spéciale et avait commandé pour elle un cadeau unique chez un joaillier de la ville. Pourvu qu'il plaise à sa chérie…

Sa chérie. Depuis quand pensait-il à elle en ces termes ? Il n'en était pas sûr, mais ça n'avait pas d'importance. Il était temps pour lui de ne plus songer à la voix sévère de son père, qui avait eu raison de toutes ses précédentes liaisons.

« On ne peut pas se fier aux femmes. Agis avec elles comme on agit avec un héritier au trône : il faut toujours en garder une deuxième sous le coude, au cas où… »

Oui, son père lui racontait souvent ce genre de choses, en général accompagné par une des femmes qu'il « gardait sous le coude ». Il riait ensuite de sa blague égoïste et fessait la fille pour faire bonne mesure.

Et tout cela, avant même ses dix ans…

Alors qu'il approchait de l'impressionnante grille du domaine Eddington, Victor se laissa aller à imaginer son avenir. Ferait-il un jour partie de la famille de Maeve, si liée ? Ses parents s'aimaient encore assez au bout de trente-cinq ans de mariage pour fêter ça et s'offrir une croisière…

— Bonsoir, monsieur, dit-il au gardien.

— Bonsoir. En quoi puis-je vous aider ?

— Je suis venu voir Maeve Eddington.

— Bien sûr. Puis-je vous demander une pièce d'identité ?

Victor tira son portefeuille de sa poche.

— Waouh, vous êtes à cheval sur la sécurité, ici…

— C'est le protocole, monsieur.

— Aucun souci. Je comprends.

Il lui tendit sa carte et vit le gardien téléphoner. En attendant d'obtenir le feu vert de Maeve, il examina le décor. Des buttes vallonnées et arborées séparaient les immenses maisons de ce qui était sans doute la plus belle propriété privée de tout le Midwest. Lentement, son esprit s'évada au Costa Rica. Il serait si fier de pouvoir inviter le clan Eddington chez lui, un jour. Peut-être après l'anniversaire de Maeve, si tout se passait bien.

Au bout d'un moment, il commença à s'inquiéter et se pencha à la fenêtre de la guérite.

— Excusez-moi… Y a-t-il un problème ?

L'homme sourit, raccrocha et lui rendit sa carte.

— Désolé, monsieur. Tout est en règle. On vient de vous envoyer un texto pour vous donner les indications nécessaires afin de vous rendre chez Mlle Eddington. Bonne soirée !

Victor n'avait pas l'habitude d'attendre. Il était du genre à obtenir un pass VIP partout où il allait. Ce délai avait un peu assombri son humeur, mais il fit de son mieux pour ne plus y penser et avança. Arrivé devant la maison, il se gara dans le petit parking et gravit les marches du perron pour atteindre une porte double protégée par un grand porche. Il sonna, impatient. Maeve lui avait promis une soirée mémorable. Comment allait-elle l'accueillir ? En robe sexy ? En lingerie ? Toute nue ?

Hélas, non. Elle ouvrit, vêtue d'un simple jean et d'un T-shirt, passa la main dans ses cheveux en désordre et se fendit d'un sourire hésitant.

— Salut, Victor.

La déception revint. Elle paraissait aussi morose que lorsqu'elle lui avait annoncé le retour de son ex.

— Est-ce que je te dérange ?

Elle remarqua alors le sac enrubanné qu'il portait et son regard s'illumina, comme si elle venait de se souvenir de son invitation.

— Bien sûr que non ! Désolée. J'ai été assez… préoccupée, dit-elle en s'effaçant pour le laisser entrer.

Une table était disposée dans le hall. Victor y posa son paquet, puis enlaça Maeve. Elle se raidit un instant avant de se couler contre lui. Son corps était si parfait !

— J'ai eu envie de ça toute la journée.

— Moi aussi, répondit-elle en le serrant plus fort.

Victor voulait l'embrasser, lui faire l'amour, mais sa rencontre avec le Dr Young le hantait toujours – ainsi que les mises en garde de son père. Il avait besoin de réponses. Il la lâcha donc et un malaise s'installa immédiatement. Ôtant son manteau, il lui tendit le sac.

— C'est pour toi.

— Merci, Victor…

Elle lui prit la main et l'entraîna dans un immense salon au plafond cathédrale. Ils s'assirent sur l'un des canapés, face à la cheminée, et Maeve déballa son cadeau. Elle en tira une bouteille de cabernet, puis un étui en cuir fin.

— Waouh, le coffret seul est un cadeau !

— J'espère que tu aimeras aussi le contenu…

Ce fut le cas. Elle poussa un petit cri émerveillé en découvrant le bouchon de décantation en platine orné de fleurs en diamants que Victor avait commandé pour elle.

— C'est magnifique ! Et si attentionné !

Elle l'embrassa. En dépit de ses émotions contradictoires, Victor l'enlaça de nouveau pour prolonger leur baiser. Elle gémit, passa une main sur son torse, dans son cou, et se cala tout contre lui. Ses doigts se hasardèrent bien vite sur sa cuisse et entre ses jambes. Victor sentit qu'il allait perdre la tête. Il avait pourtant besoin de savoir ce qui se passait vraiment chez elle, avant de se laisser aller.

— Attends, dit-il en s'écartant un peu. Il faut qu'on parle.

— De quoi ?

— De ton ex.

Maeve parut surprise.

— C'est-à-dire ?

— L'as-tu vu ?

Elle ne répondit pas. Victor se prépara à entendre un de ces fameux mensonges contre lesquels son père s'emportait.

— Est-ce pour ça que tu as mis si longtemps à me laisser passer la grille, ou que tu m'as accueilli si froidement ?

— C'était lui, mon rendez-vous de ce midi… Mais je ne le savais pas encore : il a donné un faux nom à mon assistant.

Elle soupira et prit la bouteille de vin.

— Prenons un verre.

Sans attendre de réponse, elle quitta la pièce. Victor se pencha en avant, les coudes sur ses cuisses et contempla le décor contemporain du salon. Les œuvres abstraites ornant les murs et les meubles épurés correspondaient bien à la femme qu'il connaissait. Sur un guéridon, il vit une série de photos de famille. Il s'apprêtait à les examiner de plus près quand elle revint avec la bouteille ouverte et deux verres. En un instant, il se revit dans la montagne avec elle, lors d'une soirée semblable à celle-ci.

Elle se rassit, les servit et goûta avec soin le cabernet.

— Mmm. Délicieux.

Son regard se mit à pétiller et elle leva son verre.

— À la nôtre, dit-elle simplement.

Nous verrons bien…

Ils prirent le temps de savourer leur apéritif. Victor regardait Maeve, qui contemplait le feu. Enfin, elle se cala au fond du canapé, les yeux fixés devant elle.

— Lionel m'a piégée en prétendant être un nouveau client. Quand j'ai compris la vérité, j'ai voulu partir.

— Pourquoi ne l'as-tu pas fait ?

— Je savais que nous devions parler, tôt ou tard. Fuir semblait stupide. Non seulement c'est mon ex, mais il est aussi un ami de ma famille.

— Alors ? Comment ça s'est-il passé ?

— Pas très bien. Entendre sa version de l'histoire a été éprouvant. Ça a réveillé des émotions que je croyais enfouies pour toujours.

— J'ai remarqué, oui.

Nouveau soupir. Plus profond. Nouvelle gorgée de vin.

— Quelle excuse t'a-t-il donnée pour t'avoir plaquée ?

— Merci de le présenter si brutalement…

— Ce qu'il a fait n'était pas brutal ?

— Si, dit-elle en posant son verre avant de lui répéter les paroles de Lionel : Il a été pris dans un traquenard. La fille est tombée enceinte, puis elle a perdu son bébé peu de temps après leur mariage.

— Évidemment, gloussa-t-il.

— Je ne l'ai pas cru non plus, mais ils ont ensuite eu un fils et une fille. Lionel devait rester auprès de sa famille.

— On dirait que ce prétendu piège ne l'a pas tant dérangé, en fin de compte…

— Les enfants ne sont pas les siens, Victor. En fait, Hazel avait un petit ami de longue date, mais ses parents n'auraient jamais approuvé leur relation. Il n'était pas… présentable. Bref, elle a épousé Lionel pour avoir la paix, mais son copain est le vrai père des petits.

— Comment Lionel a-t-il découvert la vérité ?

— Sa fille a des problèmes respiratoires. Leur médecin, ne trouvant pas la cause, a fait un test ADN et a vu qu'elle souffrait d'asthme ; une maladie qui n'est pas présente dans les deux familles. Lionel a eu des soupçons. Il a fait un test aussi et a découvert le pot aux roses.

— J'imagine que ça a été dur pour lui.

— Il était dévasté, en colère. Il a demandé le divorce et…

— Et s'est empressé de revenir vers toi.

— Apparemment, Desmond l'a empêché de m'appeler plusieurs fois.

— Il a bien fait.

Un long silence suivit.

— Tu n'envisages tout de même pas de lui donner une seconde chance ? lança soudain Victor.

— C'est compliqué…

— Vous étiez fiancés, et il a épousé une autre femme. La situation est claire, non ?

Maeve lui prit la main avec fièvre.

— J'ai beaucoup d'affection pour toi, Victor. Plus que pour lui. Mais… Si Hazel n'avait pas été là, nous nous serions mariés.

Il s'écarta brusquement d'elle.

— Qu'essayes-tu de dire, exactement ?

— Il veut que je lui accorde trente jours pour se racheter.

— Dans ce cas, nous n'avons plus rien à nous dire, lâcha Victor en bondissant.

— Attends ! Je t'en supplie !

Elle le rattrapa devant la porte d'entrée.

— Je ne lui ai pas répondu. Son retour m'a tant choquée que j'ai perdu les pédales. J'étais si confuse…

— Mon manteau, s'il te plaît.

Elle alla le chercher dans le placard du hall.

— Je comprends que tu sois en colère, mais sois patient, s'il te plaît. J'ai juste besoin de temps pour comprendre…

— Et que dois-je faire, en attendant ?

Elle se tut. Clairement, elle ne savait pas quoi répondre.

— Est-ce que tu l'aimes ?

— Non ! En tout cas, je ne pense pas… Je ne sais pas.

— Adieu, Maeve.

Elle voulut l'enlacer, mais il la repoussa et sortit au milieu des flocons de neige. Il ne sentit même pas le froid.

— Victor ! Ce week-end était merveilleux, ton cadeau est splendide, et je ne veux pas qu'on se dispute. Je ne veux pas te perdre. Je… Je t'appellerai, d'accord ?

Il en avait assez entendu et rejoignit sa voiture sans un regard en arrière. De nouveau, la voix de son père résonnait à ses oreilles. Moqueuse. Méchante. Arly n'avait pas été si éloigné de la vérité, en fin de compte…

- 25 -

— J'ai tout gâché.

C'était le mardi, à l'aube. Maeve avait demandé à ses frères et sa sœur de la rejoindre. Ils étaient tous venus pour le petit déjeuner afin de la consoler. Elle leur avait avoué ses sentiments pour Victor, leur avait parlé de son repas avec Lionel, puis de la dispute qui avait suivi, la veille.

— Ça fait beaucoup à digérer en vingt-quatre heures, murmura Reign. Lionel a un de ces culots. Réapparaître comme si rien ne s'était passé !

— Quoi qu'il ait fait, et bien que je ne l'apprécie pas, je n'ai jamais douté de son amour pour Maeve, déclara Desmond. Mais ça ne veut pas dire que je pense que tu devrais lui accorder une deuxième chance, sœurette.

— Bref, depuis quand es-tu avec Victor ? intervint Jake. Je ne vous ai jamais vus ensemble.

— Ils ont passé les fêtes en tête à tête, répondit leur aîné d'un air consterné. Mais ça ne devait pas être bien sérieux pour qu'elle nous cache la vérité.

— Je suis adulte, coupa-t-elle. Je ne te dois pas d'explications, Desmond !

Puis, d'une voix plus douce :

— Pour répondre à ta question, Jake. Oui. Nous avons passé nos vacances au Costa Rica et ça a été merveilleux ; puis les choses sont devenues plus sérieuses ce week-end, quand on s'est retrouvés bloqués par la neige.

— Je le savais ! clama Desmond. C'est lui qui t'a poussée à nous mentir ?

— Elle n'a pas menti, coupa Reign. Moi, je savais.

— Et tu ne m'as même pas prévenu ? lança Jake en riant. Traîtresse.

— Papa et maman le savent-ils aussi ?

— Écoutez, Victor n'est pas mon plus gros problème, pour l'instant. C'est Lionel, qui s'ingénie à me faire culpabiliser pour que je lui accorde une seconde chance...

Desmond parut sur le point d'intervenir, mais Jake fut plus rapide :

— C'est ta vie, sœurette, et le choix te revient.

À la fin de la semaine, Maeve finit enfin par se décider. Le passé, tels des sables mouvants, tentait de l'aspirer de nouveau et il était hors de question qu'elle se laisse faire. Elle envoya donc un message à Victor. Succinct et clair.

Je ne pensais pas que tu étais du genre à laisser tomber.

Il ne la rappela pas ce week-end-là. Ni la semaine suivante. Lionel, lui, ne cessait de téléphoner, mais elle ne répondit pas. Sauf le vendredi suivant, à quelques jours de son anniversaire...

— Bonsoir, Lionel, dit-elle froidement, consciente qu'elle ne pourrait le fuir indéfiniment.

— Salut, beauté ! Tu es difficile à joindre. Que fais-tu ?

— Je me détends avec un magazine.

— Tu es chez toi ? Un vendredi soir ? Impossible ! Aimerais-tu aller en ville avec moi, ou au cinéma ? On pourrait aussi essayer cette nouvelle boîte de nuit dont tout le monde parle. Qu'en dis-tu ?

— Non.

Un court silence suivit.

— OK. Inutile de sortir. Je pourrais venir pour une partie d'échecs. Tu y joues toujours, n'est-ce pas ?

— Pas depuis longtemps. Néanmoins, je suis contente que tu aies téléphoné…

— Heureux de l'entendre.

Tu le seras moins, après avoir écouté ce que j'ai à dire…

— J'ai pris une décision, Lionel. Il n'y aura pas de délai de trente jours ou de seconde chance. J'ai tiré un trait sur notre passé et je ne changerai pas d'avis. Je t'ai aimé, j'espère que nous serons toujours amis, mais mon cœur appartient à un autre et il est grand temps que je le lui dise…

La veille de ses vingt-neuf ans, elle s'embarqua donc dans un avion à destination du Costa Rica. Elle n'avait toujours pas reçu de nouvelles de Victor, mais ça n'allait pas l'arrêter. Le moment était venu de plaider sa cause, de l'obliger à entendre ses arguments et, si le destin acceptait de réaliser son vœu d'anniversaire, de gagner cette nouvelle affaire haut la main.

- 26 -

Victor était de mauvaise humeur. Après avoir passé quelques semaines chez lui, il avait voyagé en Tanzanie et en Chine pour son travail. Pendant tout ce temps, il avait ignoré les appels et textos de Maeve. Pourtant, il pensait sans cesse à elle. Hélas, ne lui avait-elle pas prouvé que leur relation, aussi douce soit-elle, ne pouvait que mal finir ? Son père l'avait pourtant prévenu. Il aurait dû l'écouter et ne pas accorder si facilement sa confiance à une femme…

D'un autre côté, ce n'était pas très juste envers Maeve. Leur séparation avait laissé à Victor le temps de réfléchir à la situation, de se demander s'il était vraiment fait pour la vie de couple. Son père ne pensait pas cela possible, mais il avait aussi hérité le sang de Cedella et celle-ci avait été d'une loyauté sans faille. Une part de lui soupçonnait que Maeve puisse agir de la même manière. Bien sûr, c'était son impression *maintenant*, mais que ressentirait-il dans six mois ? Un an ? Que se passerait-il, s'il lui faisait des promesses qu'il ne pourrait tenir ? Ce qui était arrivé entre eux à Chicago lui avait brisé le cœur… Était-ce malgré tout un cadeau ? Avait-il échappé de peu à un sort encore pire ?

— Victor ?

— Quoi ?! aboya-t-il avant de se reprendre. Désolé, Hasina. Je n'aurais pas dû crier. C'est le décalage horaire.

— Bien essayé, mais tu es rentré depuis trois jours. En attendant, les musiciens sont arrivés. Où veux-tu qu'ils s'installent, sur le bateau ?

Victor ravala un juron.

— Je t'avais dit de tout annuler.

— Navrée. Avec le baptême de ma petite-fille, j'ai dû oublier, soupira Hasina.

— Ce n'est rien.

Au même instant, son époux Leandro passa la porte.

— Le chef est prêt à monter sur le yacht et aimerait s'entretenir avec toi du menu. Veux-tu le voir ?

— Non, je te laisse t'en occuper. Je suis sûr que ce sera parfait.

Il les regarda tour à tour. Ces gens étaient plus de grands-parents que des employés, à ses yeux.

— Que ferais-je sans vous ? murmura-t-il.

— Oh ! tu t'attirerais tout un tas d'ennuis !

— Sans doute. Vous savez quoi ? Vous méritez de profiter d'une soirée en amoureux. Mettez vos plus beaux vêtements, je vous accorde un congé, ce soir. Le yacht est à vous. Allez savourer un bon repas, dansez, amusez-vous.

— Oh ! Victor. Je… Nous ne pouvons pas faire ça, protesta Hasina avec douceur en posant une main sur sa joue. Tu as préparé cette soirée pour ton amie.

— Ce n'est plus à l'ordre du jour, répondit-il en retirant sa main tendrement. Mais je refuse de gâcher cette soirée. J'imagine que tu n'as pas non plus annulé le feu d'artifice.

— Non, en effet. Mais Leandro et moi ne monterons sur ce yacht que si tu nous accompagnes.

— Hasina, je n'ai jamais tenu la chandelle de ma vie.

— D'accord. Si tu insistes, nous irons. À une condition.

— Laquelle ?

— Quand l'orchestre sera en place, viens au moins boire un verre avec nous.

— J'imagine que je peux faire ça.

— Parfait. On se retrouve dans une heure ?

Victor acquiesça à contre-cœur.

— Une heure. Et un seul verre.

— Une dernière chose : fais un effort vestimentaire. Si nous devons bien nous habiller, j'aimerais que tu fasses de même, reprit Hasina avant de partir.

Une heure plus tard, Victor sourit à son reflet tandis qu'il nouait sa cravate ornée de fils d'or dix-huit carats créée par un ami, grand couturier. Hasina se serait sans doute étranglée, si elle savait que cette simple bande de tissu lui avait coûté plus de cent mille dollars… Néanmoins, cet objet de collection allait voir sa valeur grimper au fil des ans et, si Victor avait un jour des enfants, il pourrait le vendre pour leur offrir une maison ou payer leurs études.

Il recula devant le miroir et examina son costume couleur d'or sombre – acheté à l'origine pour fêter l'anniversaire de Maeve. La coupe soulignait sa silhouette à la perfection, et les fils d'or de la cravate, mis en valeur par le tissu noir, scintillaient plus que jamais sur sa chemise ébène. Il se chaussa, se coiffa rapidement et descendit jusqu'à la jetée où était amarrée la barque qui devait le conduire au yacht.

— Bonsoir, Jimmy, lança-t-il au jeune homme qui l'attendait à bord. Comment va la famille ?

— Tout le monde se porte bien, monsieur.

Victor s'installa sur le banc, se tenant aux bords de l'embarcation pour garder son équilibre, tandis que le moteur se mettait en marche. Au large, le yacht était déjà tout illuminé.

— Leandro et Hasina ont-ils aimé la traversée ?

Jimmy hésita un instant.

— Euh… Oui, monsieur.

Victor sourit. Hasina avait peur de l'eau et l'avait sans doute harcelé pour qu'il évite les vagues. Ils arrivèrent près du navire et un membre de l'équipage vint tout de suite amarrer la barque près de l'échelle. Victor salua tout le personnel, serra la main du capitaine et se laissa guider par la musique qu'on entendait sur le pont. Les sonorités caribéennes le mettaient toujours de bonne humeur et son sourire devint plus sincère à chaque note. En définitive, il était content de rejoindre ses employés pour un verre. Peut-être même se laisserait-il aller à en boire deux. Après tout, il n'avait plus rien de prévu, ce soir.

Il contourna la cabine. S'arrêta. Cligna des paupières. Songea un instant qu'il rêvait, puis pria pour que ce ne soit pas le cas.

Si je dors, par pitié, ne me réveillez pas !

Maeve n'avait encore jamais vu d'homme aussi magnifique. Aussi merveilleux. Aussi désirable. Il lui fallut toute sa volonté pour ne pas se jeter au cou de Victor. En cet instant, elle sut qu'il était le seul et l'unique. Jamais elle n'aurait pu se résoudre à passer sa vie avec quelqu'un d'autre. Il était son âme sœur. Elle ne voulait pas d'une existence paisible et monotone, telle qu'aurait pu lui offrir Lionel. Elle brûlait de ressentir à nouveau la passion et la fièvre qui l'envahissait dès que Victor posait les yeux sur elle – comme il le faisait en ce moment.

— Que fais-tu là ? demanda-t-il en s'approchant, sans trahir la moindre émotion.

— Je suis venue plaider, maître. Puisque tu as refusé de répondre à mes appels ou mes messages, j'ai décidé de te présenter mes arguments en personne.

— Tu ne crois pas que c'est assez culotté de ta part ? De plus, j'aurais pu être en voyage… ou avec quelqu'un.

— Oui, mais ce n'est pas le cas.

— Non, en effet.

— En effet.

Elle se fit l'impression de répéter ses mots comme un

perroquet ; mais ce petit répit lui permit de retrouver un semblant de calme. Elle allait en avoir besoin, si elle ne voulait pas le plaquer contre le bastingage pour l'embrasser et se frotter à lui sauvagement.

— Tu m'as invitée pour mon anniversaire, tu te souviens ?

— Je me souviens de beaucoup de choses.

Ses lèvres sensuelles allaient lui faire perdre la tête ! Un peu plus, et elle allait s'évanouir comme une damoiselle d'antan serrée dans un corset trop bien lacé…

Il la dévisagea un instant, de la tête aux pieds.

— Où est Lionel ?

— Loin, et je me moque de savoir ce qu'il fait.

— Qu'as-tu fait de la pitoyable « période d'essai » qu'il t'a suppliée de lui accorder, pour regagner ton amour ?

— J'ai refusé. Je n'ai pas besoin d'un mois pour savoir que Lionel fait partie de mon passé. Et que j'aimerais que tu sois mon avenir.

Il laissa glisser un doigt timide le long de son bras, et elle tressaillit. Soudain, Victor se fendit d'un sourire mutin qui l'enveloppa de chaleur.

— Seras-tu mon cadeau d'anniversaire ? murmura-t-t-elle.

Il baissa les yeux sur ses lèvres, et elle sentit son cœur s'emballer. Une braise s'alluma entre ses jambes.

— Voilà que tu cherches encore à profiter de moi.

— Entre autres choses…

Elle céda enfin et voulut l'embrasser, mais la voix d'Hasina les interrompit.

— Ah, tu l'as trouvée !

Victor fit volte-face et regarda les deux femmes tour à tour.

— Attends. Tu étais au courant ?

— Oui, répondit Hasina avec fierté.

— C'est pour ça que tu n'as pas annulé la soirée.

Elle se tourna vers Maeve et sourit.

— Il est intelligent, n'est-ce pas ?

— C'est ma faute, Victor, intervint la jeune femme. Je les ai contactés pour leur demander de m'aider.

— Elle a *supplié*. Comment aurais-je pu refuser ?

Victor fronça les sourcils d'un air sévère qui ne convainquit personne.

— Ce n'est pas parce que tu me connais depuis ma naissance que j'hésiterais à te renvoyer, tu sais.

— Tu n'oserais pas. Par contre, *je* n'hésiterai pas à te rappeler à l'ordre si tu rends cette demoiselle malheureuse.

Leandro apparut à son tour.

— Hasina, viens et quittons ce yacht. Si tu continues à japper comme ça, ils ne se marieront jamais et nous n'aurons aucune chance de voir un bébé dans cette maison !

En général, Hasina accueillait ce genre de remarque avec une réplique bien sentie ; mais cette fois elle se contenta de sourire à Victor, d'adresser un clin d'œil à Maeve, et de s'éclipser.

— Vous avez organisé cette embuscade ensemble ? s'enquit Victor quand ils furent seuls.

— Je ne voulais pas arriver et apprendre que tu étais parti à l'autre bout du monde.

— Je pourrais t'en vouloir. Ce serait justifié.

— Oui, mais tu n'es pas en colère.

— Non, admit-il en l'embrassant enfin.

Maeve poussa un soupir soulagé.

— Tant mieux.

L'orchestre fut formidable. Le dîner, inoubliable. En fin de soirée, Maeve et Victor s'installèrent sur le pont avec du café relevé de liqueur pour contempler les étoiles dans la brise tiède. Maeve s'excusa de nouveau pour le drame causé par Lionel puis, sans se soucier de paraître vulnérable, lui avoua enfin son plus grand secret.

— Je t'aime, Victor.

— Vraiment ?

— Es-tu surpris ?

— Il y a encore quelques semaines, tu envisageais de reprendre ton ex pour un mois.

— Non, pas vraiment. Mon cœur t'appartenait déjà.

— Depuis quand ?

— Honnêtement ? Depuis notre première soirée ici, au Costa Rica. Mais je ne l'ai réellement compris que lorsque nous nous sommes retrouvés piégés par la neige dans cette chambre d'hôtel.

— Pourquoi n'as-tu rien dit plus tôt ?

— J'avais trop souffert pour oser l'admettre. Mais je pense que tu mérites que je prenne le risque… M'aimes-tu ? Non, ne réponds pas. C'est encore trop tôt.

Victor posa leurs deux tasses sur la table basse et attira Maeve dans ses bras.

— Je suis fou de toi, mais il va te falloir un peu plus que cette soirée pour me conquérir. Je dois dire que cette plaidoirie m'a impressionné, maître Eddington, et je pense que nous devrions nous retirer dans ma chambre afin de parvenir à un accord.

Elle se hissa à cheval sur ses genoux, les bras passés autour de son cou.

— Je suis prête à poursuivre et, pour ta gouverne, sache que je n'ai encore jamais perdu d'affaire.

Un grand crépitement s'éleva au même instant, et la première fusée explosa en un arc-en-ciel de couleurs au-dessus de leurs têtes. Ils remarquèrent à peine la suite du spectacle. Ils étaient trop occupés à s'embrasser et à créer leur propre feu d'artifice…

LaQUETTE

Fantasmes défendus

Traduction française de
CAROLE PAUWELS

PASSIONS

HARLEQUIN

Titre original :
BACKSTAGE BENEFITS

- 1 -

Bouche bée, Josiah Manning regardait la fière jeune femme traverser la pièce. Il était venu spécialement pour elle et, bien qu'il sache à quoi elle ressemblait – grâce aux photos trouvées sur Internet –, il ne s'attendait absolument pas à être frappé par sa beauté, au point d'en devenir stupide.

Lyric Devereaux-Smith, influenceuse mode et beauté, était sans conteste la femme la plus séduisante de la pièce. Elle avait une telle allure, une telle assurance, que les gens s'écartaient sur son passage, en la dévorant des yeux, tandis qu'elle se dirigeait vers le bar devant lequel se tenait Josiah.

Apparemment, personne ne pouvait rester insensible à son charme et à son attitude.

Elle portait une chemise blanche de smoking, déboutonnée pour laisser apparaître un balconnet de dentelle argentée, et glissée dans un short à sequins noir. Gainées dans un collant à résille, ses jambes interminables étaient sublimées par des stilettos à plate-forme d'une hauteur vertigineuse. Légèrement incliné sur le côté, un borsalino en feutre noir accessoirisait à la perfection sa tenue.

Il n'était pas un homme des cavernes, persuadé que les femmes n'existaient que pour le plaisir des hommes. Mais il y avait quelque chose chez les beautés noires aux courbes assassines et à l'attitude confiante, qui exacerbait sa virilité.

Et, de toute évidence, la confiance n'était pas un problème pour elle. Sa démarche était royale, et le balancement de ses hanches voluptueuses presque hypnotique. Elle avait sans conteste le pouvoir sur chaque personne présente, lui y compris.

Il ferma brièvement les paupières pour essayer de rompre le sortilège et de reprendre le contrôle de ses fonctions cérébrales.

Aussi belle que fût Lyric, il n'était pas là pour la dévisager. Il avait besoin d'elle. Et, quoi que sa libido trouve à y redire, ce n'était pas pour son corps.

Elle était celle dont dépendait la réalisation de tous ses rêves professionnels. Pour le moment, elle l'ignorait encore, mais leur collaboration allait révolutionner la télévision, et lui valoir le poste bientôt vacant de président de Public Broadcasting Network, plus connu sous le sigle PBN.

Après des années d'obstacles et de sabotages, il avait finalement créé sa société de production, Kings Creative, et en avait fait un incontournable de la tranche horaire d'avant soirée. Il avait deux émissions phares sur les chaînes les plus regardées. Ses audiences, et ses huit nominations aux Emmy Awards, en faisaient le candidat idéal pour la présidence de PBN.

La seule chose qu'exigeait de lui le conseil d'administration, c'était de présenter un projet d'émission quotidienne en journée. Quelque chose d'inédit, et qui révolutionne les audiences.

Rien de bien sorcier, n'est-ce pas ?

Si Josiah comptait parmi les rares dirigeants noirs à œuvrer dans les coulisses de la télévision, les opportunités de faire carrière n'étaient pas nombreuses quand on appartenait à une communauté sous-représentée dans les médias. D'ailleurs, son père lui avait toujours dit : « Pour franchir la porte, tu dois être deux fois meilleur que le meilleur. »

Pour se faire remarquer, il ne devait pas seulement être bon, il se devait d'être exceptionnel. De ce fait, il travaillait sans relâche pour s'assurer que le concept, le casting, et la production de chaque projet soient si bons que les studios de télévision ne puissent pas dire non.

L'excellence noire était sa devise. Toute la journée. Chaque jour. À tous les niveaux.

Sa motivation, son talent, et son travail acharnés avaient placé le but suprême à portée de main. Tout ce qu'il lui restait à faire pour obtenir ce poste, c'était de proposer une émission de fin de matinée. Et Lyric Devereaux serait l'hôtesse parfaite pour ce qu'il avait en tête.

— Si tu continues à regarder ma cousine comme ça, je vais être obligé de te botter les fesses. C'est une question d'honneur.

Josiah sourit en entendant la voix familière. Pour autant, il ne détacha pas les yeux de Lyric, jusqu'à ce qu'elle stoppe sa progression vers lui pour parler à quelqu'un dans la foule.

Il se tourna alors pour saluer d'une ferme poignée de main accompagnée d'une claque dans le dos son vieil ami – et ancien rival au lycée – Jeremiah Benton.

— Allez, J, dit-il. Tu pourrais être sympa et me la présenter, au lieu de jouer les machos.

Jeremiah recula d'un pas et fit signe au barman de leur servir un verre.

— Je viens de te dire qu'elle fait partie de la famille. Je ne vais pas la jeter dans les griffes d'un producteur de Hollywood. On les connaît, les types dans ton genre. Elle mérite mieux que ça. Et puis, je n'ai pas envie de devoir te casser la figure si les choses tournent mal.

Josiah haussa les épaules, admettant qu'il y avait une large part de vérité dans le point de vue de Jeremiah. Il était de notoriété publique que bon nombre de dirigeants de l'industrie du divertissement étaient des prédateurs. Mais, si Josiah se plaisait à multiplier les aventures d'un soir, dans une ambiance de légèreté et d'amusement, il n'avait jamais forcé qui que ce soit. Si une femme était dans son lit, c'était parce qu'elle l'avait décidé.

— Je te comprends, mon vieux. Mais, si je te disais que mon intérêt pour elle est professionnel et pas charnel ?

À la façon dont Jeremiah haussait les sourcils, il vit bien que son ami n'en croyait pas un mot.

Levant les mains en signe de reddition, il eut un petit rire.

— Je suis sérieux. Je crée une nouvelle émission sur les trucs et tendances mode et beauté. Et tu connais ma philosophie : chaque fois que je peux placer l'un d'entre nous devant ou derrière la caméra, je mets tout en œuvre pour que ça arrive.

Jeremiah prit le verre que lui tendait le barman et, sa première gorgée avalée, reporta son attention sur Josiah.

— C'est la même chose pour moi dans les affaires. Les opportunités sont rares pour nous. J'essaye de faire appel à notre communauté chaque fois que je peux créer des opportunités « pour nous, par nous ».

— C'est de ça qu'il est question, J. Je cherche une star, et je pense que Lyric en est une. Elle explose tous les standards de beauté, et c'est une reine de la mode. Elle aide les gens, quel que soit leur milieu, leur corpulence, et leur carnation, car elle considère que le glamour et la mode sont pour tout le monde. J'ai besoin d'elle.

— Tu es vraiment sérieux, on dirait ?

Les paupières de Jeremiah s'étaient étrécies tandis qu'il observait Josiah.

— Ouais, répondit ce dernier, en hochant la tête avec enthousiasme.

— Je pense vraiment qu'elle a un potentiel de star. J'espérais pouvoir lui parler ce soir. Tu crois que tu pourrais me donner un coup de main ?

Jeremiah but d'un trait le reste de sa boisson, avant de poser son verre vide sur le bar.

— Je veux bien faire les présentations, mais le reste dépend de toi.

— Merci, mon ami.

Josiah voulut serrer la main de Jeremiah, mais ce dernier leva un index.

— Ne me remercie pas encore. Lyric a traversé de lourdes épreuves. Elle a perdu son mari, il y a deux ans, et elle commence tout juste à sortir de sa coquille. Elle risque de ne pas être prête pour ce que tu suggères. Si elle ne veut pas, tout ce que je te demande c'est de ne pas insister.

Il allait répondre, mais Jeremiah poursuivit.

— Je ne plaisante pas, Josiah. Je sais à quel point tu peux te montrer insistant quand tu veux quelque chose. Mais Lyric ne supportera pas cette pression. Même si je sais que ça te tient à cœur, si elle ne le sent pas, laisse tomber. Respecte son refus, si c'est la réponse qu'elle te donne.

— J, je n'ai pas l'intention de la harceler. Mais je suis un entrepreneur, exactement comme toi. Je me bats pour obtenir ce que je veux. Tout ce que je peux te promettre, c'est que je m'efforcerai de la convaincre sans franchir les limites. Est-ce que ça te suffit ?

Jeremiah observa Josiah un long moment, avant de saisir la main tendue et de hocher la tête.

— C'est de bonne guerre.

Jeremiah agita alors la main quelques secondes, jusqu'à ce qu'il capte le regard brun profond de Lyric, l'invitant à les rejoindre.

— J'espère que ton argumentaire de vente est prêt.

— Je pourrais faire ça même en dormant, répliqua Josiah, avec un petit rire confiant.

— Souhaitons que tu aies raison. Et je dis ça dans ton intérêt.

— Vous êtes Jordan, n'est-ce pas ? s'exclama Lyric, avec un immense sourire. Ça me fait tellement plaisir de vous rencontrer enfin.

Jordan Dylan Devereaux III. Son nom en imposait tout autant que sa présence. Dans une pièce emplie de plus de quatre cents personnes, son aura majestueuse la rendait facilement reconnaissable au milieu de la foule.

— Je suis Lyric. Feu mon mari, Randall, était un cousin de votre père. Je suppose que ça fait de nous des cousines par alliance, en quelque sorte.

— Je vous en prie, appelez-moi Trey, répondit la pulpeuse beauté à la peau sombre. Sinon, il y a trop de Jordan Dylan Devereaux dans cette famille pour nous différencier. Et je pense qu'on pourrait se tutoyer, puisque nous sommes parentes.

Le lumineux sourire de Trey effaça la sensation d'étrangeté qu'aurait pu avoir cette première rencontre. Son père et elle étant restés longtemps à l'écart de la famille, sa présence au Legacy Ball aurait pu en effet être inconfortable pour chacun d'entre eux.

— Tout va bien pour toi ? demanda Lyric. Je suis sûre que tu es habituée à ce genre d'événement, puisque ton père, Deuce, est à la tête de DD Enterprises. Mais ça doit te faire bizarre d'être dévisagée par tout le monde.

Ça avait été le cas pour Lyric quand elle était devenue l'épouse de Randall. Le clan Devereaux était tellement vaste qu'elle s'était sentie engloutie par tous ces gens de pouvoir qui composaient la famille. Il lui avait fallu presque dix ans pour y trouver sa place, et comprendre ce que ça signifiait pour elle, et en général, d'être une Devereaux.

— Ce n'est pas toujours simple, c'est le moins qu'on puisse dire, répondit Jordan. Mais, toutes les personnes que j'ai rencontrées ce soir ce sont montrées chaleureuses et accueillantes.

Lyric grimaça un sourire.

— Dans ce cas, ça veut dire que tu n'as pas encore rencontré ma belle-mère, Martha. Je ne peux l'imaginer se réjouir de ta présence. Elle voit tous ceux qui partagent son sang comme une menace. J'ai appris à composer avec elle. Et, comme je ne suis pas dans la course pour prendre la suite de Devereaux Incorporated, quand ton grand-père Ace aura cédé sa place, elle me laisse plus ou moins tranquille. Mais, fais attention à elle.

Trey haussa un sourcil parfaitement dessiné.

— Jeremiah m'a mise en garde également. Je crois que j'ai intérêt à sortir mon armure, alors. Parce que, maintenant que j'ai renoué avec mon grand-père et pris ma place dans cette famille, je n'ai pas l'intention de faire machine arrière.

Lyric éclata de rire. Jordan avait visiblement hérité l'esprit combatif des Devereaux, et Martha aurait probablement tout intérêt à y regarder à deux fois avant de s'en prendre à elle.

La pensée que Martha, qui lui avait gâché la vie pendant les vingt années qu'avait duré son mariage, avait peut-être enfin trouvé une adversaire capable de lui river son clou ne put que réjouir Lyric.

— Avec cette attitude, tu vas parfaitement t'intégrer dans cette famille. Je suis contente que tu aies trouvé le chemin de la maison, Trey.

— Merci.

Leur échange amical fut interrompu quand Ace agita la main dans leur direction, détournant l'attention de Trey.

— Mon grand-père m'appelle. Excuse-moi.

Lyric hocha la tête de bonne grâce et fit un pas en arrière, afin de permettre à Trey de prendre congé. Désœuvrée, elle balaya nonchalamment la pièce du regard et aperçut Jeremiah qui lui faisait signe de le rejoindre.

Si la main levée de Jeremiah avait attiré son attention,

c'était désormais le remarquable spécimen masculin qui se tenait à côté de lui qui la retenait.

Il semblait faire la même taille que Jeremiah, ce qui le mettait quelque part au-dessus du mètre quatre-vingts. Sa peau avait la couleur du chêne tanné, avec une plaisante nuance dorée qui la subjuguait. Ses boucles brunes étaient coupées court, et la ligne du front et des tempes était nette et dégagée

Elle avait toujours aimé qu'un homme soit coiffé avec précision. Mais sur lui, c'était si séduisant qu'elle avait envie de lui caresser les cheveux.

Il avait des pommettes hautes et des lèvres pleines capables de rendre une femme accro au plaisir qu'elles pourraient lui donner.

Avec son smoking sur mesure qui épousait à la perfection sa silhouette athlétique, il était la quintessence de la beauté masculine, et il lui inspirait des pensées qui n'auraient pas dû traverser l'esprit d'une veuve respectable.

Cette période de ta vie est terminée, Lyric. Ne laisse pas une bouche sensuelle et de délicieuses fossettes te détourner de ton but.

S'intimant de se ressaisir, elle se dirigea vers les deux hommes, en essayant de se concentrer sur l'inoffensif et familier Jeremiah, plutôt que sur l'homme beaucoup trop séduisant qui l'accompagnait.

— Hello, J.

— Salut, Lyric.

Il se pencha et déposa un bref baiser sur sa joue, avant de se tourner vers l'inconnu.

— Lyric, je te présente mon ami, Josiah Manning. Josiah, voici Lyric Devereaux-Smith, la vedette de la famille.

Elle glissa un regard en coin à Jeremiah, avant de tendre la main à Josiah. Elle s'attendait à ce qu'il la lui serre, mais il enroula ses doigts sous les siens et s'inclina pour un baise-main formel… du moins le crut-elle, jusqu'à ce qu'il fasse une entorse à la bienséance en posant les lèvres sur sa peau.

— C'est un plaisir de vous rencontrer, Lyric.

Sa voix coulait comme du cognac, épicée et riche, l'emplissant d'une chaleur décadente.

— Enchantée de vous rencontrer, également.

Jeremiah s'éclaircit la gorge, tout en lui lançant un coup d'œil entendu par-dessus le verre qu'il avait stratégiquement placé devant ses lèvres.

— En parlant d'enchantement…

Il recula d'un pas pour mieux la contempler.

— La tenue que tu portes est incroyable, Lyric. Entre Trey et toi, je vais devoir passer la soirée à casser la figure des importuns.

Ce compliment déguisé arracha un sourire à Lyric.

— Je viens de rencontrer Trey. Comment vit-elle tout cela ? Ce ne doit pas être évident d'être le centre de toutes les attentions.

Jeremiah haussa les épaules.

— Elle réagit comme une Devereaux, en se jetant à l'eau sans hésitation. Et, en parlant de Trey, je dois justement aller la rejoindre.

Il se tourna vers Josiah.

— Et si tu tenais un peu compagnie à Lyric. Au moins, je sais que je peux te faire confiance. N'est-ce pas ?

— Absolument.

Josiah n'avait pas détaché les yeux d'elle en répondant. Quelque chose de puissant et d'intense s'était allumé dans ses yeux, la laissant perplexe. Avait-il une âme de protecteur, ou de prédateur ?

Jeremiah l'embrassa de nouveau hâtivement, rompant le sortilège que semblait lui avoir lancé Josiah et lui donnant ainsi une chance de reprendre ses esprits.

— Il vous surprotège toujours comme ça ? demanda Josiah, dès qu'il se retrouva seul avec elle.

Elle suivit brièvement des yeux la silhouette de Jeremiah qui s'éloignait et sourit.

— Jeremiah et moi sommes entrés dans la famille Devereaux au même moment. J'avais vingt et un ans et je venais d'épouser le neveu d'Ace, Randall. Jeremiah en avait seize, et Ace l'avait pris sous son aile, le considérant comme son fils adoptif, bien que ça n'ait jamais été officialisé. Au décès de Randall, il y a deux ans, Jeremiah a décidé de veiller sur moi. Il n'est jamais envahissant ou autoritaire, mais je sais qu'il est là si j'ai besoin de lui.

La compassion adoucit les traits ciselés de Josiah tandis qu'il s'accotait au bar et se penchait légèrement vers Lyric.

— Veuillez accepter mes condoléances. J'imagine que ça n'a pas dû être facile.

Cela faisait deux ans que Randall avait quitté ce monde, et c'était la première fois qu'elle entendait quelqu'un prononcer ces paroles sans devoir lutter pour ne pas s'effondrer.

— Merci, murmura-t-elle.

Baissant les yeux, elle prit quelques instants pour se ressaisir.

— Ça ne l'était pas, en effet. Mais avec des proches comme Jeremiah, je n'ai pas dû affronter le pire tout seule. À présent, je vais beaucoup mieux, et je suis prête à prendre à bras-le-corps tout ce que la vie a à m'offrir.

— C'est amusant que vous disiez ça, répliqua Josiah. Le hasard faisant bien les choses, il se trouve que je suis ici pour vous faire une proposition.

Lyric haussa un sourcil et fit un pas en arrière, ressentant le besoin de mettre un peu de distance entre eux.

Elle était certaine que Jeremiah ne la laisserait jamais seule en présence d'un dragueur de bas étage, utilisant des formules d'approche ringardes. Mais elle préférait se laisser un peu d'espace, au cas où elle aurait besoin de s'esquiver.

Il rit et leva les mains.

— Je vous promets qu'il ne s'agit pas de ce genre de proposition. C'est totalement professionnel.

Josiah fit signe au barman, donnant à Lyric l'occasion de l'étudier sans avoir le poids de son regard sur elle.

Sa mâchoire ciselée était rasée de près, tandis que sa bouche et son menton s'ombraient d'une fine moustache et d'un bouc qui mettaient valeur ses somptueuses lèvres épaisses. Ses épaules étaient larges et solides et, à cette distance, elle pouvait distinguer les reliefs de ses bras puissamment musclés qui tendaient l'étoffe de son smoking.

Observant ses cheveux, elle ressentit à nouveau l'envie d'y passer les doigts.

Surtout, ne touche pas les cheveux de cet homme !

Il se tourna, et elle eut tout juste le temps de plaquer un sourire poli sur ses lèvres.

— Nous fêtons quelque chose ? demanda-t-elle, quand le barman leur tendit à chacun une flûte de champagne.

— Bien sûr, répondit Josiah, avec un sourire énigmatique.

— Quoi, exactement ?

— D'abord, la chance que j'ai de faire la connaissance d'une femme aussi ravissante. Et ensuite, le fait que cette femme et moi allons révolutionner la tranche horaire de fin de matinée.

Il leva sa flûte et la posa délicatement contre la sienne, tandis qu'elle le fixait, la tête inclinée et les paupières étrécies.

— Je ne suis pas certaine de comprendre ce que cela veut dire.

Il hocha la tête.

— Je suis désolé. J'ai tendance à m'emballer quand je me représente la fin triomphale d'une fabuleuse histoire. Mais laissez-moi commencer par le début.

Il but une gorgée de champagne avant de poursuivre.

— Je suis Josiah Manning, le propriétaire et producteur exécutif de Kings Creative Production Company. Je produis des émissions télévisées privilégiant une approche afrocentriste de la narration et de la distribution des rôles.

Lyric but une gorgée de champagne, pour se laisser le temps d'assimiler ce qu'il venait de dire.

— Kings ? Vous êtes installé sur ce qui a longtemps été une friche tout au bout de Linden Boulevard dans East New York. Cet endroit est resté à l'abandon pendant plusieurs dizaines d'années, puis vous êtes arrivé. Votre studio a fourni des emplois dans une zone qui en avait grand besoin, et un apport d'argent plus que bienvenu, sans toutefois faire pencher la balance vers l'embourgeoisement.

Josiah écarquilla les yeux, comme s'il ne s'attendait pas à ce qu'elle en sache autant sur ses affaires.

— Oui, c'est bien moi.

La réponse était simple, et Lyric se demanda si c'était de la modestie, ou s'il avait l'habitude de s'exprimer de façon succincte. Quoi qu'il en soit, il avait réussi là où d'autres entrepreneurs avaient échoué dans les zones défavorisées de Brooklyn, en renouvelant le voisinage sans chercher à transformer le mode de vie et la culture des personnes qui y vivaient.

— Avez-vous nommé votre compagnie Kings parce que vous pensez être un roi vous-même, ou parce que nous sommes dans le comté de King ?

Il lui adressa un petit clin d'œil avant de siroter une gorgée de champagne, et la sensualité confiante qui émana alors de lui incita Lyric à crisper les doigts autour de sa propre flûte.

Elle toussota et observa le fond de son verre, pour tenter de briser le sortilège qu'il tissait autour d'elle.

— Votre activité semble bien intrigante. Mais je ne vois pas quel pourrait être le rapport avec moi.

Il prit appui contre le bar, et elle eut du mal à s'empêcher d'admirer le sourire confiant accroché à ces lèvres faites pour les baisers

— J'ai un concept détonnant pour la saison automnale sur PNB. Il me faut juste une présentatrice vedette pour la tranche horaire 11 heures-midi, afin de concurrencer l'émission The View sur ABC. Et vous, madame Devereaux-Smith, êtes la star que je veux dans ce rôle.

Elle éclata de rire.

— Vous n'êtes pas sérieux. Ce doit être la technique de drague la plus élaborée que j'aie jamais entendue.

Josiah posa son verre sur le bar et la fixa intensément du regard.

Son sourire s'effaça, tandis qu'il se redressait de toute sa hauteur, exigeant son attention.

— Je ne plaisante jamais quand il s'agit de travail, Lyric.

Sa voix se déversa sur elle comme un élixir médicinal, apaisant de vieilles blessures qu'elle croyait oubliées.

— Vous êtes une influenceuse célèbre sur YouTube et Instagram. Chaque vidéo ou photo que vous postez devient virale. Si nous utilisons votre contenu sur les réseaux comme base d'une émission quotidienne consacrée à la beauté, à la mode et au style de vie, c'est le succès assuré.

L'amusement de Lyric se dissipa tandis qu'elle écoutait l'argumentaire éclair de Josiah.

— Vous êtes vraiment sérieux ?

— Bien sûr.

— Mais, qu'est-ce qui vous fait penser que mon succès en tant qu'influenceuse sur les réseaux sociaux trouverait le même écho à la télévision ?

— Vous dites aux gens que ce qu'ils sont, ou ce qu'ils veulent devenir, est ce qui compte vraiment. Vous les encouragez à établir leurs propres standards. Dans un monde et une industrie qui dictent aux gens leur apparence, leur façon de vivre et leur façon d'aimer, vous leur dites d'être simplement eux-mêmes. Et, croyez-le ou non, il y a beaucoup de personnes qui ont besoin de ce genre de message. Nous pouvons créer quelque chose qui va changer le monde, Lyric. Tout ce que vous avez à faire, c'est de signer le contrat que je vous propose.

Il marqua une pause infime, comme pour souligner son effet, avant de demander :

— Que répondez-vous à cela ?

Sous le choc, Lyric resta figée, muette. Ce que lui proposait cet homme était une incroyable opportunité, qui catapulterait probablement sa carrière dans une nouvelle stratosphère.

Comment pourrait-elle refuser ?

— Non, dit-elle. Je réponds non.

- 2 -

Josiah sourit malgré lui, même si la situation ne s'y prêtait pas. Elle venait de le rembarrer d'un seul mot. Il aurait dû ressentir de l'anxiété, s'inquiéter de la façon dont cet échec risquait de lui faire perdre le poste tant convoité de président de PBN. Mais, tandis que son sourire s'accrochait à ses lèvres, la seule chose à laquelle il pouvait penser, c'était qu'il était prêt à relever le défi.

— Je respecte absolument votre droit de dire non, mais voudriez-vous m'expliquer pourquoi ? Je suis rarement obligé de tordre le bras à qui que ce soit quand j'offre une opportunité de passer à la télévision.

La pointe d'une langue rose passa sur de pulpeuses lèvres rubis et, pour la première fois, Josiah songea qu'il ne serait peut-être pas prudent de travailler ensemble.

Il n'avait jamais d'aventure avec une personne de son entourage professionnel. En tout cas, pas depuis que Bianca lui avait montré quelle colossale erreur c'était. Mais, à la façon dont les courbes et le caractère férocement indépendant de Lyric l'affectaient, il n'était pas certain de pouvoir garder les mains dans ses poches.

— J'ai passé beaucoup trop d'années à faire ce que les autres me disaient. Créer du contenu pour mes plates-formes signifie que je travaille à mon rythme, et que la décision me revient pour tout ce que je produis. Si je travaillais pour une émission télévisée, je perdrais ma liberté. Je ne deviendrai peut-être jamais une immense star mais, au moins, je contrôle ce que je fais de ma vie. Et, franchement, c'est quelque chose que je ne suis pas prête à sacrifier pour Hollywood.

Josiah tapota du bout des doigts sur le bar, tout en la fixant intensément du regard.

— Je ne vais pas vous abreuver de clichés sur l'aspect glamour qu'il peut y avoir à travailler à la télévision…

Il vit que son choix d'opter pour la vérité était le bon. Les épaules de Lyric s'étaient détendues, et elle s'était légèrement penchée vers lui tandis qu'il parlait.

— C'est un travail exigeant, qui met les nerfs à rude épreuve, et vous finiriez probablement par me haïr. Mais le message que vous délivrez doit toucher tous les publics, et ne pas se cantonner aux réseaux sociaux. Si vous travaillez avec moi, je ferai en sorte qu'il atteigne les endroits les plus reculés du monde.

Lyric resta silencieuse un moment, et il se dit qu'elle était en train de se demander si elle pouvait ou non lui faire confiance. La bataille qui se menait en elle transparaissait dans son profond regard brun, et il croisa les doigts pour qu'elle se range à sa façon de penser.

— Je suis flattée, Josiah. Mais ma réponse reste la même. Je ne peux pas accepter votre offre.

Il l'entendit reprendre son souffle, malgré la musique et les conversations en bruit de fond. Elle semblait fatiguée, ou plutôt à bout de forces, et il eut soudain une conscience aiguë de son inconfort.

Spontanément, il posa la main sur le haut de son bras. C'était pour lui un geste d'inquiétude et de consolation. Mais la chaleur qui émanait de la peau de Lyric éveilla dans son corps un tout autre genre d'alerte.

Ça n'avait plus rien à voir avec les affaires, et tout à voir avec une envie brutale de lui enlever ses vêtements, et de découvrir si sa magnifique peau brune était aussi douce au toucher qu'elle en avait l'air.

— Est-ce que ça va ? s'enquit-il.

Elle semblait légèrement étourdie, et Josiah ne sut dire si c'était parce que sa main s'attardait toujours sur son bras. Il était pour elle un inconnu, et ce n'était pas parce qu'il était ami avec son pseudo-cousin Jeremiah, qu'il avait le droit de la toucher ou de s'immiscer dans sa vie.

Il laissa retomber sa main.

— Je suis désolé. Je ne voulais pas franchir les limites.

Elle fronça les sourcils, creusant passagèrement ses traits parfaits, et il eut envie de lisser son front du bout des doigts.

— Vous n'avez rien fait de mal. Seulement, la journée à été longue, et je suis sûre que j'ai une mine affreuse. Si oncle Ace n'avait pas convoqué toute la famille ce soir, je crois que je serais déjà couchée.

Josiah laissa courir son regard affamé sur le corps affolant de Lyric, avant de remonter vers ses yeux.

— Si là, vous avez mauvaise mine, alors je crois que le monde n'est pas prêt à encaisser le choc quand vous jouez la carte du glamour. Vous êtes à couper le souffle.

Elle hocha la tête, l'air amusé.

— Vous êtes un charmeur, n'est-ce pas ? Je parie que toutes les starlettes de Hollywood tombent à vos pieds quand vous leur faites ce genre de compliments.

Il arbora une petite moue vexée.

— Vous vous trompez. Je ne fais pas de compliments facilement. Et, croyez-moi, il n'y a personne à Hollywood qui vous ressemble. Alors, non, je ne suis généralement pas charmeur à ce point.

Il vit le brun de ses joues virer au mauve profond tandis qu'elle rougissait.

— Eh bien, dans ce cas, je vous remercie, répondit-elle.

Et sur cette note flatteuse, je vais appeler une voiture et rentrer chez moi.

— Appeler une voiture ?

La question de Josiah l'arrêta alors qu'elle commençait à pivoter sur ses talons.

— Vous n'êtes pas venue par vos propres moyens ?

— Non. Ma cousine Amara et moi avions des choses à voir ensemble un peu plus tôt, et je suis venue avec elle. Mais, en tant qu'avocate de la famille, il lui est impossible de partir maintenant.

— Dans ce cas, laissez-moi vous raccompagner chez vous.

L'adorable sourire de Lyric, tandis qu'elle détournait les yeux et rougissait à nouveau, lui fit baisser totalement sa garde. En tant que producteur, il côtoyait en permanence de belles femmes. Mais aucune d'elles ne le désarmait comme le faisait Lyric.

— Me raccompagner chez moi, c'est une offre de transport, ou un euphémisme pour coucher avec moi ?

Josiah n'avait pas les idées très claires à cet instant. Aussi, répondit-il simplement :

— À vous de choisir.

Il se prépara à recevoir une gifle qu'il savait méritée, mais elle ne vint pas. À la place, Lyric se pencha, l'enveloppant de la délicate fragrance de citron et de noix de coco qu'elle portait.

— Raccompagnez-moi, et je mettrai à profit la durée du trajet pour me décider.

Lyric regardait les réverbères défiler dans un brouillard, tandis qu'ils circulaient sur Atlantic Avenue.

Ils seraient bientôt arrivés à destination, et elle attendait que se manifeste la panique supposée être ressentie par les veuves, quand elles envisageaient de prendre un amant pour la première fois après la mort de leur époux. Mais il ne se passait rien.

C’était un total inconnu, mais il lui avait été présenté par un membre de la famille en qui elle avait toute confiance.

Était-ce pour cette raison qu’elle était tellement à l’aise avec Josiah ? Était-ce parce que Jeremiah semblait aussi certain de lui, qu’elle voulait, elle aussi, prendre le risque de s’en remettre à lui ?

Elle l’étudia depuis le siège passager de sa BMW et fut frappée par sa fière mâchoire ciselée et ses longs cils noirs.

Non, décida-t-elle, son attirance pour Josiah n’était due qu’à son extrême séduction.

Il tourna à gauche vers Clinton Avenue et ne tarda pas à se garer devant la *brownstone* qu’elle avait achetée récemment.

Ressentant le besoin de s’éloigner du manoir familial, elle s’était installée dans cette maison en grès rouge, typique du milieu du XIXe siècle à New York, six mois après le décès de Randall. Elle avait désespérément besoin d’un nouveau départ, et cette maison, aussi vieille fût-elle, était exactement ce qu’il lui fallait pour lui procurer l’estime de soi qui lui avait tant manquée durant son mariage.

— Vous savez que je n’ai pas d’autre attente que de vous conduire chez vous saine et sauve, n’est-ce pas ? Donc, si la réflexion que vous semblez mener a pour but de m’évincer, ne vous inquiétez pas pour ça.

Arrachée à ses pensées, elle cilla et tourna la tête, croisant son regard d’ambre brûlée.

— Je ne songeais pas à vous évincer. En fait, j’essayais de me rappeler si j’avais laissé ma maison en désordre quand je suis partie en trombe tout à l’heure, en tâchant de ne rien oublier pour cette soirée.

Josiah se passa le bout de la langue sur les lèvres, et elle ne pensa plus qu'à se blottir dans ses bras et à l'embrasser.

— Ça veut dire que je suis le seul à avoir des réticences ?

Le dos raide, Lyric pivota sur son siège pour mieux l'observer. Haussant un sourcil parfaitement dessiné, elle se concentra sur son expression indéchiffrable.

— Donc, vous ne voulez pas entrer ?

Il secoua la tête.

— Oh ! non, ne vous y trompez pas. J'ai très envie de vous suivre à l'étage, et de prendre le temps de savourer chaque centimètre de votre corps splendide…

Le souffle coupé, Lyric attendit qu'il termine sa phrase.

— Mais, je vous l'ai dit, je ne couche pas avec les femmes qui évoluent dans ma sphère professionnelle. Malgré mon attirance pour vous, j'ai toujours très envie de travailler avec vous sur cette émission.

Lyric était loin de s'attendre à cela, mais elle fut soulagée que la réticence de Josiah à avoir une aventure avec elle ne soit pas dictée par un ridicule code d'honneur entre Jeremiah et lui.

— Bien que ça me flatte, je ne suis vraiment pas intéressée. Être à la télévision est peut-être la l'accomplissement d'un rêve pour beaucoup de personnes, mais pas pour moi.

Elle tourna ses mains, paumes en l'air, avant de les laisser retomber sur son estomac.

— Tout ce que je veux, c'est travailler sur mon contenu, à ma façon, et lancer ma gamme de cosmétiques. Avec ça, je serai occupée à plein temps pour les années qui viennent.

Elle marqua une courte pause, le temps de reprendre son souffle.

— Donc, si la seule chose qui vous retient de me suivre à l'intérieur est la crainte que nous puissions un jour travailler ensemble, vous pouvez tout aussi bien entrer prendre un drink.

— Un *drink* ?

Il rit doucement, les paupières étirées en deux fentes étroites.

— Nous sommes de retour dans les années quatre-vingt ?

L'humour léger de Josiah la mit à l'aise. Elle appréciait sa nonchalance et son persiflage. Ça la changeait agréablement de la façon dont les hommes riches et puissants se comportaient généralement.

— Eh bien, il est évident que je vais vous offrir un verre avant. Pour quel genre de femme me prenez-vous ?

— Une femme très belle.

Tout en murmurant, il s'était penché au-dessus du levier de vitesse, et il était à présent si proche qu'il aurait suffi à Lyric de bouger d'un centimètre pour que leurs lèvres se touchent.

— Si vous êtes certaine qu'il n'y a rien que je puisse faire pour vous convaincre de travailler avec moi, je pense que ce n'est pas un problème de vous suivre à l'intérieur. À condition que nous soyons dans le même état d'esprit.

— Sur le fait de passer du bon temps ce soir, et de ne jamais travailler ensemble ? Oui, c'est mon état d'esprit.

— C'est parfait, mais il y a autre chose.

Josiah baissa légèrement les yeux, avant de les relever vers le visage de Lyric.

Son regard était toujours aussi sexy et attirant qu'il l'était quelques instants auparavant, mais il affichait maintenant une prudence qu'elle n'y avait pas encore vue.

— Je ne cherche pas une relation durable pour le moment. Je ne suggère pas que ce soit votre cas, mais je tiens à ce que les choses soient claires entre nous. Si nous passons la nuit ensemble, ça n'ira pas plus loin.

— Nous nous comprenons parfaitement, Josiah, répondit Lyric, avec soulagement.

Elle avait à peine mis le point à cette phrase qu'il pressa

ses lèvres sur les siennes, et elle prit aussitôt conscience de l'étroitesse de l'habitacle d'une BMW, même s'il s'agissait d'un des modèles de la Série 7.

Le contact léger de ses lèvres envoya des décharges électriques à travers tout son corps. Bien trop vite à son goût, il s'écarta, emportant sa merveilleuse chaleur avec lui, et la laissant soudain esseulée et transie.

— J'ai trop de respect pour toi pour te peloter dans ma voiture comme un adolescent boutonneux, expliqua-t-il. Que dirais-tu de me faire entrer, afin que je te montre à quel point j'apprécie cette tenue diabolique que tu portes ?

Elle sourit timidement et hocha la tête.

— Excellente idée.

- 3 -

Au lieu de se diriger vers le perron surélevé de la maison, Lyric guida Josiah vers une porte ouvrant sur l'entresol de la *brownstone*.

Elle franchit le seuil et actionna l'interrupteur, illuminant un petit hall qui donnait sur une vaste pièce débordant de caméras et d'appareils photo montés sur des trépieds, d'éclairages vidéo et de décors.

— C'est ton studio ?

— Effectivement. Mais tu n'es pas ici pour une visite guidée. N'est-ce pas ?

Les lèvres de Josiah s'étirèrent en un sourire lascif.

— Pas vraiment.

Elle lui adressa un clin d'œil complice.

— Bien, suis-moi.

Elle le guida vers le fond du couloir, ouvrit une porte et entra. Après avoir déposé son aumônière sur une commode, elle marcha vers un lit king-size disposé au milieu de la pièce.

Elle se tourna vers lui et il lui prit la main. L'attirant contre lui, il enroula sa main libre autour de sa nuque.

— Tu es sûre ?

Il guetta un quelconque signe d'hésitation. Il suffirait d'un battement de cils pour qu'il laisse retomber ses mains et fasse demi-tour.

Non seulement elle était belle et méritait d'être traitée comme une princesse, mais elle faisait partie de la famille de Jeremiah. Jamais il ne la placerait dans une situation compromettante sans qu'elle lui donne sa permission expresse.

— La seule personne dans cette pièce à douter de mes intentions, c'est toi, répliqua-t-elle. Honnêtement, cette énergie serait mieux employée à nous déshabiller.

— Bon sang !

Ce fut tout ce qu'il parvint à dire avant de lâcher la main de Lyric pour la prendre par la taille et la plaquer contre lui.

Elle était souple et chaude, et tout ce que son cerveau reptilien avait imaginé qu'elle serait, une fois qu'il aurait eu la chance de la tenir entre ses bras.

Elle recula d'un pas, balança par-dessus une épaule ses longues mèches torsadées selon la technique des *passion twists*, et leva la main vers le premier bouton de son chemisier, juste en dessous de la naissance de ses seins.

— Laisse-moi faire, dit-il.

Elle laissa retomber ses mains, lui offrant une vue délivrée de tout obstacle sur ses seins amples et volumineux, et la courbe insensée de ses hanches.

Les rondeurs chez une femme étaient son péché mignon et son point faible et, avant que la nuit ne soit achevée, il aurait intimement fait connaissance avec les fossettes de son sublime fessier.

Lentement, il déboutonna le chemisier de Lyric, le libéra de la ceinture du short et le repoussa sur ses épaules, jusqu'à ce qu'il atterrisse au sol.

Puis il recula d'un pas, admirant la façon dont le balconnet de satin bordé de dentelle galbait sa somptueuse poitrine.

Du bout des doigts, il caressa la chaude peau brune de ses bras. L'odeur envoûtante de son parfum, qui l'avait rendu fou toute la soirée, était encore plus prononcée maintenant qu'il se tenait aussi proche d'elle.

Il se pencha, enfouissant le nez dans le creux de son

cou, et prit un moment pour inhaler son odeur, la savourer, avant de déposer dans la courbe qui menait à son épaule un baiser qui la fit frissonner.

Bon sang, il venait à peine de commencer, et elle était déjà réactive à ce point ?

Il avait hâte de toucher les parties les plus secrètes de son intimité pour voir à quel point elle était excitée à la pensée de l'union que connaîtraient bientôt leurs corps.

Penché en arrière, il fit descendre la fermeture à glissière de son short et ne put retenir un gémissement en découvrant le porte-jarretelles qui retenait ses bas résille.

Il n'aurait peut-être droit qu'à une nuit avec cette femme incroyablement sexy, mais il en savourerait chaque moment, collectant suffisamment de souvenirs pour se consoler tout le reste de sa vie.

Il lui prit la main pour l'aider à enjamber le short et, pendant une brûlante seconde, il crut avoir perdu la capacité de parler.

La langue collée au palais, et la gorge parcheminée, il décida que sa meilleure option était tout simplement de profiter de la vision de rêve qu'elle lui offrait, propre à enflammer son désir.

Entre ses seins ronds et galbés, soulignés par le balconnet, il y avait une vallée profonde, où il avait envie d'enfouir le visage.

D'une démarche ondoyante, elle se dirigea vers le lit, s'assit sur le rebord du matelas et se pencha pour ôter ses stilettos.

— Garde-les, dit-il.

Josiah constata que son intonation était enrouée par le désir. Il ne se rappelait même pas avoir jamais eu cette fichue basse dans sa voix.

Lyric releva les yeux, lui sourit, puis se tortilla en arrière vers le milieu du lit pour s'y étendre. Relevant une jambe, elle tourna la tête et le regarda par en dessous, en se passant la langue sur les lèvres.

Cette femme était d'une sensualité diabolique, et elle le savait.

Il se débarrassa à la hâte de ses vêtements, prenant un préservatif dans son portefeuille avant de se diriger vers le lit. Puis il s'assit à côté de Lyric.

Du bout des doigts, il redessina sa mâchoire, le contour de ses lèvres pleines, le creux entre ses seins, avant de descendre jusqu'à son nombril.

— Sais-tu à quel point tu es irrésistible ? À la seconde où je t'ai vue entrer dans cette pièce, j'ai été incapable de détacher les yeux de toi. Personne d'autre n'avait ton allure.

Il jeta le préservatif sur le lit, près des oreillers, et fondit sur elle telle une bête sauvage en quête de sa proie, non pour l'effrayer, mais pour qu'elle n'ait aucun doute sur l'effet qu'elle lui faisait.

Il prit place au-dessus d'elle, faisant porter l'essentiel de son poids sur ses avant-bras, tout en se servant de son genou pour lui écarter les cuisses. Elle posa les mains sur ses pectoraux et, du bout des pouces, joua avec ses tétons, propageant un courant électrique jusque dans son sexe.

Trop excité pour résister, il se plaqua contre elle, décidant que ce moment serait mieux employé si sa bouche était sur celle de Lyric.

Comme pour tout le reste ce soir, elle l'accueillit avec une passion égale, donnant autant qu'elle recevait. Il enfonça les hanches dans les siennes pour lui montrer combien il appréciait le cadeau qu'elle lui faisait. Mais son trésor était encore couvert de soie, et le crissement de l'étoffe, au hasard des mouvements de leurs corps, attisait un peu plus son désir.

Le saisissant par les fesses, elle l'attira plus étroitement contre elle, ondulant des hanches en un rythme qui l'éblouissait et le torturait tout à la fois.

Fermant les paupières, il chercha son souffle. Il était venu ici en pensant vivre un moment de plaisir mutuel, qui serait sans conséquence pour l'un comme pour l'autre. Mais Lyric lui apportait déjà ce dont il avait besoin : une partenaire qui répondait et participait activement, une femme qui savait ce qu'elle voulait et n'avait aucune réserve à le demander. Dans ces conditions, il n'était pas certain que ça se termine de façon aussi insignifiante qu'il l'avait prévu.

Il passa la main entre eux, glissa les doigts sous l'étoffe de sa culotte et entra directement en contact avec une moiteur brûlante. Elle était si mouillée que ses doigts glissèrent sans difficulté vers le capuchon raidi de son clitoris.

Les hanches de Lyric suivirent le mouvement et le rythme que ses doigts lui imposaient, jusqu'à ce que son visage se crispe sous les effets ravageurs du plaisir, et que ses lèvres pulpeuses forment un O parfait.

Il aurait pu la contempler comme ça toute la nuit, mais il y avait un problème. Plus il la regardait jouir de ses caresses, plus le besoin qu'il avait de la pénétrer et de se perdre en elle grandissait.

Déterminé à expérimenter sans tarder ce qu'il envisageait déjà comme le nirvana, il accéléra le rythme jusqu'à ce que le corps de Lyric se tende sous lui, se rapprochant vague après vague de l'orgasme.

Quand ce moment arriva enfin, balayant tout sur son passage, elle laissa échapper un long cri modulé, sans honte ni embarras.

En attendant que déclinent les derniers frissons de volupté qui la traversaient encore, il traça un chemin de petits baisers qui allait du contour de sa mâchoire à son cou, s'attardant à mordiller le creux de peau sensible à la base de son épaule.

Quand elle fut sortie des brumes de la volupté, il déroula à la hâte le préservatif sur son sexe dressé, puis il lui enleva sa culotte de soie et dentelle pour exposer ses lèvres luisantes et gonflées.

Sans faux-semblant, il se positionna à l'entrée de son vagin et poussa en avant dans un mouvement lent et délibéré. Elle était tellement brûlante, tellement étroite autour de lui que ses muscles frémissaient de l'effort de temporisation qu'il leur imposait, quand tout ce qu'il voulait était de se perdre profondément en elle.

Lorsqu'il l'emplit tout entière, il resta immobile. Cette fois, la pause n'avait pas pour but de s'assurer qu'elle était à l'aise, mais de savourer la chaleur intense qui enveloppait son sexe comme une seconde peau.

Elle serra les parois de son vagin autour de lui, et il dut verrouiller ses bras pour s'empêcher de s'effondrer sur elle comme une masse.

— Continue ainsi, et ça se terminera beaucoup plus vite que nous le souhaitons tous les deux.

Elle se mordilla la lèvre inférieure de ses dents parfaitement blanches et alignées, moitié souriant, moitié le défiant de mettre un terme à son sabotage sexuel.

— Dans ce cas, je te recommande de bouger, dit-elle.

Défi accepté.

Il se retira presque entièrement, avant de revenir se fondre en elle. Tête baissée, fermant les yeux, il essaya de respirer calmement pour freiner le plaisir qui commençait à monter.

Adoptant un rythme régulier de coups de reins profonds et puissants, il aurait aimé se dire que ce moment avait pour but de leur apporter à tous deux ce dont ils avaient besoin. Mais il était si consumé par elle, par son corps, par la façon dont elle basculait les hanches pour aller à la rencontre de ses poussées, qu'il lui était impossible de penser à autre chose qu'à l'approche imminente de l'explosion finale.

Il se retira, trouvant assez de souffle pour prononcer deux mots :

— Tourne-toi.

Avec une aisance gracieuse, elle prit position, écartant les jambes et creusant le dos.

La vision décadente de ses fesses opulentes ainsi exposées fit bouillir son sang, déversant dans ses veines une lave en fusion.

Une fois encore, il s'émerveilla de sa sensualité innée, et de la chance qu'il avait d'être ici avec elle.

Il joignit à nouveau leurs corps, enflammé par ses gémissements rauques et ses murmures fiévreux partiellement étouffés par le matelas.

La tenant fermement par les hanches, il lui imposa un rythme sauvage, la guidant vers un monde de sensations enivrantes.

Dans cette course à l'extase ultime, ils étaient au coude à coude. Mais elle bascula la première, agrippant le drap en dessous d'elle, emplissant la pièce de ses feulements décadents de plaisir.

Il n'eut pas beaucoup de temps pour profiter de la symphonie qu'elle exécutait. Bientôt, son rythme faiblit, tandis que son propre orgasme le submergeait.

Tandis que le plaisir partait à l'ascension de sa colonne vertébrale, l'enserrant comme les anneaux d'un boa constricteur, il succomba au besoin puissant de se laisser aller.

Le premier jet de son éjaculation fut comme une déflagration d'une intensité inouïe, qui lui ôta presque toute sa force, et il dut lutter pour ne pas s'effondrer. Agrippé aux épaules de Lyric, il plongea une dernière fois dans les profondeurs de sa chaleur.

Il n'avait pas honte de l'admettre : elle l'avait dépouillé de son énergie et de sa volonté.

Envahi de frissons, il la couvrit de son corps, l'enveloppant de ses bras, et se demanda ce qu'il allait bien pouvoir faire maintenant.

Il lui avait offert une nuit et rien d'autre. C'était ainsi qu'il faisait avec toutes ses partenaires. Mais, tandis qu'ils pivotaient sur le côté, se blottissant étroitement l'un contre l'autre dans la position de la cuillère, il regrettait déjà d'avoir édicté cette clause.

Hissé sur un coude, Josiah contemplait la femme délicieuse qui dormait à côté de lui. Qu'elle porte des vêtements de créateur, ou ne soit couverte que d'un simple drap de coton, c'était la créature la plus éblouissante qu'il ait jamais rencontrée. Et, après qu'elle lui eut procuré un plaisir indescriptible, et qu'elle l'eut proprement épuisé, il réalisait que son corps s'éveillait à nouveau, en réclamant davantage.

Sa tête était recouverte d'un bonnet de satin – indispensable à la protection des chevelures afro – qui dévoilait l'ovale parfait de son visage et sa peau sans défaut, dont la nuance brun profond offrait un contraste magnifique avec le blanc de l'oreiller. Son expression était sereine, détendue dans le sommeil, et sa bouche charnue était si appétissante qu'il ne put s'empêcher de se pencher pour lui voler un baiser.

— Bonjour, ma petite marmotte.

Elle se frotta les yeux, avant de jeter un coup d'œil sur la pendulette posée sur sa table de chevet.

— Comment se fait-il que tu sois déjà réveillé ? Ça fait à peine deux heures que nous nous sommes endormis.

Elle bâilla, s'étira, faisant glisser le drap sous sa poitrine généreuse.

— Je te regarde, dit-il.

Il fit un effort surhumain pour résister à la tentation de

prendre ses seins dans ses mains, de redessiner le mamelon avec son pouce, de taquiner la pointe du bout de la langue, de la mordiller doucement…

Passant la langue sur ses lèvres desséchées, il s'exhorta au calme.

Lyric avait raison. Il était tôt, et ils n'avaient pas beaucoup dormi. Mais aucune relation d'un soir ne lui avait donné l'envie de rester jusqu'à l'aube. Il ferait bien de se demander pourquoi diable il était encore couché dans son lit, à lui sourire.

— Je porte un bonnet de nuit. Pourquoi voudrais-tu me regarder comme ça ?

— Je te regarderais dans un sac à patates, répondit-il, en faisant courir un doigt le long de sa mâchoire. Tu es incroyablement sexy, quoi que tu portes… ou tu ne portes pas.

Elle rit, et l'amusement étira son regard en deux fentes narquoises.

— Merci. Tu n'es pas mal non plus.

Elle baissa les yeux et remonta le drap sur elle, avant de se tourner sur le côté, en appui sur un coude.

— À quarante-deux ans, j'ai presque honte de l'admettre, mais je ne sais pas comment il faut se comporter après…

— Avoir rendu un homme fou de plaisir à plusieurs reprises ?

— J'allais dire, après avoir convenu qu'il s'agissait d'une relation sans attache. Mais je préfère ta façon de présenter les choses. Les aventures d'un soir ne m'ont jamais intéressée. Donc, je ne sais pas trop ce que je dois faire maintenant.

— Tu n'as rien à faire dont tu n'aies pas envie, Lyric. Ce qui se passera ensuite dépend de toi. Je t'ai dit que les relations n'étaient pas mon truc. Mais, ça ne me dérangerait pas que nous soyons amis, si tu y tiens.

— Des amis, et plus si affinités, tu veux dire ?

— Si c'est ce que tu veux, je serais ravi de te rendre ce service. Sinon, j'ai quand même envie de mieux te connaître comme amie.

Elle le dévisagea, cherchant visiblement un sens caché à ses paroles.

— Tu es une très belle femme. N'importe quel homme serait ravi de consacrer son temps à te donner du plaisir. Mais, après avoir passé du temps à regarder tes vidéos sur YouTube, j'ai vu autre chose qui m'a intrigué, et qui m'a donné envie d'en savoir plus sur toi. Donc, si le sexe est banni, c'est très bien. Mais je voudrais connaître la femme qui partage tout si librement avec ses *followers*. Si tu es d'accord.

Elle hocha la tête avec enthousiasme.

— Je suis plus que d'accord. J'ai toute la place qu'il faut dans ma vie pour de nouveaux amis. D'ailleurs, pour fêter ça, je propose que nous déjeunions ensemble aujourd'hui.

— C'est une bonne idée. Dès demain, je vais devoir voyager pour le travail, et je serai absent plusieurs semaines. C'est peut-être la dernière fois que je te verrai en personne avant mon retour.

Lyric prit son téléphone sur la table de chevet et tapa l'écran.

— Oh ! zut ! J'avais oublié que j'avais un rendez-vous concernant la distribution de ma nouvelle gamme de produits de beauté. Ça ne se terminera pas avant 15 heures, je le crains. Tu es toujours partant ?

— Pas de problème. Il faut que j'aille au bureau et que je m'occupe d'un ou deux trucs, de toute façon.

Tout sourire, il se pencha, en espérant qu'elle ne le repousserait pas. Elle avança ses lèvres vers les siennes, et il passa une main derrière sa nuque, le temps d'un baiser passionné. Quand il s'écarta, ils étaient tous les deux à bout de souffle.

— Tu tenterais un saint avec ces lèvres, dit-il. Laisse-moi partir pendant que je le peux encore.

À regret, il se glissa hors du lit et s'habilla rapidement. Et, tandis qu'il fermait la porte derrière lui, il se maudit de lui avoir proposé une relation platonique.

Garder les mains dans ses poches allait lui demander un effort surhumain.

- 4 -

Lyric gravit les marches du perron de Devereaux Manor, comme si elle s'attaquait à l'ascension d'une montagne particulièrement escarpée.À chaque fois qu'elle venait ici, une chape de tristesse s'abattait sur ses épaules, car elle savait qu'il pouvait s'agir de sa dernière visite. La santé d'oncle Ace se détériorait rapidement. Il avait fait un malaise en quittant le Legacy Ball, trois semaines plus tôt, et avait dû être hospitalisé en urgence.

Mais le vieil homme était un battant, et la mort n'avait pas gagné cette fois. Malheureusement, Lyric doutait qu'il ait la force de combattre encore longtemps.

Elle secoua la tête, s'efforçant de refouler le chagrin et l'inquiétude qui l'envahissaient. Quel que soit le temps qu'il lui restait à vivre, elle entendait profiter au maximum de la présence de son oncle.

Elle tapa le code de sécurité sur le clavier apposé sur la porte et attendit que le témoin passe au vert pour tourner la poignée et entrer.

— Bonjour, madame Lyric !

Alicia, l'aide à domicile d'Ace l'appelait depuis le bout du hall, agitant la main pour attirer son attention.

— Votre oncle vous attend dans sa chambre.

— Merci, Alicia. D'autres membres de la famille sont-ils venus lui rendre visite aujourd'hui ?

Lyric attendit le cœur battant, comme elle le faisait

chaque jour depuis trois semaines, en espérant qu'Alicia lui donnerait enfin la réponse qu'elle attendait.

— Eh bien, vous savez que M. Deuce et Mme Destiny se sont installés ici depuis que M. Ace est rentré à la maison. Il vient de les chasser, en leur disant d'aller dîner dehors au lieu de rôder autour de lui.

Lyric hocha la tête, attendant la suite.

— Son frère, M. David, vit ici également.

L'employée, âgée d'une soixantaine d'années, enfila un léger cardigan, puis elle arrima l'anse de son sac autour de son avant-bras.

— À part votre cousin et vos deux cousines, vous êtes la seule à lui rendre visite tous les jours.

Une tristesse d'une autre nature serra la poitrine de Lyric quand elle songea à la stupidité de sa belle-mère. Martha gaspillait un temps précieux. Son frère était mourant. Elle aurait dû être ici avec la famille. Mais son orgueil était visiblement plus fort que l'amour qu'elle portait à son frère aîné.

— Vous ne pouvez pas obliger les gens à bien ce comporter, ma petite fille, déclara Alicia, d'un air docte.

Puis elle lui adressa un sourire compatissant, tout en lui pressant gentiment la main.

— Tout ce que vous pouvez faire, c'est prier pour qu'ils ouvrent les yeux avant qu'il soit trop tard.

Lyric chercha son souffle et rendit son sourire à l'employée.

— Merci, dit-elle, d'une voix légèrement tremblante qui peinait à masquer ses émotions. Je le ferai pour Ace.

— C'est bien. À présent, dépêchez-vous de monter. Il vous attend. Et moi, je m'en vais, maintenant.

— Rentrez bien, Alicia. À demain.À l'étage, Lyric frappa doucement à la porte.

— Est-ce que c'est ma jolie nièce ?

Le cœur de Lyric se réchauffa en entendant la voix fragile,

mais chaleureuse du vieil homme. Depuis la première fois où il avait prononcé ces mots, vingt-deux ans plus tôt, le jour de son mariage, elle se sentait toujours chérie quand il l'appelait « sa nièce. »

— Bonjour, mon oncle, dit-elle, en entra dans la vaste pièce.

Vêtu d'un pyjama de soie noire, Ace était assis dans son grand lit à baldaquin en acajou, le dos calé contre une pile d'oreillers, tandis que son frère, David, était installé dans un fauteuil placé à proximité.

Oncle David se leva et enveloppa Lyric dans une chaleureuse accolade.

— Bonjour, ma chérie. Ça fait toujours plaisir de te voir.

C'était un vieil homme débonnaire, tiré à quatre épingles, avec son pantalon au pli parfaitement repassé, sa chemise d'un blanc immaculé, et son nœud papillon. Il avait le même teint brun-cuivré que son frère aîné, et la même chevelure grise aux boucles serrées, mais un peu plus fournie.

Lyric lui rendit son accolade, lui frottant affectueusement le dos pour le réconforter.

— Je vous vois tous les soirs, oncle David.

— Et, chaque soir, ça me ravit de voir ton joli minois. Le plus beau cadeau que feu mon neveu ait fait à cette famille, c'est toi.

— David, lâche un peu cette enfant, qu'elle puisse venir m'embrasser aussi.

— Tais-toi, vieux jaloux ! protesta David, avec bonhomie. Tu veux la garder pour toi seul.

Il s'écarta, afin que Lyric puisse s'avancer vers le lit d'Ace, leur fit un petit signe à tous les deux et se dirigea vers la porte.

— Je serai dans ma chambre, si vous avez besoin de moi.

Lyric hocha la tête, avant de reporter son attention sur Ace.

— Bonsoir, oncle Ace. Comment vous sentez-vous ce soir ?

Elle se pencha pour déposer un baiser sur sa joue, et se réjouit de sentir sous ses lèvres la chaleur de sa peau, à peine ridée pour un homme de soixante-quinze ans.

C'était la preuve qu'il était toujours là, et qu'elle pouvait lui apporter son affection un peu plus longtemps.

— Bien mieux maintenant que ma nièce favorite est là.

Elle se redressa et fit mine de le menacer du doigt.

— Il vaut mieux pour vous qu'Amara n'entende jamais ça.

Il rit, et elle s'assit dans le fauteuil que David venait de libérer.

— Amara est ma petite-nièce préférée. Donc, tu n'as pas d'inquiétude à avoir. Tu ne risques pas de perdre ton titre.

Il lui adressa un sourire tremblant qui lui serra le cœur.

— Je croyais t'avoir dit d'arrêter de venir ici tous les soirs. Tu es jeune. Tu devrais sortir, t'amuser et tomber amoureuse.

Lyric s'efforça d'ignorer la tristesse qui ne manquait pas de l'envahir quand elle pensait à sa situation depuis le décès de son mari. Elle n'avait jamais envisagé de se retrouver seule à quarante-deux ans. Mais la vie vous jouait parfois de mauvais tours.

— Je suis là où j'ai envie d'être, oncle Ace. Et puis, il n'y a pas un homme qui vous arrive à la cheville.

Le vieil homme posa la main sur la sienne et la pressa gentiment.

— Je chéris chaque instant que je passe avec toi. Mais nous savons tous les deux que mes jours sont comptés. Je veux que tu aies quelqu'un quand je ne serai plus là. Tu mérites d'être aimée et qu'on prenne soin de toi.

— J'ai déjà connu un grand amour. Ce genre de choses ne se produit pas deux fois dans une vie. Je sais que vous

vous inquiétez pour moi, mais je vous assure que je vais bien. J'ai mon travail pour m'occuper.

— Mais ce n'est pas ça qui te tiendra chaud la nuit.

Il haussa un sourcil, la mettant au défi de le contredire, mais elle savait qu'elle ne pouvait pas avoir le dernier mot sur ce plan. Surtout après sa nuit avec Josiah Manning.

— Je n'ai peut-être plus beaucoup de temps devant moi, mais j'ai fait une promesse à ma chère Alva : celle de ne pas m'en aller tant que mes cinq héritiers n'auront pas rencontré un amour aussi grand que celui que ma défunte femme et moi avons vécu. J'ai fait d'une pierre deux coups avec Trey et Jeremiah, ce qui laisse encore Stephan, Amara et toi. Alors, tiens-toi prête, jolie jeune fille, car ton oncle Ace honore toujours ses promesses.

Amusée malgré elle, Lyric secoua la tête.

— Aux dernières nouvelles, Stephan est en France. Il s'y est installé après le décès de Randall. Et, vous savez comme moi qu'il n'a jamais eu aucun problème pour trouver un homme. Donc, s'il est seul, c'est qu'il le veut. La seule chose qui intéresse Amara, c'est de prendre la succession d'oncle David. Donc, je doute qu'elle ait du temps à consacrer à une relation sentimentale. Quant à moi…

Elle lui tapota la main.

— Je peux me prendre en charge, oncle Ace. Les femmes n'ont plus besoin d'hommes forts pour les protéger.

— Ne dis pas de sottises, mon enfant. Personne ici ne fait allusion à tes besoins financiers ou matériels. Je te parle d'un amour qui te donnera des ailes quand le reste du monde essayera de te faire tomber. Nous méritons tous cela, Lyric. Toi y compris.

Elle n'avait pas de réponse à ça. Si elle avait aimé son mari de tout son être, vivre sous sa coupe avait failli la briser. Elle n'était pas prête à autoriser quelqu'un d'autre à exercer de nouveau sur elle ce genre de contrôle.

— Oncle Ace, vous savez que je ne suis pas venue pour parler de ça.

Il rit doucement.

— Bien sûr que je le sais. Mais quel genre d'oncle serais-je si je n'essayais pas de me mêler un peu de tes affaires ?

— Vous êtes le meilleur oncle du monde, dit-elle d'une voix chargée d'émotion. J'ai tellement de chance que Randall vous ait partagé avec moi.

Levant une main frêle, Ace lui caressa la joue.

— Je t'aime, petite fille.

— Je vous aime aussi, vieil homme.

Il gloussa, essuya une larme qui avait coulé sur sa joue, et menaça Lyric du doigt.

— Il faut que Jeremiah et toi appreniez les bonnes manières et arrêtiez de dire que je suis vieux.

— Vous savez que vous adorez ça. Ça vous donne un air distingué et intelligent.

Il haussa nonchalamment les épaules.

— Mais, je le suis déjà naturellement.

Ne trouvant pas à le contredire, Lyric éclata de rire et profita de ce beau moment de complicité entre un oncle et sa nièce.

— Alors, dis-moi, quel livre as-tu apporté aujourd'hui ? reprit-il, quand ils eurent retrouvé leur sérieux.

Il lui lança un coup d'œil narquois.

— Qu'est-ce qui vous fait croire que j'ai quelque chose à vous lire ce soir ?

— Ça fait vingt ans que nous sommes les deux seuls membres de notre club de lecture privé. Tu ne me laisserais quand même pas tomber aujourd'hui, en n'apportant pas un livre dont nous pourrions discuter.

Il avait raison. Depuis le moment où ils avaient découvert leur amour mutuel de la lecture, ils s'étaient rencontrés deux fois par semaine pour échanger leurs points de vue sur un livre de leur choix. Ace lui avait appris à aimer les thrillers, les essais politiques, et les différentes cultures de la diaspora noire à travers le monde. Elle lui avait fait découvrir la poésie, les auteurs classiques, et la romance. Et c'était en parlant de littérature qu'elle avait découvert en Ace un des hommes les plus délicieux qui soit, en dépit de sa réputation de requin en affaires.

— Vous avez raison, dit-elle, en plongeant la main dans sa besace. J'ai le dernier Rochelle Alers. Je sais que c'est une de vos autrices de romance favorites.

— Certainement. Cette femme sait trousser une histoire et camper ses personnages. Allons, cesse de me faire lanterner, et ouvre-moi ce roman. J'ai hâte de savoir ce qu'elle nous a concocté, cette fois.

Rapprochant le fauteuil du lit, Lyric sourit de l'impatience du vieil homme et commença à lire la première page.

Josiah descendit de voiture et franchit la porte de sa maison d'Orange Street.

C'était sa fierté et sa joie, le premier achat extravagant qu'il avait fait quand son travail de producteur de télévision avait commencé à rapporter gros.

Son père lui avait toujours conseillé d'investir dans l'immobilier, et il se réjouissait chaque jour de l'avoir écouté. Aujourd'hui, la maison – qui comptait quatre chambres et trois salles de bains – valait presque cinq millions de dollars, soit cinq fois le prix qu'il l'avait payée.

Il déposa son sac de voyage au pied de la console du hall et se dirigea tout droit vers la cuisine, où il savait que sa gouvernante aurait déposé tout le courrier reçu pendant ses trois semaines d'absence.

Il parcourut distraitement les piles épaisses et remarqua qu'il y avait plusieurs scripts. Il se promit de les lire plus tard, quand son esprit voudrait bien s'intéresser à autre chose qu'à Lyric Devereaux-Smith.

Trois semaines s'étaient écoulées depuis leur rencontre, et il ne cessait de penser aux heures passées à explorer son corps avec fièvre et passion. Jamais le sexe, aussi torride fût-il, ne l'avait affecté de cette façon-là.

Tout chez cette femme sublime l'excitait et le brisait à la fois.

Sa façon de prendre son temps pour se décider, refusant de subir la moindre pression.

Sa façon de demander exactement ce qu'elle voulait, et de n'avoir aucun problème pour répondre à ses propres désirs.

Elle était parfaite. Et c'était précisément pour cette raison qu'il devait à présent garder ses distances avec elle, faute de quoi la situation risquait de lui exploser au visage.

Elle était la cousine par alliance de Jeremiah, et il ne pouvait pas prendre le risque de gâcher une amitié qui durait depuis l'adolescence simplement parce que Lyric et lui partageaient une formidable alchimie sexuelle.À partir de maintenant, il allait devoir s'habituer à regarder mais à ne pas toucher.

Car il était inévitable qu'ils se voient à l'avenir. Durant ses voyages, ils avaient discuté et échangé des SMS et, chaque fois qu'elle mettait fin à leur conversation, il éprouvait une sensation de manque et aspirait à plus.

Son téléphone vibra dans sa poche. En découvrant le nom de Jeremiah sur l'écran, il sourit.

— Quoi de neuf, mon vieux ? lança-t-il, d'un ton enjoué.

— Je suppose que tu es enfin rentré, dit Jeremiah.

— Depuis dix minutes. Je n'ai pas encore eu le temps de prendre une douche et de me changer. Tu as le droit de sortir ce soir, ou ta chérie te tient en laisse ?

— Si tu avais ce que j'ai, tu porterais avec plaisir un collier tous les jours de ta vie.

Le rire de Josiah emplit la pièce.

— Non merci, mon ami. Très peu pour moi. Mais je suis content de voir que tu es heureux. Je ne pensais qu'il existait une femme capable de te tourner la tête comme ça. Mais ça te va bien.

— Il vaut mieux, étant donné que je viens de lui passer au doigt un énorme diamant noir.

Josiah se redressa, concentré sur ce que son ami venait de dire.

— Attends, tu es fiancé ? Tu as vraiment fait ta demande ?

— Ouais, mon vieux. J'ai trouvé la perle rare. Je serais fou de la laisser filer. Trey est la femme que j'attendais.

Le cœur de Josiah se gonfla de fierté, tandis qu'il pensait au chemin qu'ils avaient parcouru pour devenir des hommes.

— Félicitations, J. Et, n'oublie pas de dire à Trey que je la trouve trop bien pour toi.

Jeremiah éclata de rire.

— Tu n'as jamais su mentir.

— Il faut absolument que tu me laisses faire quelque chose pour vous deux. Vous avez déjà fixé une date ?

— En fait, nous voulons que ça ait lieu le plus vite possible. Nous tenons à ce qu'Ace soit présent, et nous ne savons pas combien de temps il lui reste. Et, même si je voudrais lui offrir l'immense et somptueux mariage qu'elle mérite, nous pensons que ce serait déraisonnable compte tenu de la situation. Donc, nous avons décidé de nous marier dans trois semaines, à Devereaux Manor, et d'organiser une réception intime dans le parc. Les invitations seront envoyées demain.

La tristesse qu'il perçut dans la voix de son ami lui serra le cœur.

— Écoute, vous faites partie tous les deux du clan Devereaux. Il n'y a rien dont vous ne soyez capables. Signe un gros chèque à une organisatrice de mariage, et elle fera de vos rêves une réalité, malgré la contrainte de temps et tout le reste. Tu me suis ?

— Oui, bien sûr. Merci de toujours me rappeler que rien n'est impossible pourvu que je le veuille.

— Tu le mérites, Jeremiah. Et n'hésite pas à faire appel à moi si tu as besoin de quoi que ce soit. Je peux utiliser mes relations pour t'obtenir à peu près tout ce que tu veux.

— Je t'adore, mon vieux. Et je voudrais que sois l'un de mes garçons d'honneur.

— L'un d'eux ? Normalement, il n'y en a qu'un, non ?

— Oui, mais mon cousin Stephan revient spécialement pour le mariage. Je voudrais qu'il soit à mes côtés aussi.

Josiah admirait les liens très forts qui unissaient les cousins Devereaux, et comprenait que Josiah veuille associer Stephan à ce jour spécial.

— Je serai honoré de t'assister, mon vieux.

— C'est exactement ce que je voulais entendre, répondit Jeremiah. Je te communiquerai tous les détails dès que je les aurai.

— Parfait. Fais-moi signe dès que tu peux.

Josiah mit fin à la communication et réfléchit à la façon dont le décès annoncé d'Ace avait incité Jeremiah à vivre pleinement sa vie, et à se donner les moyens d'obtenir ce qu'il voulait. Trouverait-il lui aussi ce courage ?

Sans se donner le temps de réfléchir, il envoya un message à Lyric. L'attente de sa réponse fut une torture mais, dès qu'il vit qu'elle acceptait de déjeuner avec lui le lendemain, les incertitudes qu'il pouvait avoir s'envolèrent.

Il n'avait pas la moindre idée de ce qu'il faisait, ni comment tout ça se terminerait. Mais s'il devait tirer un enseignement de l'appétit de vivre de son ami, c'était qu'il fallait saisir sa chance quand elle se présentait.

- 5 -

Le chauffeur de Josiah, arrêta la limousine devant l'entrée du studio PBN, sur West Fiftieth Street. Lorsqu'il voulut descendre pour ouvrir la portière de son employeur, Josiah l'en dissuada et lui dit qu'il l'appellerait quand il serait prêt à partir, avant de sortir prestement de la voiture.

Aussi fortuné et puissant fût-il dans l'industrie du divertissement, il ne s'habituerait jamais à ce que des gens ouvrent et ferment les portières de voitures à la place d'adultes parfaitement capables de le faire eux-mêmes.

Il avait tout autant de mal à se laisser conduire et, s'ils n'avaient pas été à Manhattan, où il fallait parfois quinze minutes pour parcourir deux cents mètres, il aurait pris le volant.

Il entra dans le hall et se dirigea vers la zone de réception. Après qu'il eut donné son nom, l'homme qui se tenait derrière la banque d'accueil le dirigea vers un ascenseur privé qui l'emporta vers l'étage de la direction.

Un jeune homme d'une vingtaine d'années l'accueillit quand les portes de la cabine s'ouvrirent à l'étage souhaité.

— Monsieur Manning, je suis Thomas Greer, l'assistant de M. Cohen. Son rendez-vous de 9 heures a pris un peu de retard. Il vous rejoindra dès qu'il aura terminé. Venez avec moi, je vous prie.

Josiah suivit Thomas jusque dans une vaste pièce décorée dans des tons neutres et pourvue d'imposants canapés de cuir. Thomas lui proposa un café, qu'il refusa, l'esprit ailleurs.

Resté seul, il trompa son attente en réfléchissant aux remplaçantes possibles de Lyric. Il avait rédigé une liste de secours, au cas où elle refuserait sa proposition.

C'étaient toutes des femmes ravissantes et sympathiques. Certaines avaient même plus de *followers* que Lyric. Mais aucune ne possédait cette aura magnétique qui fascinait les gens sans qu'elle ait véritablement à faire d'efforts.

Il était bien placé pour le savoir. Il avait partagé une nuit avec elle et, trois semaines plus tard, sa force et sa beauté le captivaient toujours.

— Mais qui vois-je ? Josiah Manning en personne !

La voix aiguë et nasillarde fit à Josiah l'effet d'une craie crissant sur un tableau noir. Il avait passé trois ans à y répondre, et les sept années suivantes à déployer toute son énergie pour être le meilleur et évincer son ennemi juré.

— Daniel Lambert !

Josiah se leva devant son ancien patron et actuel adversaire.

— Qu'est-ce que tu fiches ici, Josiah ?

Daniel était un homme de petite taille, avec un tour de taille en expansion constante et une calvitie prononcée. Sa peau avait l'apparence d'un cuir tanné, suggérant un abus des cabines de bronzage et pas assez d'hydratation.

Même si Josiah s'interdisait habituellement de porter un jugement sur l'apparence des gens ou leur hygiène de vie, il était quasi certain que l'enlaidissement graduel de Lambert était dû à un mauvais karma après avoir entourloupé tant de gens dans leur milieu.

Les yeux verts de l'homme s'éclairèrent d'un éclat mauvais, tandis qu'il pointait un doigt boudiné dans la direction de Josiah.

— Oh ! laisse-moi deviner. Tu es là aussi pour le poste de président, hein ?

Comme Josiah refusait de répondre, Daniel gloussa, en agitant les épaules.

— On se croirait revenus au bon vieux temps chez Eagle Vision Productions. Je t'ai battu pour la place de producteur exécutif, et je t'ai fait partir. Et nous voilà sur le point de répéter la même histoire. C'est génial pour moi, mais je me demande si ton ego blessé pourra supporter un nouveau coup dur.

Josiah fit un effort pour contrôler sa rage et sourit aimablement.

— Je crois que les succès de ma compagnie de production et les nombreux Emmys que j'ai remportés témoignent que je suis plus qu'un candidat ordinaire pour ce poste. Et, considérant que la plupart de ces récompenses étaient à tes dépends, je suis plus inquiet pour ton ego que pour le mien.

Le visage de Daniel s'empourpra violemment, mais il n'eut pas le temps de répondre. Abe Cohen venait d'entrer dans la pièce.

— Josiah, merci de votre patience. Allons dans mon bureau, et discutons.

La pièce dans laquelle Josiah entra était spacieuse et moderne, décorée dans un esprit minimaliste privilégiant les tons de noir et de gris.

Abe ferma la porte derrière eux et contourna son bureau.

— Asseyez-vous, Josiah.

L'homme de télévision se pencha, les mains jointes.

— J'espère vraiment que vous avez une idée gagnante en tête, car je détesterais prendre ma retraite et laisser le studio aux mains de ce crétin.

— Donc, il est en lice pour le poste ?

Abe hocha la tête.

— Et, en dehors de vous, il est le plus qualifié. Quoi que vous prépariez, il faut que ça marque les esprits. Faute de quoi, comme la dernière fois, le job vous passera sous le nez.

Lyric regarda l'heure sur son téléphone, et une petite étincelle de gaieté jaillit en elle.

Depuis trois semaines, Josiah et elle avaient échangé via FaceTime ou par SMS. Mais aujourd'hui, dans très peu de temps, il allait venir la prendre pour déjeuner.

Elle ne comprenait pas pourquoi cette perspective la rendait aussi euphorique. Ils étaient seulement amis.

Sauf bien sûr si on comptait leur première rencontre, où ils avaient passé la nuit à se consumer l'un l'autre de passion.

Mais c'était fini. Aucun des deux ne cherchait autre chose que de la camaraderie et du soutien. Donc, les rêves sensuels qu'elle faisait à son sujet allaient devoir cesser.

Pour faire diversion à ces pensées malvenues, elle alla à sa porte récupérer le courrier, poussé n'importe comment dans la fente prévue à cet effet, et en partie bloqué.

— Facture, facture, pub, pub, pub, énuméra-t-elle machinalement, tout en regagnant son studio.

Mais elle tomba soudain sur une enveloppe dorée agrémentée d'arabesques noires. Intriguée, elle s'assit sur le tabouret devant sa table à dessin et posa le reste du courrier par terre, afin de pouvoir accorder toute son attention au contenu de l'enveloppe.

Elle tira sur le nœud de tulle noir, et le papier chatoyant libéra un épais bristol noir décoré en son centre du monogramme « J&J » réalisé à la feuille d'or.

Lyric prit un moment pour passer le bout des doigts sur les lettres en relief, et ses yeux s'écarquillèrent quand elle ouvrit la carte et lut le texte à voix haute :

Jordan Dylan Devereaux III et Jeremiah Benton seraient heureux de vous compter parmi leurs invités…

Elle sortit son téléphone de sa poche et appela Jeremiah, qui décrocha aussitôt.

— Une invitation par courrier ! dit-elle, d'un ton de

reproche, sans même s'embarrasser de salutations. C'est comme ça que je dois apprendre que tu vas te marier ?

Il rit, et elle ne put s'empêcher de l'imiter.

— Je voulais que ce soit une surprise. Cette famille a besoin de bonnes nouvelles de temps en temps.

— Tu aurais quand même pu me le dire hier soir, quand nous nous sommes vus chez Ace.

— Pour que tu pousses des cris de joie à travers toute la maison, et que ce pauvre Ace fasse une crise cardiaque ?

Il avait raison. Avec sa nature exubérante, elle était incapable de célébrer quoi que ce soit discrètement. Et c'était quand même la meilleure des nouvelles qui soit.

— Alors, tu te maries dans trois semaines… Je n'en reviens pas. L'adolescent dépenaillé qu'Ace a ramené un jour à la maison est devenu un homme et il va se marier…

— Eh oui, les miracles existent. Si ça te dit, je suis sûr que Trey apprécierait un peu d'aide pour les préparatifs. Et comme tu as toujours été l'hôtesse de la famille, je pense que tu pourrais lui donner quelques conseils.

— C'est le mariage de Trey. Je ne lui donnerai aucun conseil spontané. Si elle a des questions, elle peut demander. Mais, dis-lui que je serais heureuse de l'aider d'une façon ou d'une autre. Je suis tellement contente pour vous deux.

— C'est sympa de ta part, cousine, je le lui dirai. J'ai hâte que vous fassiez plus ample connaissance. Je crois que vous allez devenir de grandes amies.

Compte tenu du fait que Trey avait passé toute sa vie loin de sa famille, à cause de la brouille entre son père et son grand-père, il y avait du pain sur la planche. Mais, si Jeremiah le voulait, Lyric ferait tout son possible pour que ça se réalise. C'était à ça que servait la famille.

— Bien. N'oublie pas de répondre. Nous avons besoin de connaître très vite le nombre d'invités présents, car il ne reste plus que vingt-quatre jours avant la cérémonie.

Lyric prit un stylo sur sa table à dessin et cocha la case « assistera. »

— C'est fait. Je vais jeter la carte-réponse dans une boîte postale quand je sortirai tout à l'heure.

— Merci. Je vais dire à Trey de t'appeler dans la journée.

— Écoute, j'ai une réunion pour finaliser le packaging de ma ligne de beauté, et ensuite j'ai un déjeuner. Dis à Trey que ce serait mieux qu'elle m'appelle quand elle quittera le bureau ce soir.

— Pas de problème.

Il marqua une courte pause, avant d'ajouter :

— Je n'avais pas réalisé que tu étais partie prenante de toutes les étapes de la production. C'est pour l'ensemble de la ligne Life's Lyric ?

— Non. Uniquement les cosmétiques. Si ça marche bien, nous envisageons de lancer une gamme de soins pour les cheveux au printemps.

Il eut un long sifflement admiratif.

— Félicitations, cousine. J'avoue que j'ai été tellement occupé à prendre soin d'Ace et à me battre pour sauver Devereaux Inc, que je n'ai pas beaucoup prêté attention au développement de ta ligne.

— Je sais. Ne t'inquiète pas pour ça, je gère. Et Martha s'est montrée étonnamment solidaire.

— Tu m'appelleras si tu as besoin d'aide, n'est-ce pas ?

Cette façon qu'avait Jeremiah de la surprotéger la fit sourire.

— Non, absolument pas. Je suis assez grande pour me débrouiller toute seule. Et, si quelque chose tournait mal, tu l'apprendrais comme tous les membres du conseil d'administration : par le biais des rapports quadrimestriels.

— Très bien, j'ai compris, Lyric. Je vais arrêter de veiller sur toi comme une mère poule.

— Hé, mais je ne veux pas que tu arrêtes de prendre

soin de moi. Je veux seulement que tu t'occupes un peu de toi pour changer. Et je tiens à ce que rien ne vienne te perturber pendant que tu prépares ton mariage.

La sonnette retentit, détournant un instant son attention.

— C'est probablement Martha. Je vais te laisser. J'ai hâte d'expédier ce rendez-vous.

— Comme je te comprends ! Je m'arrange toujours pour que mes entretiens avec elle soient le plus courts possible.

Lyric fit mine de se formaliser.

— Hé, tu parles de ma belle-mère.

— Ex-belle-mère. Tu n'es plus mariée à Randall.

En un sens, il avait raison. Mais ni son esprit ni son cœur ne l'admettaient pour le moment.

— Quoi qu'il en soit, je dois y aller. À bientôt.

On sonna à nouveau, avec plus d'insistance cette fois, preuve qu'il ne pouvait s'agir que de son impatiente belle-mère.

Lyric posa son téléphone et se hâta d'aller ouvrir la porte.

— Martha, vous pouvez cesser de carillonner, maintenant.

— Si tu avais un majordome, comme le reste du monde civilisé, tes invités ne feraient pas le pied de grue sur le perron, comme de vulgaires fournisseurs.

Le port de tête altier, Martha entra au pas de charge, faisant souffler une brise glaciale dans le hall.

C'était une femme mince et élancée, qui devait sa posture impeccable aux cours de maintien qu'elle avait suivis dans sa jeunesse. Ses fines tresses – uniformément noires malgré son âge – étaient enroulées en un chignon sévère qui attirait l'attention sur son visage étonnement peu ridé.

Vêtue d'une blouse de soie jaune portée sur un pantalon brun, une étole de cachemire dans les tons bruns et jaunes artistement placée sur une épaule, elle envoyait un message clair : « Je suis fabuleuse, et je le sais. »

Tout en elle était aiguisé, y compris ses escarpins Manolo

Blahnik à la pointe effilée. L'exemple parfait de la richesse et du pouvoir drapés de respectabilité.

— Martha, je ne sais pas si vous le savez, mais tout le monde n'a pas de majordome. C'est le privilège de ceux qui appartiennent au cercle des un pour cent.

Sa belle-mère agita la main, tel un membre de la famille royale saluant le peuple.

— Justement, tu fais partie des familles les plus fortunées du monde qui composent ce cercle des un pour cent. Grâce à mon fils, naturellement. Ne crois-tu pas qu'il est temps que tu t'en montres digne ?

Lyric se crispa.

Pourtant, le tour que prenait la conversation n'aurait pas dû la surprendre. C'était toujours la même chose chaque fois qu'elles se voyaient ou se parlaient en personne.

Pendant vingt ans, Martha n'avait cessé de lui asséner qu'elle devait se comporter comme une Devereaux. Mais, pour Lyric, cela ne faisait que souligner l'évidence : jamais elle ne serait assez bien pour le fils de Martha, même aujourd'hui après son décès.

Lyric s'exhorta à la patience, se rappelant qu'elle n'était pas la seule à avoir perdu un être aimé dans cet accident. Martha avait perdu son fils.

— La haute-couture et la bonne société, c'est amusant une fois de temps en temps. Mais je suis plus heureuse ici dans ma maison de Brooklyn, à accomplir des tâches du quotidien et à vivre à peu près comme tout le monde. Bénéficier d'une stabilité financière est appréciable, mais ça ne façonne pas une personnalité.

Les paupières de Martha devinrent deux fentes, tandis qu'elle l'observait avec suspicion. Elle n'avait pas l'habitude que sa belle-fille donne son avis. Mais, à mesure que l'emprise de Randall sur elle s'amenuisait, Lyric trouvait la force de vivre comme elle l'entendait.

— Avez-vous apporté les échantillons ? s'enquit-elle.

Décidant apparemment que la bataille ne valait pas la peine d'être menée, Martha hocha la tête et sortit de son immense besace une boîte carrée.

Surexcitée, Lyric la lui prit des mains et courut vers un canapé tout proche. Après avoir vainement essayé d'ouvrir la boîte, elle demanda :

— Pourriez-vous me donner la paire de ciseaux qui se trouve sur la table ? J'ai besoin de quelque chose pour couper cette bande.

— Au nom du ciel, qu'est-ce que c'est que ça ?

Levant la tête, Lyric vit que Martha s'était emparée de la carte-réponse du mariage de Jeremiah et Trey.À en juger par ses lèvres pincées, la vieille dame n'était pas ravie.

— Je suis invitée au mariage de mon cousin.

Martha posa une main sur sa hanche et bascula tout le poids de son corps sur une jambe.

— Je le vois bien. Je fais allusion à ta réponse. Ai-je un problème de vue, ou bien as-tu vraiment accepté de cautionner cette mascarade ?

Souviens-toi que tu dois le respect aux anciens, ma fille. Laisse couler.

Lyric se répéta ce mantra, essayant de masquer son agacement.

— Je ne vois pas ce qui vous permet de dire qu'il s'agit d'une mascarade mais, en effet, j'ai l'intention de me rendre à ce mariage. Et je m'en fais une joie. C'est la première bonne nouvelle concernant la famille que nous ayons depuis l'annonce de la maladie d'oncle Ace.

— Ils m'ont trahie, s'écria Martha.

Sa voix stridente sembla rebondir sur toutes les surfaces en métal et en verre de la pièce, aggravant encore l'effet sonore.

— Ils se sont ligués pour me voler Devereaux Inc. L'entreprise me revenait de plein droit, et ils me l'ont prise.

Lyric écarquilla les yeux.

— Vous plaisantez ?

— Absolument pas. J'étais l'héritière de mon frère, mais Jeremiah est allé chercher la petite-fille d'Ace pour usurper mon pouvoir et ma position. Et maintenant, ce traître va l'épouser.

— L'héritier légitime était Deuce, le fils d'Ace. À défaut, l'entreprise aurait de toute façon été transmise à son héritière. Elle n'aurait jamais été à vous, Martha. Oncle Ace ne l'a jamais voulu ainsi.

— Eh bien, dit Martha, d'un ton pincé, il semble que je ne doive pas attendre de réconfort de la part de ceux à qui l'honneur commande de me soutenir. Sans doute devrais-je faire de même…

Elle soupira, d'une manière dramatique.

— Quoi qu'il en soit, tu n'iras pas à ce mariage. Je suis ta belle-mère, et tu me dois obéissance. Tu ne me feras pas l'affront de t'afficher avec des personnes qui ont essayé de me détruire.

— Je vois que vous êtes en colère, et je ne comprends pas très bien pourquoi. Peut-être devrions-nous reporter ce rendez-vous ?

— Ce ne sera pas nécessaire, rétorqua Martha, en jetant la carte sur la table. Si tu vas à ce mariage, je mets fin à notre contrat de fabrication.

— Quoi ? Attendez… vous n'êtes pas sérieuse, Martha ?

Inkosi, la marque *lifestyle* de Devereaux Inc, était sur le point de mettre sur le marché la ligne de cosmétiques et soins du cheveu de Lyric.

Comment Martha pouvait-elle la traiter de cette façon ?

— Au contraire ! La loyauté est tout pour moi. Soit

tu es loyale envers moi, soit tu ne l'es pas. Il n'y a pas d'entre-deux.

— Mais, mon contrat…

Martha leva la main pour faire taire Lyric.

— Dans ton contrat, il y a une clause qui stipule qu'Inkosi peut y mettre un terme à tout moment, sans avoir à le justifier. Et ne t'imagine pas que je ne ferai pas jouer cette clause parce que tu as été mariée à mon fils. Donc, pour la dernière fois, Lyric, iras-tu à ce mariage ou non ?

Lyric sentit tous les muscles de son corps se crisper de colère. Jusqu'ici, elle ne s'était jamais plainte du comportement manipulateur et grossier de Martha. Mais c'était différent cette fois, et sa patience face aux incongruités de sa belle-mère s'était épuisée.

— J'aime Jeremiah comme mon propre frère. Je serai là pour le voir épouser Trey, et l'accueillir comme il se doit parmi nous. C'est ce que voudrait oncle Ace, et il est juste de le faire. Quelle que soit votre obsession au sujet de Devereaux Inc, je vous suggère de passer à autre chose, avant de vous retrouver exclue de votre propre famille.

Martha serra les mâchoires et chercha son téléphone au fond de sa besace. Puis elle se mit à tapoter l'écran à grands gestes rapides et furieux.

Quand elle eut fini, elle regarda Lyric, comme si elle s'attendait à ce que celle-ci change d'avis.

Une notification de mail sonna sur le téléphone de Lyric. Elle ouvrit le message en attente, et son estomac se révulsa tandis qu'elle lisait les quelques lignes rédigées par le distributeur chargé de commercialiser ses produits.

Sans le contrat avec Inkosi, il ne donnait pas suite.

Levant les yeux vers Martha, elle secoua la tête, en essayant de retenir ses larmes.

— C'est votre droit, Martha. Je ne peux rien faire pour vous en empêcher. Bien que ça me déçoive et que ça me blesse, je ne vous supplierai pas de revenir sur votre décision. Je suis forte, j'ai de la ressource, et je trouverai une solution.

Immobile, la gorge nouée de tristesse et d'amertume mêlées, elle assista au départ de Martha, qui franchit la porte en coup de vent, à peu près de la même façon qu'elle était entrée, emportant cette fois avec elle ses rêves de carrière.

- 6 -

Josiah ne put s'empêcher d'entendre les voix élevées qui venaient de l'intérieur, et il recula de quelques pas pour ne pas donner l'air d'écouter aux portes.

Bientôt, une élégante femme âgée passa la porte et s'engouffra dans une voiture, à côté de laquelle attendait un chauffeur qui lui tenait la portière. Ils ne tardèrent pas à s'en aller.

Quand Lyric apparut sur le seuil et le vit, ses yeux s'écarquillèrent de surprise.

— Oh ! désolée, Josiah. J'avais complètement oublié notre déjeuner.

Elle semblait bouleversée, respirant un peu trop vite.

— Est-ce que tout va bien ? Nous pouvons reporter…

Elle le fixa intensément, et prit une longue et profonde inspiration.

— Non. Si quelque chose peut me faire du bien, c'est ta compagnie. Cette furie qui a failli te bousculer est ma belle-mère. Nous avions une discussion très animée avant que tu n'arrives.

Il hocha la tête, ne sachant pas comme elle allait prendre ce qu'il avait à dire.

— Je sais. J'ai entendu. Vous parliez vraiment très fort.

— Donc, tu es au courant…

— Qu'elle a annulé votre contrat.

Il la vit baisser les yeux d'un air embarrassé, tandis qu'elle s'effaçait pour le laisser entrer.

— Hé, tu n’as pas à avoir honte.

D’un doigt, il lui souleva le menton et chercha son regard.

— C’est facile pour toi, dit-elle, d’un ton plaintif qu’il ne lui connaissait pas. Tes affaires sont florissantes, et les miennes viennent de partir en fumée.

La vulnérabilité dans ses yeux bruns toucha en lui une corde sensible.

Il secoua la tête.

— Tu as toujours une visibilité sur les réseaux sociaux. Et, si ça ne fonctionne pas comme tu veux, je crois que j’ai un autre moyen pour que tes rêves se réalisent.

Elle lui jeta un regard sceptique.

— Que veux-tu dire ?

— Viens présenter mon émission.

Elle secoua la tête et recula d’un pas.

— Je t’ai dit ce que je pensais de la perspective de travailler pour quelqu’un d’autre, Josiah.

— Je sais. Mais nous devons parfois changer de voie quand des obstacles se dressent sur notre route. Avec une émission de premiers plan, les sponsors vont faire la queue pour investir dans ton concept.

— Je n’ai pas besoin d’investisseurs. Mon concept m’appartient. Mais, avoir quelqu’un pour le produire en masse et le lancer sur le marché global, ça, oui, j’en ai besoin.

Elle ferma la porte et l’invita à la suivre dans son studio. Puis elle s’assit sur le canapé et tapota le coussin à côté d’elle.

— J’ai assez d’argent pour produire ma gamme moi-même, mais ça ne me donnera pas d’espace de vente. Sans le soutien de la marque *lifestyle* de Devereaux Inc, je ne pourrai pas vendre mes produits à la boutique du coin, et encore moins toucher les chaînes de grande distribution comme Target et Walmart.

— Alors, viens travailler avec moi. Ensemble, nous pouvons résoudre nos problèmes mutuels. Je réalise l'émission qui me permettra d'obtenir le poste que je veux, et tu seras présente chez tous les plus grands distributeurs. C'est une situation gagnant-gagnant.

Il se cala contre le dossier du canapé, faisant mine de se détendre. L'astuce pour vendre quelque chose à quelqu'un était de ne pas avoir l'air désespéré. Si vous sembliez confiant, les gens étaient plus enclins à vous donner une chance.

— Mais tu as dit que tu ne travaillais pas avec les femmes avec qui tu avais couché. Et il me semble bien que c'est ce que nous avons fait.

La lueur enflammée qu'il vit dans les yeux de Lyric lui donna envie de se pencher pour goûter à ses lèvres. Mais il savait qu'il suffirait d'un seul contact pour que les choses aillent plus loin.

— C'est vrai, reconnut-il. Et si nous travaillons ensemble, nous ne pourrons plus jamais franchir cette ligne. Est-ce que ça te va ?

Il sentit son pouls s'accélérer tandis qu'il attendait sa réponse. Et, pour être honnête, il espérait qu'elle allait refuser tout net, pour qu'il puisse la posséder à nouveau.

— Notre nuit ensemble a été fantastique. Mais nous avons dit tous les deux que nous ne cherchions rien de permanent. C'est peut-être mieux de mettre de côté cet aspect de notre relation.

Pas à ses yeux. Mais il savait d'expérience que ça compliquerait beaucoup trop les choses.

— Dans ce cas, rien ne nous empêche de travailler ensemble.

Elle réfléchit quelques instants, et cette attente lui mit les nerfs à vif.

— Si tu veux que je présente ton émission, j'y mets une condition.

— Laquelle ?

— Je veux un crédit de production.

— Il n'en est pas question ! Je ne peux donner de crédit à la création de cette émission à personne d'autre qu'à moi. La dernière fois que j'ai laissé quelqu'un travailler d'aussi près sur un de mes projets, on me l'a volé pour le vendre à quelqu'un d'autre.

Le regard de Lyric s'adoucit quelque peu, mais son expression resta déterminée.

— J'en suis désolée pour toi, Josiah. Mais c'est une question de confiance. Si je dois te faire confiance pour mes produits, tu dois me faire confiance pour ton émission.

Ce qu'elle disait avait du sens, et il comprenait son point de vue. Mais il n'était pas pour autant disposé à tout accepter.

Il s'apprêtait à refuser quand l'image du visage narquois de Daniel Lambert lui traversa l'esprit.

Abe l'avait prévenu : s'il ne lui présentait pas un projet d'émission révolutionnaire, son ennemi juré aurait le poste.

Ne pouvant en aucun cas accepter ça, il tendit la main et attendit que Lyric la lui serre.

— Très bien. Je vais t'accorder un crédit de production. Ça marche ?

Un immense sourire illumina le visage de Lyric et, même s'il ne l'avouerait jamais, il aurait pu lui donner n'importe quoi pour un sourire comme celui-ci.

Elle lui prit la main et la secoua avec enthousiasme.

— Marché conclu. Et maintenant, si tu m'expliquais à quoi va ressembler cette émission.

— Attends un peu. Laisse-moi d'abord aller chercher quelque chose à boire. Je suppose que tu as du vin au frais ?

Elle hocha la tête et il se dirigea vers la cuisine. Quelques instants plus tard, il tendait un verre à Lyric et levait le sien.

— Aux nouveaux départs.

Elle sourit, leva son verre à son tour, et le cogna délicatement contre le sien.

— Aux nouveaux départs.

Elle pressa ses lèvres contre le bord, et l'esprit de Josiah s'enflamma, imaginant les marques rouge sang de son gloss, déposées un peu partout sur lui.

— Revenons-en à ma question, dit-elle. Comment envisages-tu cette émission ?S'efforçant toujours de bannir de son esprit les images interdites, Josiah but une gorgée de vin, espérant ainsi soulager sa gorge asséchée.

— Je veux conserver le concept de ta chaîne YouTube. Nous recréerons un studio semblable au tien. Tu auras un public, et tu t'adresseras à lui et aux téléspectateurs comme tu le fais avec tes f*ollowers*. Ce sera comme un journal visuel de toutes les choses que tu auras apprises dans ta quête d'une version améliorée de toi-même.

Elle se mordilla la lèvre, comme elle le faisait chaque fois qu'elle était nerveuse.

— Mais, je ne suis pas encore allée au bout de cette quête, protesta-t-elle. Tu ne penses pas que les téléspectateurs s'attendront à ce que j'ai réglé mes problèmes, avant de leur dire comment gérer les leurs ? Ça risque de ne pas marcher si tu t'ingénies à faire de moi une sorte de coach de vie.

Josiah posa son verre sur la table et glissa vers elle sur le canapé.

— Pas si nous stipulons que tu essayes toujours de te trouver. Le public découvrira tes progrès au fur et à mesure.

Distraitement, elle se mit à tapoter du bout des ongles le côté de son verre.

— Je ne vois toujours pas ce que tu as l'intention de faire. Explique-moi.

— Ce que j'aime à propos de ta chaîne, c'est que tu offres un autre regard sur la beauté et le bonheur. Tu encourages les gens à s'aimer comme ils sont, tout en leur montrant qu'ils peuvent, s'ils souhaitent autre chose, y travailler petit à petit. Dans un monde qui dit qu'une femme avec des rondeurs ne peut pas avoir confiance en son corps et en son sex-appeal, tu fais un pied de nez à ceux qui pratiquent la grossophobie et le *body-shaming*.

Il but une gorgée de vin avant de poursuivre.

— Tu es la preuve qu'une femme noire sensuelle, belle et intelligente n'a pas besoin de demander la permission d'être heureuse et sûre d'elle.

Il s'enthousiasma, mettant plus d'énergie dans son intonation.

— Franchement, les téléspectateurs vont adorer cette émission pour ton message, mais aussi parce que ton charisme fera que certains te désireront, tandis que d'autres désireront être toi.

Il sut que c'était un geste dangereux au moment où il l'accomplit, mais il ne put s'empêcher de lui prendre la main.

Lyric baissa les yeux vers leurs mains jointes, avant de planter son regard dans le sien, surprise et en attente d'une explication.

— Je suis désolé, dit-il. Je t'ai fait une promesse, et j'ai l'intention de la tenir.

Il voulut retirer sa main, mais elle la retint. Penchée vers lui, elle le dévisagea intensément. Dans ses yeux bruns s'était allumée une flamme ambrée qui l'appelait irrésistiblement.

Il fit appel à toute sa volonté pour ne pas bouger.

— Si tu continues à me regarder comme ça, je vais devoir me parjurer.

Posant la main sur le col de son T-shirt, elle murmura :

— Demain.

— Demain, quoi ?

— Nous pouvons démarrer officiellement notre accord demain. Mais ce soir…

Elle se rapprocha et lui caressa la mâchoire, provoquant une réaction immédiate de son corps.

— Ce soir, nous pouvons nous rassasier l'un de l'autre. Qu'en dis-tu ?

— Ce n'est pas malin, Lyric. J'ai envie de toi, mais ce n'est vraiment pas malin.

— Tu viens de m'expliquer combien tu me trouvais sexy. Tu pensais vraiment que je n'aurais pas envie d'avoir tes mains partout sur moi après ça ?

Le sourire de Lyric était vorace, et Josiah n'avait pas pour habitude d'être traité comme une proie.

D'un geste rapide, il la renversa en dessous de lui sur le canapé et la scruta, les hanches rivées aux siennes.

— Ce n'est pas un jeu, Lyric. Nous avons la possibilité de créer quelque chose de grandiose. C'est une opportunité exceptionnelle pour toi comme pour moi. Donc, tu as intérêt à savoir si tu peux gérer ça. Parce que je refuse que tu m'empêches d'accomplir mes rêves, même si j'ai terriblement envie de toi.

Il ferma un instant les paupières, essayant d'effacer l'image de l'excitation et du désir qu'il y avait dans les yeux de Lyric quand elle le contemplait.

Cherchant son souffle, il rouvrit les yeux et plongea à nouveau dans son regard fascinant.

— Si nous faisons ça, il ne faudra plus jamais que ça se reproduise. Nous sommes d'accord ?

Elle se redressa pour l'embrasser, mais il eut un mouvement de recul, bien qu'il ne rêve que de lui arracher son legging en cuir et de se perdre en elle.

— Nous sommes d'accord ?

Il devina la bataille qui se livrait en elle, tandis qu'elle se demandait si elle devait capituler.

Cet homme était un don du ciel !

Évidemment, elle le savait déjà. D'autant qu'elle ne cessait de se repasser mentalement le film de leur première étreinte.

Il n'était pas seulement doué. Il avait un talent fou.

À présent, il lui démontrait comment, rien qu'avec ses doigts, il pouvait la conduire à un orgasme exceptionnel, dont elle sentait déjà les prémices à travers les frémissements incontrôlés de son corps.

Le visage enfoui dans l'accoudoir du canapé, le poids ferme et palpitant du sexe de Josiah calé entre ses fesses, elle était déjà sur le point de basculer vers l'extase, tandis qu'il dessinait des cercles autour de son clitoris, en un geste si lent qu'il en était une torture.

Penché au-dessus de son dos, il lui murmura à l'oreille :

— C'est bien. Continue comme ça. Laisse-toi aller.

Elle n'avait pas besoin de ses encouragements. Son corps était une fournaise, qui ne demandait qu'à succomber au plaisir.

— Tu ne sais pas comme ça m'excite de te voir jouir comme ça.

Ses mots, la riche tonalité de sa voix, son souffle dans son cou… c'était trop.

Assommée par la violence de son plaisir, elle se sentait aussi molle qu'une poupée de chiffon tandis que déclinaient les derniers frissons de volupté qui la traversaient encore.

Le seul répit qui lui laissa fut le temps nécessaire pour qu'il sorte un préservatif de la poche de son pantalon, abandonné au sol, et s'en recouvre.

Protégé, il la pénétra lentement, et son corps se contracta spontanément autour de lui.

Jambes écartées, dos creusé, elle se pressa en arrière contre lui, le voulant aussi profondément que possible en elle.

Elle s'était à peine remise de son premier orgasme que, déjà, il l'entraînait vers de nouveaux sursauts de volupté.

Tendant le bras en arrière, elle s'agrippa à la cuisse de Josiah et enfonça les doigts dans sa peau. Elle n'avait pas l'intention de laisser des marques sur lui, mais elle avait besoin d'un support pour ne pas s'effondrer sous ses coups de reins puissants.

Elle essaya de se retenir, de garder un semblant de contrôle mais ses poussées s'étaient faites plus rapides, plus profondes.

Il n'y avait plus désormais qu'un moyen de mettre fin à cette torture.

Ses muscles se tétanisèrent. Son corps fut agité de soubresauts. Sa gorge devint douloureuse des cris brutaux de plaisir qu'elle laissait échapper sans retenue.

Josiah ne tarda pas à céder lui aussi au vertige trop longtemps contenu, et ce fut ensemble, en parfaite harmonie, qu'ils s'abandonnèrent.

Plus tard, tandis qu'elle retrouvait ses esprits, ses doutes revinrent en force. En promettant que ça ne se reproduirait plus, elle n'avait été honnête, ni envers Josiah, ni envers elle-même.

Il n'était pas question qu'elle renonce de son plein gré à un tel éblouissement des sens.

Elle voulait Josiah, et elle était décidée à ce que ça n'en reste pas là.

- 7 -

Lyric s'observa dans le miroir au-dessus de la vasque de la salle de bains principale, en essayant de comprendre ce qui s'était passé la veille.

Elle s'était dit, en quittant sa maison, que c'était juste un rendez-vous de travail. Délibérément, elle n'avait rien pris qui soit nécessaire à une nuit à l'extérieur, y compris son bonnet de satin.

C'était une décision qu'elle payait cher maintenant, tandis qu'elle contemplait les nattes qui s'étaient détachées de son chignon pendant la nuit.

Considérant toutes les façons dont ils s'étaient donné du plaisir – debout devant le miroir en pied de la chambre de Josiah, sur le tapis devant la cheminée, dans son lit et dans sa baignoire à jets –, elle pouvait s'estimer heureuse que ce soit les seuls dégâts faits à son style d'habitude impeccable.

Josiah avait tenté de la convaincre de s'ébattre sous la douche mais, sans bonnet de bain en vue, elle avait décliné et l'avait entraîné dans la chambre, où ils avaient continué à se toucher, à se titiller, et à se goûter mutuellement, jusqu'à ce qu'ils s'endorment, épuisés.

Elle se surprit à sourire tandis qu'elle actionnait le robinet pour mouiller ses doigts et plaquer ses cheveux en une apparence plus présentable.

Même s'il était risqué de donner ainsi libre cours à leur désir, elle ne se sentait pas le moins du monde coupable. Elle n'avait pas de regret.

Comment l'aurait-elle pu ? Il l'avait tenue captive de son propre plaisir et ne lui avait laissé aucun répit jusqu'à ce que la fatigue les emporte.

Après deux ans de célibat, il n'était pas question qu'elle se reproche d'avoir découvert que le sexe pouvait être aussi bon.

Quoi qu'il en soit, il était temps pour elle de se ressaisir. Ils avaient une émission à développer. Ses contrats de fabrication et de distribution en dépendaient.

Donc, même si elle mourait d'envie d'avoir à nouveau Josiah nu et dans ses bras, ça ne se produirait pas. En tout cas, pas tant qu'ils seraient en train de préparer l'épisode pilote.

Maudite soit Martha et son cœur de pierre !

Si sa belle-mère cessait de se comporter comme une enfant boudeuse et immature, elle verrait qu'il n'était pas nécessaire de choisir son camp. Ils formaient tous une seule et même famille, même si la matriarche s'appliquait à prendre ses distances avec le reste du clan Devereaux.

Elle quitta la salle de bains et s'aventura au rez-de-chaussée, où Josiah était appuyé contre l'îlot central de la cuisine et buvait dans un grand mug noir.

Lyric entra dans la cuisine, en tâchant d'afficher une expression neutre. Mais, quand elle vit la façon dont son T-shirt blanc et son caleçon en coton élasthanne gris moulaient son corps, il lui fut difficile de prétendre que ça la laissait indifférente.

— Je voulais…

— Lyric, je…

Ils sourirent tous les deux de cet échange maladroit.

— Toi d'abord, Josiah.

Il sortit un second mug d'un placard et la chercha du regard.

— Commençons par le commencement. Est-ce que tu veux du café ?

— Volontiers. Avec un peu de crème si tu en as.

Il se dirigea vers le réfrigérateur et en sortit un petit pichet de porcelaine, qu'il inclina au-dessus de la tasse pour y verser juste une touche de crème, avant de remplir celle-ci de café.

— La nuit dernière, dit-il, en déposant le chaud breuvage devant elle, la nuit dernière était exceptionnelle…

Elle but une gorgée de café et leva la main pour empêcher Josiah de continuer.

— Tu n'as rien à ajouter, Josiah. J'ai parfaitement compris que tu ne voulais plus jamais me toucher.

Il haussa un sourcil.

— Je n'ai jamais rien dit de tel.

— Tu as dit que tu ne voulais pas compromettre tes rêves en couchant avec moi. Ce n'est pas nécessaire d'en dire plus. Je ne suis pas contrariée, si c'est ça qui t'inquiète. Je comprends tout à fait.

— Lyric, si tu doutes que je te veuille dans mon lit, alors c'est que je n'ai pas fait mon travail aussi bien que je le pensais la nuit dernière.

Elle voyait que son agacement cédait place à la colère. Ses sourcils étaient froncés et ses épaules tendues.

— Tu sembles m'en vouloir, dit-elle, et je ne sais pas pourquoi. Est-ce que j'ai dit quelque chose de mal ?

Il chercha son souffle, passa la langue sur sa langue inférieure.

— Je ne suis pas en colère contre toi. Je suis simplement contrarié par la situation dans laquelle je me trouve.

— Si je nageais déjà en pleine confusion avant, je n'y comprends plus rien. De quoi parlons-nous, Josiah ?

Il souleva sa tasse et en vida le contenu d'un trait, puis il alla vers l'évier pour la rincer et la déposer sur l'égouttoir.

— Lyric, mon attirance pour toi est indéniable.

Lyric réalisa que sa voix suave lui donnait la chair de poule.

— Et si je ne me battais pas pour l'emploi de mes rêves, j'enverrais promener la règle que je me suis fixée de ne pas mélanger travail et vie privée. Mais je suis trop près de la réussite que j'ai toujours voulue pour renoncer maintenant. Ça fait quinze ans que je travaille d'arrache-pied pour devenir président d'une chaîne comme PBN. Une opportunité du même genre s'est déjà présentée, mais je l'ai laissée passer parce que j'étais trop concentré sur ma relation de l'époque. Je n'ai pas envie que ça se reproduise.

— De quoi est-il question exactement, Josiah ? Je ne vais pas me contenter de quelques bribes d'information. Je veux l'histoire dans son intégralité.

— Être dans une position où je pourrai changer les choses est capital pour moi. J'ai toujours voulu ouvrir les portes à d'autres créateurs afro-américains. Je veux que nous puissions raconter nos vraies histoires, sans qu'elles soient biaisées par des stéréotypes et des incompréhensions.

Il laissa échapper un soupir de frustration, qui ressemblait fort à du désespoir.

— Et quand j'arrive à l'instant précis où c'est presque possible, je dois choisir entre mes rêves et la femme dont je ne peux me rassasier.

Il s'interrompit quelques secondes, comme s'il cherchait ses mots.

— Je suis également contrarié par toute cette situation, parce que l'homme qui m'a volé le poste que je convoitais la dernière fois est également en concurrence avec moi cette fois-ci.

Il lui prit délicatement la main, et elle s'émerveilla qu'un homme aussi fort physiquement, et doté d'une autorité naturelle, soit capable de se montrer aussi tendre.

— Je te veux, Lyric. N'en doute jamais.

Il chercha son regard, et le sien était calme et stable.

— Mais je dois garder la tête froide tandis que j'essaye de créer cette émission. Je ne peux pas laisser mon désir pour toi me détourner de mon but.Ô combien elle le comprenait. Elle avait été une femme de devoir pendant vingt ans, entièrement dévouée à Randall. Elle avait aidé son mari à accomplir ses rêves, au détriment des siens propres. La gamme de produits de beauté et de soins du cheveu était une opportunité pour elle de ne plus dépendre de la famille Devereaux. Elle n'avait pas envie de les quitter. Simplement de leur montrer qu'elle aussi pouvait contribuer à la réussite du clan.

— Je comprends bien mieux que tu ne peux l'imaginer, Josiah. Et je pense que tu as raison. Nous devons nous concentrer sur l'émission.

Soudain, son téléphone, qu'elle avait laissé dans le salon la veille au soir, sonna. Elle alla le récupérer et observa le numéro inconnu qui s'affichait sur l'écran.

— Allô ? dit-elle, d'un ton prudent.

— Bonjour, Lyric. C'est Trey Devereaux. Jeremiah m'a donné ton numéro et m'a dit que je pouvais te joindre.

Lyric se réjouit en entendant la voix de sa cousine par alliance.

— Trey, ça me fait vraiment plaisir que tu m'appelles.

— Tu seras peut-être moins ravie quand tu sauras pourquoi.

— Dis toujours.

— J'ai renvoyé ma *wedding planner*, car elle ne semblait pas comprendre que c'était mon mariage et pas le sien. J'ai besoin de quelqu'un de toute urgence pour m'aider à préparer ce mariage. Jeremiah affirme que tu es une faiseuse de miracles dans ce genre de situations. Acceptes-tu de m'aider ?

Lyric compatissait. Organiser un mariage, surtout dans des délais aussi courts, était particulièrement stressant.

Mais, après ce qu'elle venait de dire à Josiah, il lui était impossible de s'en charger.

— Trey, je…

— Je t'en supplie, ne refuse pas. Jeremiah et moi ne nous en sortirons pas sans toi.

En percevant des bruits de pas, Lyric tourna la tête et vit que Josiah venait d'entrer dans le salon, l'air inquiet.

— Trey, je suis en train de démarrer un énorme projet et je n'aurai pas le temps de m'occuper de ton mariage.

Josiah se pencha à son oreille et lui demanda discrètement de mettre son téléphone sur « muet. »

— Trey, tu peux patienter une seconde ?

Quand il fut sûr que Trey ne pouvait pas les entendre, Josiah s'exclama :

— C'est peut-être exactement ce dont nous avons besoin.

— De quoi parles-tu ? Visiblement, tu n'as pas idée du travail que nécessite l'organisation d'un mariage.

— Nous n'avons pas encore évoqué le contenu de l'émission. C'est peut-être un signe du destin. Si nous faisions une série d'épisodes sur l'organisation d'un mariage élégant dans des délais très courts ? Nous pourrions expliquer au public toutes les étapes à suivre, en leur proposant des alternatives moins coûteuses s'ils ne viennent pas d'une famille de milliardaires. Nous ferions quatre épisodes consacrés aux préparatifs, et le cinquième serait le mariage lui-même. Les téléspectateurs seront fous. Les Devereaux sont comme les Windsor version Brooklyn. Nous allons décrocher la poule aux œufs d'or avec ce programme.

Paupières plissées, elle l'observa quelques instants, avant de reprendre la communication.

— Trey, désolée de t'avoir laissée en attente aussi longtemps. J'ai une proposition à te faire. Est-ce que J et toi pouvez me retrouver pour dîner ? Je viendrai avec un associé.

— Pas de problème. David est avec Ace, et Amara doit

passer la soirée avec eux. Nous pouvons nous retrouver au Harriett, à la marina. Puisque l'immeuble appartient à mon père, ma famille y a table ouverte. 19 heures, ça te va ?

— Laisse-moi vérifier avec mon associé. Patiente encore une seconde, s'il te plaît.

Elle mit à nouveau son téléphone sur « muet », et se tourna vers Josiah, qui semblait bouillir d'impatience.

— Tu es d'accord pour dîner avec Trey et Jeremiah ce soir, à 19 heures.

— Absolument.

Elle confirma à Trey, qui la remercia à profusion, et mit fin à l'appel.

Partagée en anxiété et enthousiasme, elle se tourna vers Jeremiah, qui se frottait les mains tel un maquignon ravi de sa bonne fortune.

— C'est bien parti pour les Daytime Emmys.

— Ne te réjouis pas trop vite, dit-elle. Ils n'ont pas encore accepté.

— Si elle est aussi désespérée qu'elle en a l'air, je doute qu'elle laisse passer cette chance.

Un sourire satisfait étira les lèvres de Josiah.

— J'ai su, au moment où j'ai posé les yeux sur toi, que tu allais faire de cette émission un succès. Ce mariage ne fait que confirmer ce que je savais déjà.

— Ah oui ?

Elle se rapprocha, le fixant intensément.

— Quoi donc ?

— Que tu es la meilleure.

— Donc, tu veux filmer notre mariage comme un vidéaste ? Pourquoi ?

Observant la confusion qui assombrissait le joli minois de Trey, Josiah rit de bon cœur. Il comprenait pourquoi la franchise de la jeune femme plaisait tellement à son meilleur ami. C'était probablement rafraîchissant pour un homme habitué aux illusions et aux mensonges qui pavaient le monde des affaires.

— TLC avait une émission qui s'appelait *A Wedding Story*, où on découvrait sommairement l'histoire du couple avant leurs fiançailles. Puis les coulisses de l'organisation étaient filmées, et le public découvrait comment tout prenait forme pendant la cérémonie et la réception. Nous proposons la même chose, mais sous la forme d'un feuilleton en cinq épisodes, qui montrera au monde votre romance échevelée et votre mariage hors de prix.

Jeremiah éclata de rire.

— Comment sais-tu que ça sera hors de prix ? La cérémonie aura lieu dans le salon familial, et la réception dans le jardin.

— Mon ami, dit Josiah, d'un ton de reproche, ta maison familiale est un manoir. Et si cet énorme diamant noir, qui pèse une tonne au doigt de Trey, est une quelconque indication, je suis sûr que tu vas te délester de quelques pièces pour cette journée.

Trey n'essaya même pas de prétendre qu'il avait tort. Au contraire, elle agita la main avec désinvolture, comme si le sujet était sans importance, confirmant ainsi qu'il avait vu juste.

— Et qu'avons-nous à y gagner ?

La question de Jeremiah était légitime. C'était un personnage public. Étaler sa vie privée pouvait avoir des conséquences embarrassantes.

— Écoute, vous êtes tous les deux comme la famille royale de Brooklyn. La seule raison pour laquelle vos fiançailles n'ont pas été révélées, c'est parce que tout est allé très vite. Mais les paparazzis vont comprendre à la seconde où vous commanderez des nappes en lin pour la réception. Si nous filmons, nous leur couperons l'herbe sous le pied, tout en montrant la famille Devereaux sous un jour sympathique, et en mettant l'accent sur tes affaires.

Jeremiah et Trey échangèrent un bref regard, où passa toute leur complicité, leur compréhension et leur amour.

— C'est d'accord, dit Jeremiah. La seule chose que je demande, c'est de laisser Ace loin des feux des projecteurs. Je ne veux pas que le monde fasse des gorges chaudes de son apparence, comme s'il était un phénomène de foire.

— Exactement, renchérit Trey. La bataille que mon grand-père mène contre la maladie est privée, et ça doit rester ainsi. Si vous pouvez nous promettre de respecter son intimité, vous avez notre accord.

Jeremiah plaça un bras protecteur autour des épaules de Trey et lui donna une accolade réconfortante. Même en étant concentrés sur leur amour, ils protégeaient le patriarche.

Une goutte de tristesse fit onduler la piscine de joie dans laquelle Josiah nageait jusqu'alors. Il ne pouvait qu'essayer de deviner à quoi ressemblait ce genre dévotion de la part d'un partenaire de vie. Car, à ce jour, il n'avait jamais connu cela.

— Eh bien, maintenant que tout est réglé, dit Trey, je crois que je vais aller rafraîchir mon maquillage.

— Je me demande à quoi bon, rétorqua Jeremiah, car je vais te l'enlever aussitôt en te noyant de baisers.

— Hé ! protesta Josiah. Je sais que vous êtes amoureux, mais vous pourriez avoir pitié pour ceux d'entre nous qui sont encore pitoyablement célibataires.

— Parle pour toi, protesta Lyric. Je suis peut-être veuve, mais je n'ai rien de pitoyable.

Josiah ne put s'empêcher d'envelopper ses courbes généreuses d'un regard appréciateur.

— Désolé, dit-il. Tu as tout à fait raison.

Elle cilla, et le désir qui s'était un instant allumé dans ses yeux disparut, rompant le sortilège. Puis elle se tourna vers Trey.

— Je crois que je vais t'accompagner.

- 8 -

Josiah suivit Lyric des yeux, tandis qu'elle disparaissait dans la foule.

— Je n'y crois pas ! Tu es vraiment en train de lorgner ma cousine sous mes yeux.

Josiah détacha son regard de la pulpeuse silhouette de Lyric, et reporta son attention sur Jeremiah.

— J'aimerais bien mentir et te dire que tu te trompes…

Il haussa les épaules.

— Elle est splendide, J. Et intelligente. Et sexy comme tout.

— Tout doux, dit Jeremiah, en levant les mains, comme pour se protéger. On va éviter les détails. Elle fait partie de ma famille.

— C'est une femme adulte, Jeremiah. Elle est même plus âgée que toi. Je n'ai rien fait auquel elle n'a pas consenti.

— Tu réalises que j'étais sérieux en promettant de te botter les fesses si tu touchais à Lyric ?

Josiah haussa un sourcil, tandis qu'il sirotait une gorgée de vin.

— Tu peux toujours essayer. Mais, si mes souvenirs du lycée sont exacts, nous sommes à peu près à forces égales.

Jeremiah se cala contre son dossier et, du bout des doigts tapota nerveusement le plateau de la table.

— À quoi tu joues, vieux ? Je t'ai demandé de ne pas lui mettre la pression.

— Jeremiah, cette attitude surprotectrice a cessé

d'être drôle, il y a deux secondes. Alors, avant que l'un de nous deux dise quelque chose qu'il ne pourra pas retirer, dis-moi ce qui se passe. Pourquoi ça t'inquiète autant que je m'intéresse à elle ?

Jeremiah porta son verre à ses lèvres et le vida d'un trait.

— Elle a vécu des choses très dures, Josiah. Elle n'a pas besoin d'un type qui ne pense qu'à s'amuser et à profiter d'elle.

— D'accord, là je suis offensé !

Il avait prononcé ces mots entre ses dents serrées.

— Depuis quand tu me vois comme un salaud qui joue avec les émotions des femmes juste pour coucher avec elles ? Ce n'est pas parce que je ne cherche pas une relation durable que je me comporte mal avec mes conquêtes. Pourquoi tu m'agresses comme ça ?

Jeremiah leva les mains en signe de reddition.

— Désolé, Josiah. Ce n'était pas mon intention.

Josiah soupira.

— C'est quoi l'histoire, J. Pourquoi es-tu aussi paternaliste avec Lyric ?

— Même si elle a quatre ans de plus que moi, nous sommes arrivés dans la famille Devereaux à peu près à la même époque. Nous étions les deux outsiders, et nous avons créé des liens. Lyric avait vingt ans de moins que Randall. C'était un homme charmant, mais il était tyrannique avec elle. Il la traitait comme une princesse dans une tour de cristal et ne voulait pas qu'elle descende du piédestal où il l'avait placée pour s'épanouir par elle-même. Ça fait deux ans qu'il est mort, et elle a fait un travail énorme pour se prendre en charge et devenir indépendante. Je ne voudrais pas qu'elle se replie sur elle-même si les choses ne marchaient pas entre vous.

— Je comprends que tu veuilles veiller sur elle, mais elle est capable de prendre ses propres décisions. Je pourrais mentir et te dire qu'elle ne me plaît pas. Mais elle est tout ce que je recherche chez une femme et, en d'autres circonstances, j'aurais tout fait pour attirer son attention. Mais, nous travaillons ensemble, et tu sais que je ne mélange pas les affaires et la vie privée.

Jeremiah l'observa attentivement, comme si des pièces s'assemblaient dans son esprit.

— Tu dois savoir qu'elle n'est pas comme Bianca.

— Je n'ai pas dit cela. Mais je me suis fixé une règle, et je m'y tiens. Je ne suivrai plus jamais ce chemin-là.

Lyric appliqua un peu de poudre compacte sur son visage pour le matifier. Puis elle vérifia si elle avait besoin de rafraîchir son blush, mais sa peau avait déjà une tonalité pourpre.

Si elle cessait de penser à la façon dont Josiah l'avait regardée à table, peut-être que cette rougeur ridicule disparaîtrait.

Trey sortit des toilettes et se lava les mains. Tandis qu'elle prenait une serviette en papier, elle se tourna vers Lyric, avec un grand sourire.

— Bon, commença-t-elle, je sais qu'on ne se connaît pas encore très bien, mais j'aimerais bien qu'on passe le stade un peu embarrassant où on fait connaissance, et qu'on saute directement à l'étape où la cousine indiscrète se mêle de tes affaires.

Lyric ne put s'empêcher de rire. Trey était aussi directe que Jeremiah l'avait dit et, d'une certaine façon, elle trouvait ça charmant.

— Bien sûr. Que veux-tu savoir ?

— Depuis combien de temps tu sors avec ce type splendide ?

Lyric sentit son visage s'enflammer et baissa les yeux, se sentant plus comme une adolescente parlant de son dernier coup de cœur, que comme une femme adulte.

— Je ne suis pas sûre de comprendre.

Lorsque Trey croisa les bras et haussa un sourcil, l'air suspicieux, Lyric sut qu'elle ne pourrait pas maintenir la ruse plus longtemps.

— Quand on voit la façon dont Josiah te regarde, il est évident qu'il est très épris de toi. Tu ne l'as pas remarqué, ou il ne t'intéresse pas ?

— Crois-moi, je l'ai remarqué. C'est difficile de ne pas prêter attention à un homme comme lui.

— Et alors ? Où est le problème ? C'est Jeremiah ? Je sais qu'il est très protecteur avec toi. Mais j'espère que tu ne le laisseras pas t'empêcher de vivre ta vie.

Lyric haussa les épaules.

— Josiah me plaît. Surtout au lit.

— Je le savais !

Trey leva la main et poussa un cri de joie quand sa cousine plaqua sa paume contre la sienne.

— Tu es une sacrée veinarde. Il y a un truc vraiment intense chez lui. Impossible qu'il ne soit pas doué au lit.

Elle rit de sa propre plaisanterie.

— Bon, il est beau, riche, célèbre, et il sait comment te satisfaire. J'ai du mal à voir où est le problème.

— C'est à cause de l'émission sur laquelle nous travaillons. Nous avons fait connaissance au Legacy Ball et avons décidé d'être amis, et plus si affinités. Tout ce passait bien jusqu'à ce que Martha annule mon contrat de fabrication pour ma ligne de cosmétiques et soins du cheveu.

Trey s'était crispée en écoutant Lyric. De toute évidence,

la mention de Martha et de ses agissements ne réjouissait pas la nouvelle directrice générale de Devereaux Inc.

— En échange de mon accord pour présenter sa nouvelle émission, il m'offre un nouveau contrat de fabrication, reprit Lyric. Ce qui est vraiment une bonne chose. Mais, il s'est fait une règle de ne pas coucher avec les femmes qui gravitent dans sa sphère professionnelle. Et, après avoir passé du bon temps avec moi, il freine maintenant des quatre fers.

Trey croisa les bras et cala une hanche contre le lavabo.

— D'abord, si tu veux récupérer ton contrat, ce sera un jeu d'enfant pour moi.

— Je sais, mais ta relation avec Martha est déjà fragile. Si tu contrecarres sa décision, ça ne fera qu'empirer les choses. Et, entre tes nouvelles responsabilités et ton mariage, tu n'as pas besoin de stress supplémentaire.

Trey posa une main sur son épaule.

— Crois-en mon expérience, il ne faut jamais faire passer les affaires avant les gens qui comptent pour toi. Si la seule raison pour laquelle tu renonces à Josiah est le travail, je peux faire en sorte que tu n'aies pas à choisir entre ton bonheur de femme et ta réussite professionnelle.

Lyric était heureuse de cette conversation avec sa cousine, et son soutien lui faisait chaud au cœur.

— Nous allons être plus que des cousines, Trey, affirma-t-elle. Nous serons des sœurs.

Trey lui offrit un grand sourire radieux.

— C'est très important pour moi de savoir que tu me soutiendras si j'en ai besoin. Mais, honnêtement, j'ai passé trop de temps sous la coupe de la famille Devereaux. Il est temps que je déploie mes ailes, et que je fasse quelque chose par moi-même.

Trey hocha la tête.

— Si c'est ce que tu veux, tu auras tout mon soutien.

Mais laisse-moi te confier quelque chose. Quand Jeremiah est venu me chercher, alors qu'Ace et mon père étaient brouillés depuis des années, j'avais pour projet de dépouiller Ace de sa compagnie. Quand j'ai appris à connaître mon grand-père, et que je suis tombée amoureuse de Jeremiah, tout a changé, évidemment. Mais, avant que j'aie pu tout avouer, Martha a découvert le pot aux roses et a prévenu Jeremiah.

Lyric observa Trey en silence. Elle ignorait tout de cela.

— Si Jeremiah et moi avons trouvé un moyen d'être ensemble, après ma tentative de prendre le contrôle de Devereaux Inc après une OPA hostile, je pense que Josiah et toi pouvez faire fonctionner votre relation.

Trey posa gentiment sa main sur le haut du bras de Lyric.

— Parce que tu sais, ma belle, quand un homme te regarde comme Josiah te regarde, il déplacera des montagnes pour t'avoir. Autant t'y préparer.

Trey n'avait pas tort. Et Lyric n'était pas aussi inquiète qu'elle aurait dû l'être à l'idée que Josiah bafouerait sa propre règle et la toucherait à nouveau.

Parce que, quand il la touchait, il lui semblait que tout dans le monde était à sa place, et que rien de mal ne pouvait lui arriver.

- 9 -

— Et… coupez ! C’est terminé pour aujourd’hui.

Dans un coin du studio de Lyric, Josiah assistait à la fin de la première journée de tournage. Elle le laissait sans voix, se fondant dans cette production à grande échelle comme un poisson dans l’eau. Il était quant à lui préoccupé, mais la décision de tourner l’épisode pilote chez elle aidait à réduire un peu sa nervosité.

Tourner ses contenus pour YouTube n’avait rien à voir avec tout ceci. Pour commencer, personne d’autre n’était impacté par sa capacité à porter le show quand elle était seule. À présent, toute une équipe dépendait de la qualité de sa prestation.

Et elle avait été excellente. De la lecture du prompteur avec conviction et naturel à la compréhension des changements d’angle de caméra, tout semblait être un jeu d’enfant pour la nouvelle présentatrice télévisée.

Il resta à l’écart jusqu’à ce que l’équipe s’en aille, et qu’ils ne soient plus que tous les deux. Quand le profond regard brun de Lyric croisa le sien, il applaudit bruyamment.

— Tu as été incroyable. La caméra t’adore, et tu es une professionnelle accomplie. Tu nous as donné exactement ce que nous voulions.

Elle rit doucement.

— Ça me ravit que tu penses ça. J’avais peur d’avoir l’air ridicule et maladroite à l’écran.

Elle secoua les mains et fit pivoter son cou plusieurs fois pour se détendre.

— Je suis contente que ce soit terminé. Maintenant, je vais aller me reposer.

— Pas encore. Nous avons du travail de postproduction à faire. Il faut finaliser le plan de tournage pour la semaine, et s'assurer que l'organisation du mariage se déroule sans anicroche pendant les quatorze prochains jours.

Elle soupira.

— Tu peux me rappeler pourquoi j'ai accepté de faire ça ?

— Peut-être parce que tu es une cousine formidable, et que tu as envie d'offrir à Jeremiah et à toute la famille un moment heureux qui leur laissera un beau souvenir.

— Jeremiah a de la chance que je l'adore.

— Crois-moi, il apprécie tes efforts. Et moi aussi. D'ailleurs, j'aimerais te le prouver.

Lyric croisa les bras et lui adressa le plus sexy des sourires.

— Je croyais que tu avais dit que nous ne le ferions plus.

— Il n'est pas question de cela, mademoiselle la maligne. Je pensais plutôt à commander un repas Quelque chose en particulier te ferait plaisir ?

— Des sushis.

— Yamashiro sur Myrtle Avenue, ça te va ?

Elle hocha la tête avec enthousiasme.

— Absolument. Choisis ce que tu veux sur leur menu, j'aime tout.

Elle se dirigea vers l'escalier.

— Je vais me démaquiller. J'en ai pour quelques minutes.

Tandis qu'elle montait les marches, il profita pleinement de la vue sur ses courbes généreuses, avant d'attraper son téléphone pour appeler le restaurant et passer commande.

Quand ce fut fait, il prit sa mallette posée à côté du canapé, en sortit sa tablette et contrôla les choses qu'il leur restait encore à faire.

Il y travailla jusqu'à ce qu'il entende la sonnette. Il ouvrit au livreur et paya, en lui laissant un généreux pourboire, puis il disposa la nourriture sur la table basse.

Se demandant où était passée Lyric, il consulta sa montre. Ça ne prenait pas autant de temps de retirer un maquillage de télévision. Quoiqu'il ne soit pas un spécialiste, étant rarement devant les caméras. Son domaine, c'était la création.

— Désolée d'avoir été aussi longue.

Le son de sa voix lui fit tourner la tête, mais la voir faillit stopper net son cœur. Elle portait un legging noir, et un T-shirt à une épaule frappé du slogan « ronde et sexy ».

Rien ne pouvait être plus vrai. C'était exactement ce à quoi il pensait quand il ne comprenait pas pourquoi il ne pouvait oublier cette femme.

— J'avais juste besoin de me détendre un peu après une journée aussi frénétique. Je ne me sens jamais vraiment moi-même avant d'avoir pris une douche et enfilé des vêtements d'intérieur.

Pense au travail, Josiah. C'est tout ce qui importe.

Il s'éclaircit la gorge et désigna les conteneurs sur la table.

— Il y a un peu de tout : California rolls, boîtes bento, teriyaki, tempura de légumes…

Il lui tendit des baguettes, qu'elle prit en lui adressant un grand sourire, avant de s'asseoir à côté de lui.

— Alors, où est cette tablette qui ne te quitte jamais ? Je suis étonnée de ne pas la voir.

Josiah se pencha sur la table basse, poussa quelques sacs vides de livraison, et récupéra sa tablette.

— Nous sommes en avance sur la programmation, et c'est parfait comme ça. Il faut avoir terminé à la fin de la semaine prochaine, à cause des Emmys. Tout se passe bien pour le moment, mais on ne sait jamais ce qui peut arriver quand on démarre une production avec une marge de manœuvre aussi courte. Sans compter qu'il s'agit du mariage de mon meilleur ami, et que je veux que tout soit parfait.

Il lui tendit la tablette, et elle posa ses baguettes pour la prendre. Ce faisant, les doigts de Lyric effleurèrent les siens. C'était parfaitement innocent, mais son rythme cardiaque s'accéléra, et un afflux brutal de sang se déversa dans ses veines.

— Tu prends vraiment ton rôle de garçon d'honneur au sérieux, on dirait.

— Bien sûr. Jeremiah et moi avons toujours été là l'un pour l'autre. Même quand nous étions rivaux au lycée. Nous nous battions entre nous, mais nous ne laissions personne d'autre s'en prendre à l'un ou à l'autre. Nous avions un respect mutuel qui surpassait notre rivalité. Et finalement, nous sommes devenus véritablement amis.

— C'est curieux que nous connaissions Jeremiah depuis le même nombre d'années, mais que nous nous rencontrions seulement maintenant, parce qu'il va épouser Trey.

— C'est à ça que servent les mariages, non ? À réunir tous les proches du couple.

— Dans l'idéal, oui. Mais, ça ne se passe pas toujours comme ça.

— Tu parles d'expérience ?

Cette question la fit rire.

— Ma belle-mère n'était pas franchement ravie quand Randall m'a présentée comme sa fiancée. J'étais trop jeune, trop inculte et trop pauvre pour épouser son fils adoré. À l'époque, Ace et son fils Deuce étaient fâchés à mort, et elle espérait faire de Randall l'héritier du trône Devereaux. Ça passait par un mariage avec une femme ayant le bon pedigree. Le fait que j'avais vingt ans de moins que lui ne lui plaisait pas non plus. Disons que son opinion de moi a rendu l'organisation du mariage pénible et stressante.

— Qu'en disait ton mari ?

La tristesse assombrit les yeux de Lyric.

— Que devenir une Devereaux exigeait des sacrifices, en particulier celui de vivre en étant constamment scrutée. Si je ne pouvais pas gérer sa mère, alors je ne serais pas à la hauteur de mon rôle d'épouse, tel qu'il le concevait.

— Si je devais me marier, ma femme n'aurait pas à changer qui elle est pour plaire à ma famille. Si je l'ai choisie, c'est que j'avais mes raisons. Et la seule opinion qui doit primer, c'est la sienne.

Il lui tendit la bote bento mais, en la voyant immobile et pensive, il se demanda s'il n'était pas allé trop loin.

— Oublie ce que j'ai dit. Je ne voulais pas dénigrer feu ton mari.

— Tu n'as pas à t'excuser, dit-elle, en posant la boîte sur ses genoux. J'aurais tout donné pour entendre Randall me dire quelque chose comme ça pendant notre mariage.

Elle baissa les yeux tandis qu'elle prenait les baguettes et s'attaquait à la nourriture.

— Être une Devereaux n'est pas aussi glamour que le monde extérieur pourrait le penser. Ace et David ont toujours été adorables avec moi. De même que Jeremiah, Amara, et mon beau-frère, Stephan. Mais j'ai toujours pensé qu'ils avaient tous une antisèche sur la façon de se comporter en public, pendant que je me battais pour réussir mon examen de passage.

— Je ne peux imaginer une situation où tu ne sois pas la femme la plus resplendissante de la pièce. Quels que soient les critères pour être une Devereaux, je suis certain que tu les remplis sans problème, et même que tu les dépasses.

Les lèvres de Lyric se retroussèrent en un lent sourire, et il fit aussitôt de même, souriant comme un benêt.

Que lui arrivait-il ? Il avait grandi à la dure dans les

rues de Brooklyn. Où étaient la dureté et le quant-à-soi que seuls possédaient ceux qui étaient nés à Brooklyn ?

— Vous êtes un charmeur, monsieur Manning.

— Je dis simplement la vérité.

La subtile rougeur sous la peau de Lyric attisa le désir qu'il avait d'elle.

— Tu as déjà été marié, Josiah ?

Il sentit son sourire s'évanouir. Toute évocation de Bianca avait le don de lui scier le moral.

— Tu n'es pas obligé de répondre, s'empressa d'ajouter Lyric.

— Il n'y a pas de raison. Puisque je me mêle de ta vie, autant que je partage un peu de la mienne.

Il saisit un California roll avec ses baguettes et le glissa dans sa bouche. Quitte à parler de son ex, autant prendre des forces avant.

— Je n'ai jamais été marié, mais j'ai failli l'être. J'étais avec une femme depuis quatre ans. J'avais prévu de faire ma demande dès que j'aurais eu ma promotion. Mais ça ne s'est pas passé comme ça.

— Pourquoi ? s'enquit Lyric.

Elle s'était penchée, lui accordant toute son attention.

— Tandis que je planifiais notre avenir, mon ex couchait avec mon concurrent et me volait le script d'une nouvelle émission que je voulais présenter aux décideurs du studio. Elle lui a tout raconté dans le détail, lui a passé mes notes, et ils ont présenté le projet la veille du jour où j'avais prévu de le faire. Elle est devenue la présentatrice vedette de l'émission, et il a obtenu le poste de producteur exécutif qui aurait dû me revenir.

— Oh ! mon Dieu, Josiah ! Est-ce que tu as pu prouver ce qu'ils avaient fait ?

— Non.

Il secoua la tête, essayant de déloger la vieille douleur qui s'accrochait à lui.

— En fait, c'est mon concurrent qui m'a accusé de l'avoir plagié. J'ai été renvoyé, et aucun autre studio n'a voulu m'engager. J'ai dû monter ma compagnie à partir de rien, la développer, faire en sorte qu'elle ait plus de succès que toutes les autres sociétés de production…

— Et ce type qui t'a volé ta réputation, ton travail et ta fiancée, se trouve à nouveau en compétition avec toi pour la présidence de PBN ?

— Exactement.

Elle hocha lentement la tête, prenant la mesure de ce qu'il venait de lui dire.

— C'est aussi pour ça que tu n'as pas voulu me donner un crédit de production dans l'émission.

— Ça n'avait rien de personnel, Lyric. Depuis que cette histoire m'est arrivé, la seule façon que j'ai trouvée de protéger ma propriété intellectuelle, c'est de garder mes atouts dans ma manche.

Ce n'était pas le seul enseignement qu'il avait tiré de cette mésaventure. Bianca l'avait aussi incité à enfermer son cœur dans un coffre blindé et à jeter la clé.

— Je suppose que ta clause de non-fraternisation est née aussi de cette terrible expérience.

Josiah se contenta de hocher la tête.

Elle était un peu trop douée pour lire en lui. Ça aurait dû le mettre mal à l'aise. Mais, au lieu de l'inciter à prendre ses distances, la capacité qu'avait Lyric de comprendre qui il était vraiment lui donnait envie de se réfugier sous son aile.

Et c'était exactement pourquoi il devrait prendre ses jambes à son cou.

C'était ce qu'il y avait de plus intelligent à faire. Il n'était pas habitué à céder un pouce de pouvoir. Pas depuis le fiasco avec Bianca, en tout cas. Mais il semblait être incapable de refuser quoi que ce soit à Lyric.

— Je comprends, reprit-elle, d'un ton attristé. Mais ça ne veut pas dire que je n'aimerais pas que tu changes d'avis. Parce que les rares fois où nous avons été ensemble ne me suffisent pas.

Elle balaya sa remarque d'un geste de la main.

— Mais, peu importe ce que je veux. Je respecte ta décision.

Cette réponse aurait dû le satisfaire. Le soulagement aurait dû l'envahir comme une cascade se déversant dans un cours d'eau. Et pourtant, jamais il n'avait été aussi triste d'obtenir ce qu'il voulait.

- 10 -

— Je n'en reviens pas de voir mon vieux pote comme ça.

Lyric suivit le regard de Josiah, et découvrit Jeremiah et Trey en train de danser au milieu du toit-terrasse où étaient réunis la famille et les amis.

— Tu veux dire, heureux ?

— Non, gémit-il, en secouant la tête. Faire l'impasse sur son enterrement de vie de garçon. C'est n'importe quoi !

— C'est comme ça que les fiancés voulaient célébrer la fin de leur vie de célibataires. Fais-toi une raison. Il n'y aura pas de strip-teaseuses qui viendront se trémousser sous ton nez.

Lyric frissonna soudain et serra les bras autour de sa taille.

— Tu as froid ? Bien que nous soyons en été, il peut faire froid le soir, à cause de la proximité de l'eau.

— Je sais. Je crois que je ne m'en suis pas rendu compte, dans l'effervescence des préparatifs.

Il frotta lentement ses bras nus pour les réchauffer.

— Tu as une veste ?

— Un châle. Il est dans ma voiture. Je vais descendre vite fait le chercher.

Reculant d'un pas, il baissa les yeux vers ses Jimmy Choo à bouts ouverts et talons vertigineux, avant de capter son regard.

— Ces chaussures ne sont pas faites pour dévaler un escalier. Donne-moi ton ticket de voiturier, je vais aller te chercher ton châle. Qu'est-ce que tu conduis ?

— Un coupé Mercedes Classe S gris argent.

Josiah hocha la tête et glissa soigneusement le ticket dans la poche intérieure de sa veste.

Au moment de se tourner pour s'en aller, il lui prit la main et lui adressa un sourire sincère.

— Si je ne te l'avais pas encore dit, j'apprécie vraiment tout le mal que tu t'es donné afin de préparer ce fabuleux événement pour Trey et Jeremiah. Tout ce bonheur que tu soulignais tout à l'heure, c'est grâce à toi. Ils ont de la chance tous les deux de t'avoir.

Ce n'était pas le premier événement semi-formel que Lyric organisait de façon impromptue. Mais c'était la première fois qu'elle recevait un compliment aussi sincère et chaleureux. Ces autres événements étaient pour les associés de Randall. Ils étaient impersonnels et compassés.

Ce soir, c'était différent. Il s'agissait de faire plaisir aux personnes qu'elle aimait le plus. Et, pour une raison qu'elle ne s'expliquait pas, cela ne lui semblait pas étrange de compter Josiah parmi elles.

Il lui adressa un petit clin d'œil avant de disparaître dans la foule, et elle soupira comme une adolescente énamourée.

Elle savait que son attirance pour Josiah ne trouverait pas d'aboutissement tant qu'ils travailleraient ensemble. Mais ce soir elle avait envie de l'oublier et de se laisser porter par la féerie du moment.

Non, ce n'était pas réel. Et alors ? Il serait toujours temps d'affronter la réalité demain.

Josiah ouvrit la voiture de Lyric et vit le châle sur le siège passager. Il le souleva et le porta à son nez, en inhalant profondément pour se griser de son parfum

Tu sais qu'il faut être sacrément mordu pour respirer le vêtement d'une femme dans un parking.

Ignorant la petite voix dans sa tête, il rit de lui-même. Il était trop heureux ce soir pour se prendre au sérieux.

Il aurait aimé se convaincre que le bonheur de Jeremiah était la raison de sa bonne humeur. Mais il savait à qui il devait cet état d'esprit léger et joyeux : à la femme magnifique qui avait aidé à organiser cette réception.

Elle était vraiment extraordinaire. Jamais il n'aurait espéré rencontrer une femme comme elle.

Qui essayait-il de tromper par ces mots ? Dans un monde parfait, elle serait tout ce qu'il désirait chez une femme : sexy, intelligente, drôle, compatissante. Et leurs précédentes étreintes n'avaient apparemment pas suffi à étancher la soif qu'il avait d'elle.

Mais si cette émission obtenait le feu vert – et il était certain que ce serait le cas –, Lyric aurait un contrat de présentatrice pour une saison complète. Ce qui voulait dire qu'il devrait garder ses distances.

Il verrouilla la voiture, restitua la clé au voiturier et retourna vers le restaurant. Il était presque devant la porte, quand il entendit une voix féminine l'appeler.

— Josiah ? C'est toi ?

Il s'arrêta net.

— Bianca ? Que fais-tu ici ?

Grande et d'une minceur de mannequin, avec un teint de miel qui resplendissait même sous le faible éclairage, Bianca Larson se tenait devant lui, dans toute sa beauté altière.

Pendant un bref instant, il se rappela leur rencontre à une soirée professionnelle. Elle était la plus belle femme de l'assemblée, et il avait continué à le penser pendant les quelques années qu'avait duré leur liaison, jusqu'à ce que son comportement hideux amoindrisse l'impact de son apparence.

— Je suis à l'hôtel.

Elle désigna la tour adjacente au restaurant.

— J'ai une kyrielle de conférences de presse pour le lancement de la nouvelle saison de ma série.

Elle lui adressa un sourire séducteur, tout en balançant sa longue chevelure en arrière et en battant des cils.

— Est-ce que tu vas à l'intérieur ? Ça fait quinze minutes que j'essaye de rentrer, mais l'hôtesse prétend que tout le restaurant a été privatisé. Je suis une célébrité, bon sang ! Ils ne comprennent donc pas qu'en me faisant rentrer ils rehausseront le niveau de leur établissement ?

Et voilà la Bianca qu'il avait toujours connue.

— Oui, je vais à l'intérieur. Mon meilleur ami et sa fiancée donnent une soirée combinée d'enterrement de vie de célibataires. Ils ont loué l'endroit pour la soirée.

— Génial. Tu vas pouvoir me faire entrer.

Josiah secoua la tête.

— Désolé, c'est une soirée privée. La famille et les amis uniquement.

Bianca se rapprocha de lui, plaquant un sourire mielleux sur ses lèvres luisantes de gloss rose, tandis qu'elle faisait courir un doigt le long du col de sa chemise.

— Josiah, la journée a été épuisante. Tout ce que je veux, c'est prendre un verre, installée sur une chaise longue au bord de l'eau. Vous pourrez continuer votre petite soirée dans votre coin. Vous ne me remarquerez même pas.

Il repoussa sa main et recula.

— Bianca, comme tu viens de le dire, tu es une célébrité. Tout le monde te remarquera. Et cela détournera l'attention de cette heureuse occasion que mes amis sont en train de fêter. Ce ne serait pas juste pour eux.

Soudain, le sourire de façade de Bianca s'évanouit.

— J'aurais dû savoir que ça ne servirait à rien de te demander de l'aide. Tu as toujours été un trouillard et un conformiste.

Josiah sentit monter la colère dans sa poitrine. Depuis le début, Bianca avait su appuyer là où ça faisait mal pour le faire sortir de ses gonds. Et, apparemment, elle possédait toujours ce don.

Il s'apprêtait à lui livrer le fond de sa pensée, quand la douce étoffe du châle de Lyric entre ses mains le rappela à la réalité. En sachant qui l'attendait, sa colère s'évapora.

— Tu sais quoi, Bianca, dit-il, en esquissant un sourire, passe une bonne soirée.

Lyric sortit du restaurant, cherchant Josiah. Il était parti depuis trop longtemps, et la brise soufflait de plus en plus fort.

Elle tournait la tête vers le voiturier, quand elle vit Josiah en pleine conversation avec une femme, qu'elle reconnut aussitôt comme étant la star de télévision Bianca Larson.

Quelque chose n'allait pas dans cette scène. Non que Josiah n'eût pas le droit de parler avec une belle actrice. Après tout, il était producteur de télévision, et il était entouré de belles actrices ou présentatrices. Mais quelque chose dans sa posture suggérait qu'ils étaient en train de se disputer.

En avançant, Lyric commença à pouvoir entendre la voix aiguë de Bianca.

— Je ne sais pas ce que j'ai bien pu te trouver. Tout en toi est bas de gamme. Tu n'as jamais été assez énergique pour moi. Tu manques d'opiniâtreté pour gérer tes affaires. Et c'est pour ça que Daniel va te battre encore une fois. Lui, il sait gagner. Comme un vrai homme.

Josiah ne réagit pas. Il resta là, droit et fier, laissant les mots haineux de cette femme glisser sur lui comme l'eau sur les plumes d'un oiseau.

Lyric était non seulement médusée, mais aussi folle de rage.

Pour qui cette femme se prenait-elle pour dire des choses tellement blessantes à un homme aussi merveilleux que Josiah ?

Si Lyric détestait la violence, il y avait des moments où elle regrettait de ne plus être à l'époque où il était acceptable pour deux filles de se crêper le chignon dans les rues de Brooklyn.

Être une Devereaux signifie que ta présence quelque part a le pouvoir de faire trembler les autres.

Même si Lyric n'avait que faire aujourd'hui des conseils que sa belle-mère lui avait assénés pendant vingt ans, sur la façon de se comporter comme une Devereaux, elle était ravie que celui-ci remonte du fond de sa mémoire.

Rejetant les épaules en arrière, elle ajusta le bracelet en diamants qu'elle portait au poignet gauche, lissa d'une main sa combinaison pantalon sans manches et fit un premier pas assuré vers le duo, qui ne se doutait de rien.

— Bianca, répondit Josiah, d'une voix calme, j'ai dépassé le stade où je me soucie de ton opinion. Si Daniel est vraiment l'homme qu'il te faut, je te souhaite le meilleur. Pour le reste, même si tu n'as jamais saisi le concept durant notre relation, tout ne t'est pas dû. Donc, monte dans ta chambre et sonne le *room service*. Parce que c'est la seule façon pour toi d'avoir un verre sans être obligée de te le servir toi-même.

Lyric vit que Bianca s'apprêtait à faire une scène. Rapidement, elle se glissa près de Josiah et passa un bras autour de sa taille.

Quand il tourna la tête, surpris, elle lui caressa la joue,

en l'enveloppant d'un regard adorateur, avant de se pencher pour l'embrasser passionnément.

Jamais Lyric n'avait fait ça de sa vie. Embrasser un homme en public aussi intensément ne se faisait pas dans son milieu. Mais la fin justifiait les moyens. Elle voulait que cette horrible femme sache à quel point Josiah était désirable.

C'était mesquin, et probablement un peu infantile, mais Lyric s'en moquait. Elle ne laisserait personne, et certainement pas quelqu'un qui lui avait fait tellement de mal dans le passé, traiter Josiah de cette façon.

— Tu m'as manqué, dit-elle, en ronronnant. Qu'est-ce qui t'a retenu si longtemps ?

Josiah l'enveloppa d'un regard enflammé. Ce qui avait commencé comme une mascarade au profit de Bianca était devenu réel, et Lyric sentit son pouls s'accélérer.

— Je vois ça, dit-il, d'une voix suave. Figure-toi que je suis tombé sur une vieille connaissance et que je n'ai pas vu le temps passer. Je te présente Bianca Larson. Bianca, voici Lyric Devereaux- Smith, ma…

Lyric leva la main et lui essuya les lèvres du bout des doigts, prétendant effacer une trace de maquillage. Mais avec le rouge sans transfert qu'elle portait, ce n'était qu'une excuse pour le toucher à nouveau, et l'empêcher de faire une bévue.

— Mon cœur, je pense qu'il est facile de comprendre qui je suis pour toi, répliqua-t-elle.

Puis elle se tourna vers Bianca, en lui adressant un grand sourire chaleureux, qu'on aurait pu croire sincère.

— Bonsoir, Bianca. Excusez-moi. À chaque fois que je suis loin de lui plus de quelques minutes, je ne peux pas me retenir de le toucher dès que nous sommes réunis.

Lyric pinça ostensiblement la taille de Josiah, en savourant l'air médusé de Bianca.

— Devereaux-Smith, balbutia Bianca. Vous voulez dire, les Devereaux de Brooklyn.

— Ah, dit Lyric, avec un intérêt modéré pour la remarque de Bianca. Je vois que vous avez entendu parler de nous.

— La plupart des gens dans le monde ont entendu parler de vous. Vous êtes un peu les Rockefeller de Brooklyn.

— En fait, nous sommes un peu plus riches. Mais nous n'allons pas mégoter pour quelques milliards. En revanche, il est vrai qu'on me reconnaît souvent.

Lyric haussa les épaules.

— C'est la rançon de la gloire quand on est l'héritière d'une famille aussi célèbre.

— Oh ! je sais exactement ce que vous vivez, rétorqua Bianca. Avec mon métier, je ne peux pas faire un pas dans la rue sans qu'on me réclame un autographe ou un selfie

— Oh ! vraiment ? Et, que faites-vous comme métier.

Josiah toussa dans son poing fermé pour masquer son rire.

— Je... je..., bredouilla Bianca. Je suis l'actrice principale d'une série télévisée qui connaît un immense succès. Vous en avez peut-être entendu parler. *New York Beat* ?

Lyric plissa les paupières et inclina la tête.

— Non, je suis désolée. Il faut dire que je regarde très peu la télévision. Mais je ne doute pas que vous excelliez à jouer la comédie.

Bianca chercha son souffle, en tanguant sur ses sandales de designer, et Lyric sut que sa mission était accomplie.

— Eh bien, ce fut un plaisir de discuter avec vous, Briana.

— Bianca, corrigea l'intéressée. C'est Bianca.

— Oh ! désolée, rétorqua Lyric, avec désinvolture.

Puis elle reporta son attention sur son Josiah, signalant que la conversation était terminée pour elle.

— Mon amour, nous devons retourner à l'intérieur dire au revoir à tout le monde, avant de prolonger la soirée de notre côté.

Il se pencha et déposa un baiser rapide sur son front.

— Tu as raison, mon cœur. Je pense que nous en avons terminé ici.

Sans accorder un autre regard à Bianca, il entrelaça ses doigts à ceux de Lyric, la guidant vers le restaurant.

Quand ils arrivèrent à la porte, il leva leurs mains jointes et déposa un baiser sur ses jointures, tout en la regardant intensément.À cet instant, Lyric aurait voulu être capable de lire dans les pensées, car elle désirait plus que tout savoir si ce lien qu'elle percevait était réel, ou seulement destiné à narguer Bianca.

- 11 -

— Tu n'avais pas besoin de me suivre jusqu'à la maison dans ta voiture. Je suis parfaitement capable de conduire toute seule.

— Ta sécurité mise à part, je voulais te raccompagner pour parler de ce qui s'est passé avec Bianca. Ça te dérange si je rentre quelques minutes ?

Josiah attendit que Lyric refuse.

Elle aurait dû le faire. Il était tard, et ils étaient seuls. Et il avait furieusement envie de lui ôter sa combinaison pantalon, la laissant nue devant lui, à l'exception de ses escarpins aux talons démesurés.

Elle tapa le code de l'alarme sur le boîtier fixé à la porte et entra, en lui disant de la suivre tandis qu'elle allumait le hall.

— Un drink ? proposa-t-elle, comme un clin d'œil à leur première rencontre.

— J'adorerais, mais je conduis.

— Un thé à la menthe, alors ?

— Parfait.

Il la suivit le long d'un couloir démesuré, jusqu'à une cuisine située à l'arrière de la maison. Les fois précédentes où il était entré chez elle, il n'avait vu que son studio, aménagé à l'entresol de la *brownstone*. Mais, tandis qu'il s'installait dans la cuisine du rez-de-chaussée, il s'émerveilla de la taille de la pièce.

— On n'en fait plus des maisons comme celles-ci, commenta-t-il.

Lyric se lava les mains, puis elle prit une bouilloire à l'ancienne, la remplit d'eau, et la posa sur un antique fourneau, qu'elle mit quelques secondes à manipuler.

— C'est vrai, dit-elle, en réponse à sa remarque. Et c'est pour ça que je l'ai achetée. Randall et moi partagions notre temps entre Devereaux Manor et un duplex à Manhattan, qu'il jugeait plus digne de son standing que ces vieilles bicoques de Brooklyn.

— On n'en trouve pas à moins d'un million de dollars, et encore, c'est une ruine qu'il faut entièrement rénover.

Elle rit.

— Bienvenue dans le monde des Devereaux.

Josiah se pencha, les coudes en appui sur l'îlot central.

— Je connais Ace depuis des années. Il ne m'a jamais paru snob.

— Non, Ace n'est pas comme ça. Chaque membre du clan est différent, tu sais. Ace et son frère David ont déployé toute leur énergie pour bâtir un empire familial, mais ils se moquent de ce que les gens pensent d'eux. En revanche, les apparences ont toujours beaucoup compté pour Martha. Elle a une idée très précise de ce qui est acceptable pour un Devereaux.

Elle soupira.

— La malchance a voulu que je l'aie pour belle-mère.

Josiah essaya de déchiffrer son expression. Ce n'était pas son rôle de juger sa belle-famille, ou feu son mari. Mais, plus elle parlait de son expérience en tant que Mme Randall Devereaux-Smith, plus il avait envie d'effacer tous les mauvais moments qu'elle avait dû vivre, elle qui était si pragmatique et humble.

— Être mariée à Randall était merveilleux. Il m'aimait inconditionnellement et me traitait comme une reine.

La seule chose qui créait des tensions entre nous, c'était l'ingérence de sa mère dans notre couple. J'ai dû faire beaucoup de concessions, sinon nous n'aurions pas tenu vingt ans ensemble.

Lorsque la bouilloire siffla, Lyric parut soulagée de l'interruption. Elle prit une manique en tissu et souleva la bouilloire pour verser l'eau dans deux mugs.

— Tu n'as pas à expliquer pourquoi tu aimais ton mari, Lyric. Surtout pas à moi. Et si tu étais satisfaite de ta vie à cette époque-là, tu as aussi le droit d'apprécier celle que tu mènes maintenant, depuis son décès. Ce n'est pas une situation ou l'autre.

Il fit tomber un cube de sucre dans son thé, le remua avec sa cuillère et releva les yeux vers Lyric.

Elle le fixait, l'air déconcertée, comme si elle essayait toujours d'analyser ce qu'il venait de dire. La plupart du temps, elle avait une grande confiance en elle. Mais dans des moments de calme comme celui-ci, il voyait ses insécurités à propos de l'image qu'elle pensait devoir donner d'elle.

— Merci d'avoir dit ça. C'est ce que je ressens depuis un moment. Mais parfois, je me sens coupable d'être devenue une femme que Randall ne reconnaîtrait pas.

— Vivre pleinement est le meilleur hommage que nous pouvons rendre aux êtres chers qui sont partis avant nous. Ne te sens pas coupable de ce que tu es. Je suis très heureux que cette femme forte et combative soit venue défendre mon honneur.

Il eut une petite moue badine.

— J'admets que c'était un tantinet mesquin, mais je me suis régalé de te voir remettre Bianca à sa place, sans jamais cesser de sourire.

Elle baissa les yeux, se mordillant la lèvre inférieure pour s'empêcher de rire.

— Ce n'était pas mon rôle préféré. J'ai toujours détesté quand Martha faisait ça.

Adoptant soudain une voix nasillarde et un air pincé, elle se livra à une imitation plus vraie que nature de sa belle-mère.

— Notre nom et notre compte en banque nous placent au-dessus du commun des mortels.

Elle redevint sérieuse.

— Mais, pour ma défense, je n'ai pas aimé que Bianca s'attaque à toi comme ça.

Elle souleva sa tasse de thé fumant et souffla dessus, avant de se risquer à boire une toute petite gorgée.

— Au fait, qu'as-tu fait pour la contrarier comme ça ?

— Apparemment, elle a passé sa journée à tenir des conférences de presse, elle était fatiguée et elle voulait boire un verre au bar. Comme je n'ai pas voulu la faire entrer, elle s'est déchaînée contre moi.

— En faisant ça, elle aurait détourné l'attention sur elle et gâché la soirée de Trey et Jeremiah. Pourquoi ne l'a-t-elle pas compris ?

Josiah haussa les épaules.

— Bianca n'en a toujours fait qu'à sa tête, et elle adore avoir tous les yeux braqués sur elle.

Lyric l'enveloppa d'un regard de sincère compassion. Et il ne sut pas comment le prendre. Sa fierté n'était pas inflexible au point qu'il ne puisse comprendre l'empathie, mais il ne voulait pas que Lyric le voie autrement que comme un homme fort et capable.

Il fit le tour de l'îlot et se posta à côté d'elle.

— Tu sais, tu n'étais pas obligée de me défendre. Les crises de Bianca ne m'affectent pas. Ça fait longtemps que j'ai appris à les ignorer.

Il posa une main sur son épaule, laissant ses doigts

caresser la courbe de son cou et son pouce effleurer le contour de sa mâchoire.

— Mais le fait que tu l'aies fait…

Il s'accorda une petite pause, le temps d'admirer sa beauté pour la millionième fois.

— Ça représente énormément pour moi.

— Personne ne devrait avoir à tolérer des mensonges aussi vicieux.

Il fronça les sourcils.

— Comment as-tu compris que c'étaient des mensonges ?

— Quand elle a dit que tu n'étais pas capable de gérer tes affaires comme un vrai homme…

— Oui ?

— Eh bien, je sais avec certitude que ce n'est pas vrai.

— Comment cela ?

Elle redressa les épaules et le fixa intensément.

— Dans chaque interaction que j'ai eue avec toi, tu t'es comporté en homme sûr de lui et de ce qu'il peut apporter au monde. Ton souhait d'offrir des opportunités de carrière à des personnes issues de la diversité est tout à ton honneur. La détermination que tu as montrée pour te hisser au sommet, afin d'aider les autres, est la preuve que tu es bien plus fort que la plupart des gens.

Il ferma les paupières, ressentant le besoin d'échapper un instant à la puissance de son regard, et prit une profonde inspiration avant de poser à nouveau les yeux sur elle.

— Lyric, je ne suis pas aussi fort que tu le penses. Si je l'étais, je ne serais pas ici à lutter contre moi-même pour ne pas enfreindre mes propres règles. Tout en moi ne rêve que de goûter encore tes lèvres. Mais, si je le fais, je sais que ça ne s'arrêtera pas à un baiser. Je n'aurai de cesse que de t'avoir nue en dessous de moi.

Lyric lui adressa le même demi-sourire sexy dont elle

l'avait gratifié le soir où ils s'étaient rencontrés, et il sentit sa volonté faiblir.

— Comme tu l'as dit, c'est toi qui as établi cette règle. Le jour où tu voudras la rompre, il suffira que tu me le fasses savoir.

Il agita l'index sous son nez.

— Tu es une femme dangereuse, Lyric Devereaux-Smith. Quel est ce pouvoir que tu as sur moi ? Et pourquoi ne puis-je me détourner de toi ?

— Tu poses peut-être la mauvaise question. Au lieu de te demander pourquoi tu ne peux pas t'éloigner de moi, peut-être devrais-tu te demander pourquoi tu persistes à vouloir le faire si ça te pose autant de problèmes.

— Crois-moi, je me le demande à chaque fois que je pense à toi.

— Et quelle est ta conclusion ?

— Pour le moment, nous devons nous concentrer sur le travail. Après, nous verrons bien ce qu'il adviendra.

— Comme tu voudras.

Elle porta sa tasse à ses lèvres et but une gorgée de thé.

— Quelle est la prochaine chose à faire pour le travail…

— Eh bien…

Il enfouit les mains dans ses poches pour se retenir de caresser cette peau si douce, qui était comme une invitation.

— Je dois rencontrer des cadres de PBN à la soirée des Emmys. Que dirais-tu de m'accompagner ?

Lyric ne parvint pas à masquer son enthousiasme.

— Tu me demandes si j'ai envie de porter une jolie robe et de rencontrer des célébrités ? Évidemment. Et comme mon dressing déborde de tenues de soirée, je n'aurai pas à te faire une scène parce que tu me préviens à la dernière minute.

Josiah s'inclina devant elle.

— Je te prie d'excuser ces manières de rustre qui ne connaît rien aux affres de la mode.

— Tu es tellement mignon…

Elle ôta un cheveu imaginaire de son col et lui adressa un clin d'œil.

— … que je pourrais te pardonner à peu près tout.

Une réconfortante chaleur l'envahit, qui n'avait rien à voir avec le thé qu'il avait à peine touché.

— Merci, dit-il, en lui prenant la main. Et tu sais…

Il l'enveloppa d'un regard appréciateur, avant de chercher à nouveau ses yeux.

— Une fois de plus, tu seras la plus belle femme de la soirée.

- 12 -

— Eh bien, ma bichette, pour qui tu te fais belle comme ça ?

Lyric, qui se contemplait devant le miroir en pied de la seconde chambre transformée en dressing, leva les yeux au ciel devant cette remarque d'Amara.

— Je crois que je peux deviner, dit Trey.

Elle avait insisté pour venir aider Lyric à se préparer, en remerciement de tout le travail bénévole qu'elle avait fait pour préparer son mariage.

— Est-ce qu'une femme n'a pas le droit d'être belle simplement parce qu'elle en a envie ?

Amara ajusta la courte traîne de la robe sirène noire qui sublimait les formes de Lyric.

— Bien sûr, répondit-elle. Mais nous savons toutes que cette robe est destinée à troubler un certain producteur de télévision.

Comme Lyric n'avait pas parlé à Amara de ce qui se passait avec Josiah, elle se tourna vers Trey, qui était assise sur un pouf devant la coiffeuse.

— Ce n'est pas moi qui ai vendu la mèche, affirma-t-elle.

— Alors, qui ?

Elles échangèrent toutes un regard entendu, avant de s'exclamer d'une seule voix :

— Jeremiah !

Elles éclatèrent de rire, et cette nouvelle sororité entre elles apaisa la nervosité de Lyric.

— Il s'inquiète pour toi, dit Amara.

Se rapprochant, elle posa une main délicate sur l'avant-bras de Lyric.

— Tu sais comment il est. Il veut être sûr que Josiah te traite comme il faut.

Lyric lissa sa robe du plat de la main et se mit de profil pour contempler sa silhouette.

— Il ne se passe rien entre Josiah et moi. Nous sommes seulement des collègues de travail.

Amara et Trey croisèrent les bras, et la bombardèrent de regards aiguisés comme des poignards.

Elle rit et leva les mains en signe de capitulation.

— En ce moment, corrigea-t-elle. Il ne se passe rien en ce moment. Il ne franchira pas cette ligne tant que nous travaillerons ensemble. Et, franchement, je ne suis pas sûre qu'il ait tort.

— Est-ce qu'il te plaît ? demanda Amara, en allant à l'essentiel.

Voyant Lyric hocher la tête, elle continua.

— Alors, c'est tout ce qui compte. Si tu penses qu'il en vaut la peine, laisse-lui le temps d'y réfléchir. Il finira par comprendre.

Le sourire confiant d'Amara apaisa l'anxiété de Lyric. C'était un des bons côtés d'avoir une avocate dans la famille. Elle avait toujours une solution à chaque problème.

Trey se leva pour les rejoindre et drapa l'ensemble des longues *passion twists* de Lyric sur une épaule, laissant l'autre découverte.

— Et quand Josiah te verra dans cette robe, il est impossible qu'il ne fasse pas le bon choix, ajouta-t-elle.

Lyric observa dans le miroir le tableau qu'elles formaient. Trois femmes fortes, majestueuses, et prêtes à affronter le monde.

La sonnette retentit, et Lyric prit une profonde inspiration.

Quoi que lui réserve l'avenir, elle savait que ces femmes seraient toujours là pour la soutenir. Dès lors, il n'y avait rien d'autre à craindre.

Ce soir, il s'agissait de montrer à Josiah Manning à côté de quoi il passait.

Trey ouvrit la porte et accueillit Josiah avec un grand sourire.

— Bonsoir. Ça me fait plaisir de te revoir.

— Moi aussi. Tu es prête pour le grand jour, la semaine prochaine ? demanda-t-il, en la suivant dans le hall.

— J'ai hâte d'y être. Pour tout te dire, j'ai eu envie d'épouser Jeremiah à la minute où il m'a passé cette bague au doigt.

Elle agita son annulaire, et le diamant noir scintilla de mille feux sous la lumière.

— Quant à ce soir, j'espère que tu as prévu des gardes du corps, car tout le monde va se ruer sur Lyric.

— Je suis certain qu'elle est magnifique, comme toujours.

Au même moment, le sujet de leur conversation apparut en haut de l'escalier, et il crut que son cœur allait s'arrêter.

— Bon sang ! s'exclama-t-il.

— Je te l'avais dit, plaisanta Trey.

Effectivement, mais rien n'aurait pu le préparer à cette vision enchanteresse qu'offrait Lyric en glissant de façon aérienne dans l'escalier, tandis qu'Amara portait sa traîne.

— Bonsoir, Josiah.

Elle lui sourit et, cette fois, son rythme cardiaque battit des records d'accélération.

Elle se tourna légèrement sur la gauche, puis sur la droite.

— J'espère que je ne me suis pas trop mal débrouillée, dans un délai aussi court.

— Je pense qu'aucune femme présente ce soir ne pourra

se comparer à toi dans cette robe. Trey a raison, j'aurais dû penser aux gardes du corps.

Il lui prit la main et la porta à ses lèvres.

— Tu es étourdissante. Merci de m'avoir accordé le plaisir de ta compagnie.

Il aurait pu passer des heures à la contempler. Quelque chose lui disait d'ailleurs qu'elle savait exactement ce qu'elle faisait quand elle avait choisi cette robe.

C'était une robe sirène noire, faite presque entièrement en résille transparente, qui allait de ses épaules à ses genoux. À l'exception du soutien-gorge push-up en satin noir, assorti à une culotte emboîtante, sa sublime peau brun cuivré s'offrait aux regards. Trois rangées de volants de taffetas noir partaient de sa taille, sublimant ses hanches, et se terminaient par une traîne qui lui donnait une allure royale.

Il avait vu Beyoncé, Lady Gaga, Jessica Biel et les sœurs Kardashian porter des tenues similaires à différents galas. Et si ces femmes étaient toutes ravissantes, aucune d'elles n'attirait son attention comme la déesse noire qui marchait vers lui.

Ils arrivèrent assez vite au Barclays Center dans la Rolls-Royce Phantom VIP Edition de Josiah, qui l'avait sortie du garage pour cette occasion spéciale. Mais la file d'attente devant le tapis rouge était interminable.

Avant que Jay-Z, et l'équipe de basket-ball des Brooklyn Nets n'attirent les projecteurs sur la salle omnisports, toutes les remises de prix de Hollywood avaient lieu au Madison Square Garden, ou au Radio City Music Hall à Manhattan. Mais la notoriété Jay-Z avait démontré que le glamour existait aussi à Brooklyn, et le Barclays Center était maintenant une destination incontournable.

Enfin vint leur tour de fouler le tapis rouge.

Quand le chauffeur descendit de voiture pour leur ouvrir la portière, Josiah se tourna vers Lyric.

— Tu es prête à leur montrer ce qu'ils attendaient ?

Ses longs cils battirent contre ses joues, et il dût résister à l'envie de caresser son visage sublimé par un maquillage de star.

Elle lui pressa la main et hocha la tête.

— Absolument.

Il frappa à la vitre, donnant au chauffeur le signal pour ouvrir la portière.

En descendant de voiture, il boutonna la veste de son smoking Armani et laissa aux photographes le temps de prendre quelques clichés, avant de se retourner et de tendre la main à Lyric pour l'aider à sortir.

Dès qu'elle mit le pied sur le trottoir, les flashs se déclenchèrent en rafale, et on lui cria de se tourner par ici, et puis par là.

Une main posée dans le creux de son dos, il la guida jusqu'à l'entrée.

Ce soir, il s'agissait de remporter autant de récompenses que possible, dans diverses catégories, ce qui lui permettrait de gagner des points pour sa qualification au poste qu'il convoitait.

Et, avec Lyric à ses côtés, il savait qu'il n'avait rien à craindre. Aucun homme en ces lieux ne pouvait entrer en compétition avec lui.

- 13 -

— Je suis impressionnée, déclara Lyric.

— Toi, une Devereaux ? Je pensais que ce genre d'événements était monnaie courante dans ta famille.

— Détrompe-toi. C'est vrai que j'ai accompagné Randall à de nombreuses soirées mais, à part le Legacy Ball, ça n'avait rien d'amusant. Je me fais une joie de rencontrer Sterling K. Brown ou Viola Davis.

Il gloussa.

— Désolé de te décevoir, mais tu te trompes d'Emmys. Ça, c'est la version *prime-time.* Tu risques plutôt de rencontrer des présentateurs de *talk-shows* ou de jeux et des vedettes de soap operas.

— Donc, plutôt Whoopi Goldberg et Eric Braeden. Je suis tellement contente ! Tu crois qu'ils voudront bien faire une photo avec moi ?

Son enthousiasme presque enfantin fit sourire Josiah.

— Pour toi, je suis sûr que ce ne sera pas un problème.

Ils s'arrêtèrent devant une porte qu'encadraient deux hommes en costume noir, à la silhouette impressionnante.

Josiah présenta une invitation, et on les laissa entrer.

Une marée humaine, habillée en haute couture et sirotant du champagne, emplissait la salle. Tout autour, des buffets étaient dressés, et les serveurs se tenaient prêts à assister les invités.

Josiah attira Lyric contre lui, la prenant au dépourvu. Non parce que le contact était malvenu – elle doutait qu'il y ait un moment où elle n'avait pas envie qu'il la touche –, mais parce que cette proximité lui rappelait combien il était bon d'être dans ses bras, et de ressentir cette petite étincelle d'attirance qui se déclenchait à chaque fois.

— L'homme qui se dirige vers nous est l'actuel président de PBN, expliqua Josiah. Il ne va pas tarder à prendre sa retraite, et j'espère bien le remplacer. Il a demandé à te rencontrer après avoir vu quelques-unes des quotidiennes que nous avons déjà enregistrées.

— Josiah, je suis tellement content que vous ayez pu venir à notre petite précélébration.

Le président de la chaîne de télévision était un peu plus petit que Josiah, avec une silhouette élancée et une épaisse chevelure grise. Il était un mélange entre Mark Harmon et Richard Gere et, s'il n'avait pas été aux manettes de la chaîne, Lyric était certaine que son apparence aurait fait de lui une vedette de l'une ou l'autre des émissions qu'il diffusait.

Il serra la main de Josiah et reporta son attention sur elle.

— Et qui est cette charmante personne ?

Josiah fit les présentations, et ils échangèrent une poignée de main.

— J'ai vu des extraits de vos tournages, dit Abe Cohen. Et vous avez mon feu vert. Dès demain matin, Josiah recevra une commande officielle pour une saison complète. Vous m'avez vraiment bluffé, Lyric.

Elle cilla, sous le choc de l'annonce faite par Abe.

— Eh bien, je ne sais pas quoi dire. C'est une nouvelle fantastique.

Elle regarda Josiah, qui affichait un sourire réservé. Elle ne pouvait pas savoir exactement ce qu'il pensait, mais c'était une bonne nouvelle. Il devait être satisfait.

— Est-ce que ça veut dire que vous avez également choisi Josiah comme votre successeur ? Si vous êtes tellement emballé par sa capacité à créer une émission de premier plan, vous devriez également savoir que personne d'autre dans le métier ne peut reprendre dignement le flambeau après vous.

Abe écarquilla les yeux, et un sourire rusé étira ses lèvres fines.

— Josiah, elle est vraiment aussi extraordinaire que vous me l'avez dit.

Il se tourna ensuite vers Lyric.

— Non, il n'a pas encore le poste. Mais je parie qu'il saura convaincre le conseil d'administration qu'il n'y a pas de meilleur choix que lui.

Abe tourna la tête, tandis qu'une personne qui agitait la main de l'autre côté de la salle attirait son attention.

— Désolé, je dois filer.

Il serra à nouveau la main de Josiah.

— Bonne chance pour vos nominations ce soir, Josiah.

Abe les quitta aussi vite qu'il était arrivé, et Josiah se pencha pour murmurer à l'oreille de Lyric :

— Merci.

Elle rejeta la tête en arrière pour le regarder.

— Pourquoi me remercies-tu ? Je n'ai fait que parler deux secondes à quelqu'un.

Il secoua la tête.

— Tu sais ce que j'aime chez toi ? C'est que tu ne te rends pas compte à quel point tu es incroyable.

Lyric eut soudain du mal à déglutir, tant sa bouche était sèche. Elle comprenait son emploi informel du verbe « aimer », mais ça lui avait quand même donné la chair de poule.

— Que veux-tu dire ?

— Quand j'ai montré à Abe les enregistrements, il m'a

dit que c'était bon, mais qu'il n'était pas prêt à commander d'autres épisodes au-delà du pilote, avant de t'avoir rencontrée.

Lyric suivit des yeux la mince silhouette d'Abe qui disparaissait dans la foule, avant de reporter son attention vers Josiah.

— Mais, je n'ai presque rien dit. Il ne m'a même pas posé de questions sur l'émission.

Josiah prit deux flûtes de champagne au passage d'un serveur avec un plateau et lui en tendit une.

— Dans ce milieu, il faut être capable de cerner les gens très vite. Abe voulait voir comment le courant allait passer entre vous.

Il cogna son verre contre le sien et but une grande gorgée de champagne, avant de lui sourire.

— Tu vas devenir une immense star, crois-moi.

Lyric trempa à peine ses lèvres dans la boisson pétillante, s'attardant sur l'enthousiasme qui éclairait le beau visage de Josiah.

— Je ne sais pas pourquoi tu es emballé comme ça. Abe a dit qu'il achetait l'émission, mais que tu n'avais pas encore le poste. Ça ne t'inquiète pas ?

Il termina son champagne d'un trait et lui adressa un clin d'œil.

— Ne t'y trompe pas. Je vais faire tout mon possible pour conclure le deal. Ce n'est qu'un pas dans cette direction. Mais Abe vient de me donner une marque de confiance en achetant une émission sur la base de quelques rushs et une rencontre avec toi.

Lyric termina son champagne, laissant le picotement des bulles lui chatouiller le palais, jusqu'à ce qu'elle sente un sourire étirer ses lèvres.

— Dans ce cas, il ne nous reste plus qu'à nous préparer à dominer l'industrie !

— Erreur typique de débutant, dit une voix masculine dans leur dos.

Elle sentit Josiah se crisper à côté d'elle et se tourna aussitôt pour voir de qui il s'agissait. Si cette voix avait le pouvoir de changer l'humeur décontractée de Josiah, elle devait savoir à qui elle appartenait.

Elle ne reconnut pas l'homme. Mais, puisque Bianca Larson était pendue à son bras, elle en déduisit qu'il s'agissait de l'ennemi juré de Josiah, Daniel Lambert.

L'homme lui tendit la main.

— Lyric, dit-il. Quel plaisir de vous rencontrer.

Ça l'agaçait toujours quand des gens qui ne la connaissaient pas pensaient qu'ils pouvaient s'adresser à elle avec familiarité, simplement parce qu'ils l'avaient vue dans les tabloïds.

— Et vous êtes ? demanda-t-elle, en ignorant la main tendue.

En voyant un muscle jouer dans sa mâchoire, elle déduisit qu'elle avait porté un coup à son ego, exactement comme elle le voulait.

— Je suis Daniel Lambert, dit-il, en laissant retomber sa main comme si de rien n'était. Je produis de nombreuses émissions de premier plan. Je suis sûr que vous connaissez mon travail.

Lyric inclina la tête, adoptant le regard le plus vide possible.

— Je ne regarde pas la télévision. Je crois l'avoir dit à Brenda quand nous nous sommes rencontrées la semaine dernière.

— Bianca, corrigea la jeune femme.

Lyric haussa nonchalamment les épaules, avant de se tourner vers Josiah. Il était toujours tendu, mais ne laissait rien filtrer de la colère qu'il ne devait pas manquer de ressentir.

On entendit soudain un bourdonnement dans les haut-parleurs de la salle, et une annonce s'ensuivit.

— Bonsoir à tous. Nous vous informons que la cérémonie va commencer dans trente minutes. Merci de bien vouloir vous diriger vers vos sièges dès maintenant.

Avec une élégance décontractée, Josiah tendit le bras à Lyric, puis il adressa un signe de tête courtois à Daniel et Bianca, se payant le luxe de leur souhaiter une bonne soirée.

Il n'y avait rien de plus séduisant qu'un homme sûr de lui, et Lyric commença à avoir un peu chaud.

Ressaisis-toi, ma fille.

Elle se répéta ce mantra tandis qu'ils se dirigeaient vers l'auditorium et leurs sièges situés dans les premiers rangs.

Reconnaissant quelques célébrités, elle put à peine leur jeter un coup d'œil avec Josiah assis à côté d'elle, qui lui tenait la main d'un geste protecteur, ce qui avait pour effet de lui faire battre le cœur à toute allure.

Elle croisa les jambes et essaya de ne pas se tortiller d'impatience sur son siège.

Josiah était en lice pour huit récompenses. Au fil de la soirée, elle se leva pour l'applaudir à sept reprises.

Lorsqu'il regagna son siège, alors qu'une pause publicitaire s'annonçait, elle lui demanda s'il était prêt à arrondir à huit.

Il se pencha, et elle dut se retenir de lui voler un baiser, de peur de se ridiculiser en public.

— Avec toi à mes côtés, je suis prêt à tout.

La musique d'ambiance s'interrompit, signalant leur retour à l'antenne. La meilleure série dramatique était la distinction la plus élevée de la soirée, en faisant un choix évident pour clôturer la cérémonie.

Josiah ne laissait rien paraître, affichant un visage serein. Mais il avait les doigts crispés sur sa cuisse.

Lyric posa la main sur la sienne, entrelaça ses doigts aux siens, et sentit qu'il se détendait.

— Tu n'as aucune inquiétude à avoir, chuchota-t-elle. La récompense est pour toi.

— Les autres distinctions étaient formidables, mais celle-ci fera toute la différence. Si je parviens à battre Lambert, le poste de président est à moi. Mais je ne vois pas ce qui te rend aussi sûre de ma victoire.

— Parce que je ne couche pas avec des perdants. Et même si j'essaye d'ignorer le désir que j'ai pour toi, coucher avec toi est la seule chose que j'ai envie de faire.

Il n'eut pas le temps de répondre. Déjà, on annonçait le nom du gagnant.

— Et le Daytime Emmy Award pour la meilleure série dramatique revient à … C'est incroyable ! C'est un ratissage en bonne et due forme ! Un carton plein ! Pour la huitième fois ce soir, Josiah Manning est notre vainqueur.

Un rugissement monta de la foule, qui les fit se lever de leurs sièges. Josiah l'attira dans une chaleureuse accolade, et elle en profita pour lui murmurer à l'oreille :

— Je te l'avais dit.

Tandis qu'elle le regardait monter sur scène, le cœur de Lyric se gonfla de fierté pour Josiah.

Elle ne s'imposerait pas à lui. Mais elle lui dirait ce qu'elle voulait.

Et, en dehors de sa carrière, il n'y avait rien d'autre qu'elle désirait plus que de partager la vie de Josiah Manning.

Et si elle ne se débrouillait pas trop mal, il serait à elle cette nuit.

- 14 -

— Alors, qu'est-ce que ça fait d'être l'homme de la soirée ? demanda Lyric, tandis qu'ils attendaient leur voiture.

Josiah n'en savait rien encore. Il avait déjà gagné des prix, y compris celui-ci, mais jamais dans sa carrière les enjeux n'avaient été aussi hauts.

Si PBN ne l'engageait pas après ça, c'était que le jeu était truqué. S'ils choisissaient Daniel Lambert après l'exploit qu'il avait réalisé ce soir, il serait évident que leur décision n'était pas basée sur le talent et le mérite.

Comme il ne répondait pas, Lyric lui pressa la main pour attirer son attention.

Dis la vérité, bon sang ! Lance-toi, et admets ce que tu veux, mon vieux.

— Je suis ravi parce que j'ai pu passer cette soirée avec toi.

— Ça me touche que tu ais bien voulu partager ça avec moi.

Il inclina la tête.

— C'est vrai ?

— Josiah, tu m'aides à réaliser mes rêves. Pourquoi n'aurais-je pas envie de te voir fêter tes succès ? Je sais que nous ne nous connaissons pas depuis longtemps mais, chaque fois qu'ils ont appelé ton nom ce soir, j'étais folle de joie et d'excitation.

Il contint son rire en un léger gloussement.

— Si ta façon de crier « Allez, mon gars, t'es le meilleur » en est l'illustration, j'aurais tendance à te croire.

Elle ne parut même pas embarrassée. Au contraire, elle redressa les épaules.

— Tu as intérêt. Je ne laisse pas souvent s'exprimer la fille de Brooklyn que j'étais. Tu devrais te sentir flatté.

— C'est le cas.

Et à cet instant, son cœur débordait de bonheur, grâce à la femme assise à côté de lui.

Avant qu'il ait eu le temps de laisser cette pensée prendre racine, son chauffeur s'arrêta devant eux et fit rapidement le tour de la voiture pour leur ouvrir la portière.

— Dois-je déposer madame d'abord ? s'enquit-il.

S'il avait été intelligent, il aurait suivi le plan de son employé sans hésiter. Mais son besoin égoïste de passer un peu plus de temps avec Lyric l'emporta.

— Ça t'ennuie si on va chez moi d'abord ? lui lança-t-il. Je voudrais installer les statuettes dans ma salle des trophées aussi vite que possible.

Elle balaya la demande d'un geste de la main.

— Ça me va très bien. Je vais pouvoir garder ma robe un peu plus longtemps, et me sentir la plus jolie fille du bal.

— Même en jean et baskets, tu serais quand même la plus jolie fille du bal. Aucune femme ce soir ne t'arrivait à la cheville.

Elle plongea dans l'habitacle, en attendant qu'il prenne sa place à côté d'elle. Quand le chauffeur eut refermé la portière, elle l'observa intensément, non pas comme si elle le regardait simplement, mais comme si elle essayait de voir en lui.

— Aussi fou que ça paraisse, tu es le seul homme à pouvoir me faire croire que ces mots sont sincères, et pas seulement une technique de drague. Sur tes lèvres, ça semble parole d'Évangile.

Il se pencha et posa sa main sur sa joue.

— Je travaille à la télévision. Je n'ai pas besoin de mentir pour convaincre les femmes de partager mon lit. Donc, tu peux être sûre que tous les compliments que je te fais sont sincères. Si je te dis que tu es la seule femme à avoir retenu mon attention ce soir, c'est la vérité. Même si je sais que je dois garder mes distances, tout en toi m'attire. Et après t'avoir admirée toute la soirée dans cette robe, je veux te montrer à quel point ces mots sont vrais.

Elle laissa échapper un soupir tremblant.

— Ça va encore être une de ces nuits où tu t'autorises à faire ce dont tu as envie, pour me dire le lendemain que nous ne pouvons pas être ensemble ? Parce que, si c'est la cas, laisse-moi te dire que c'est de l'histoire ancienne.

Sans la quitter des yeux, il laissa tomber sa main sur sa cuisse, qu'il caressa en petits cercles légers.

— À t'écouter, ça m'a fait plaisir d'agir ainsi.

Elle haussa les épaules.

— Je ne sais pas. Tu es peut-être un masochiste qui aime se torturer.

Il déposa un doux baiser sur ses lèvres, avant de se reculer pour l'envelopper d'un regard avide.

— La torture n'est pas ce que je recherche.

Il se pencha pour un nouveau baiser, plus appuyé cette fois.

— Mais la gratification, oui.

— Et c'est la dernière !

Lyric passa un chiffon en microfibre sur l'étincelant nouveau trophée, avant de le placer dans la vitrine indiquée, en espérant que le temps passé à accomplir cette tâche lui donnerait une chance de se ressaisir.

Après leur baiser dans la Rolls de Josiah, elle essayait toujours de comprendre comment elle avait trouvé la force de monter l'escalier jusqu'à la pièce réservée à la conservation de ses récompenses diverses. Sa façon de la toucher, et sa voix rauque et envoûtante… il n'en avait pas fallu plus pour transformer ses jambes en guimauve.

Et maintenant, après s'être consacrée à une activité aussi ordinaire que celle consistant à déballer et disposer dans une vitrine les statuettes représentant une silhouette en forme de femme ailée, elle tournait le dos à Josiah, en tâchant de trouver le courage de dire ce qu'elle avait à dire.

— Si tu es prêt à me raccompagner chez moi, je ne vais pas te déranger plus longtemps.

Ce n'était absolument pas les mots qu'elle voulait entendre franchir ses lèvres.

Elle ferma les paupières, honteuse de sa lâcheté. Elle avait survécu à la perte de son âme sœur, reconstruit sa vie et démarré une nouvelle carrière. Et maintenant, au lieu de dire à cet homme que le seul endroit où elle voulait être cette nuit était dans son lit, elle tremblait et perdait son sang-froid.

— C'est vraiment ce que tu veux ? demanda Josiah, en se rapprochant.

Elle chercha son souffle.

— Josiah, je ne sais pas ce que tu veux de moi, mais je n'ai plus l'énergie de jouer plus longtemps à ce jeu du chat et de la souris.

— Je comprends. Je t'envoie des signaux brouillés depuis le début, et j'en suis désolé.

— Et ?

— Je sais que j'ai dit que j'hésitais à m'impliquer à cause du travail, et c'est encore en partie vrai. Mais, honnêtement, j'avais simplement peur de cette alchimie entre nous qui me fait bafouer mes propres règles.

Il réduisit la distance entre eux jusqu'à ce que leurs corps se touchent.

Si elle s'écartait maintenant, elle pourrait encore rassembler un semblant de contrôle. Mais, tandis qu'il insinuait les doigts dans ses tresses, elle sut que c'était un combat perdu d'avance.

Parce qu'elle n'avait aucune envie de se contrôler. Les yeux plongés dans le regard brûlant de Josiah, elle voulait se soumettre à lui, sachant qu'un plaisir indescriptible s'ensuivrait.

— Je me suis montré faible, pas parce que je te voulais, mais parce que j'ai laissé la trahison de Bianca dresser une barrière entre nous. Mais c'est terminé.

Il noua solidement un bras autour de sa taille, et elle ne sut pas si c'était pour l'empêcher de s'en aller, ou s'il devinait que ses jambes commençaient à trembler.

— Qu'est-ce que ça veut dire, Josiah ? Sois plus clair.

La main de Josiah glissa de ses cheveux à son cou, et son pouce vint caresser le point de pulsation à la base de sa gorge.

Elle était déjà perdue, mais elle essaya de s'accrocher. À quoi, exactement, elle n'en savait rien.

— Ça veut dire que je n'ai plus l'intention de fuir. Je ne veux plus laisser mon passé décider de mon avenir. Et si tu me donnes la chance de te prouver combien tu comptes pour moi, je te promets que tu ne le regretteras pas. En clair, ça veut dire que je veux une vraie relation avec toi, sauf si tu décides du contraire.

Elle cilla, troublée, évoluant en plein brouillard.

— Je ne comprends pas. Sauf si je décide du contraire ?

Il l'attira contre lui et plaqua fiévreusement sa bouche sur la sienne, l'embrassant jusqu'à ce qu'ils en aient tous les deux le souffle coupé.

Quand il s'écarta, son torse se soulevait et s'abaissait rapidement, et ses narines frémissaient.

— Je t'ai dans la peau, Lyric. Je suis accro à tout ce

que tu es, et il n'est pas question que je te laisse t'en aller, sauf si c'est ce que tu veux. Avec moi, c'est tout ou rien. Donc, tu dois être sûre que tu veux vraiment être avec moi.

Il resta pressé contre elle, à l'observer, et elle réalisa qu'il attendait une réponse. Ce n'était pas juste un discours en l'air, et cette prise de conscience la fit frissonner.

Elle ne savait pas si c'était dû à la peur ou à l'excitation. Peut-être un peu aux deux. En tout cas, la bataille était perdue pour elle. Il ne lui restait plus qu'à capituler.

— Je te veux, dit-elle. Toi et rien que toi.

Les mots avaient roulé sur sa langue sans effort, faisant naître un sourire de satisfaction sur le visage de Josiah.

Elle venait de signer un pacte. Et, à en croire la lueur de feu dans les yeux de Josiah, c'était peut-être un pacte avec le diable lui-même.

— Tu sais de quoi je rêve depuis des heures ? dit-il, d'une voix enrouée. De ce rouge à lèvres écarlate tatoué partout sur mon sexe.

Il détacha sa cravate et la jeta sur le sol moquetté, avant d'ôter sa veste de smoking, qui alla la rejoindre en un tas informe. Il prit son temps pour enlever ses boutons de manchettes et les déposer sur une console, avant de revenir vers Lyric avec la chemise déboutonnée sur une captivante étendue de douce peau brune, de pectoraux saillants et d'abdominaux ciselés.

Il défit le bouton de la ceinture de son pantalon et, comme elle ne bougeait pas, inclina la tête et lui glissa un regard insistant.

— Si je n'ai pas été clair, c'est le moment de te mettre à genoux.

Lyric secoua la tête et recula d'un pas.

— Pourquoi maintenant ?

Il haussa les épaules.

— Tu t'es regardée dans le miroir ? Et puis, j'ai déjà eu le plaisir d'avoir ta bouche sur moi, et tu es incomparable.

Il s'avança, et elle fit de nouveau un pas en arrière.

— Pas si vite. Mes talents mis à part, qu'est-ce qui explique ce changement maintenant ?

Il griffa vigoureusement de ses doigts les boucles serrées de sa chevelure et soupira.

— C'est de bonne guerre, admit-il. Je te dois une explication.

Effectivement. Et le fait qu'il le reconnaisse apaisa un peu la tension que ressentait Lyric.

— Je crois que ça a commencé la nuit où tu m'as défendu devant Bianca. J'ai alors réalisé pourquoi je te tenais à distance. Ce n'était parce que tu m'avais donné des raisons de ne pas te faire confiance, mais parce que je ne parvenais plus à accorder ma confiance à qui que ce soit depuis que j'avais été trahi par la personne que je croyais aimer, et par un collègue que je respectais. Tout à coup, c'était comme si je voyais se matérialiser le mur que j'avais bâti autour de moi.

— La personne que tu croyais aimer ? Qu'est-ce qui te fait douter maintenant de tes sentiments passés pour Bianca ?

— Eh bien, si tu ne te rends pas compte que tu as changé la donne, alors je me suis comporté comme un crétin.

Il s'avança, ses longues jambes avalant en un rien de temps la distance entre eux.

Visiblement, il était en mission et, d'une certaine façon, elle était sa cible.

Être le centre de son attention à cet instant la réjouissait. Mais elle avait besoin de comprendre complètement de quoi il retournait avant de s'engager plus avant.

— Lyric, quand je suis en ta présence, je me sens soutenu. Je t'ai observée, ce soir. Tu as passé tout ton temps à t'époumoner pour m'encourager et me féliciter, au point que tu dois en avoir la voix cassée. Tu n'as pas participé aux émissions qui m'ont valu des récompenses, mais tu étais heureuse et fière comme si c'était à toi qu'on les remettait. C'est alors que j'ai réalisé que tu étais exactement tout ce qui m'avait toujours manqué : une personne qui peut être heureuse pour moi, et non en concurrence avec moi.

— C'est tout ce que tu attends de moi ? Que je sois ta *cheerleader* personnelle ? Que fais-tu de mes rêves ? Est-ce que tu les encourageras avec la même force ? Parce que je suis déjà tombée dans ce piège, et j'ai pas très envie d'y retourner.

Josiah posa une main au creux de sa nuque.

— Je veux un partenariat, Lyric.

— Donc, tu me proposes une amitié, avec quelques petits extra de temps en temps ?

— Non.

Sa réponse était précise et déterminée.

— Je ne veux plus jouer. Je veux tout de toi, et je veux te donner tout de moi.

- 15 -

Mince, alors ! songea Lyric. Elle ne s'attendait certainement pas à ça. Mais, il n'était pas question qu'elle se laisse convaincre aussi facilement.

— En te voyant comme ça, si désirable, je serais tentée d'envoyer valser toute prudence et d'accepter, rien que pour que tu me prennes ici, sur la moquette, sous le regard de tous tes trophées. Mais tu as un problème de confiance, et j'ai déjà vécu avec un homme qui était dans le même cas. Je ne veux pas revivre ça. Je ne veux pas gâcher ma vie à cause de tes insécurités.

— Ça n'arrivera pas. J'ai tenu mes promesses pour tout le reste. Laisse-moi te prouver que je peux tenir parole pour ça aussi. Accorde-moi une chance, Lyric.

Se faire suffisamment confiance pour lui faire confiance à lui. Ne pas prendre de décisions basées sur un passé douloureux…

Aurait-elle ce courage ? Pouvait-elle vraiment faire un saut dans l'inconnu, sans filet de sécurité pour la rattraper ?

— Tu ne réponds pas ? s'étonna Josiah.

La supplique dans sa voix fit voler en éclats ses dernières résistances. Qu'y avait-il de plus émouvant qu'un homme capable de mettre sa fierté de côté pour supplier qu'on lui accorde ce qu'il désirait le plus ?

— Ne me le fais pas regretter, Josiah.

Il lui caressa la joue, tandis que son regard s'enflammait.

— C'est promis, bébé.

Sa voix de baryton était lourde de désir.

— Je ne te donnerai jamais de raisons de le regretter.

Il la contourna, passa lentement ses mains sur ses épaules, avant de rejeter en avant ses longues *passion twists*, afin de libérer l'accès à la fermeture Éclair de sa robe.

Tandis qu'il faisait lentement descendre le zip, l'anticipation fit frissonner Lyric.

— Tu as froid ?

Froid ? Au contraire, son corps était si brûlant qu'elle aurait pu faire fondre un cube de glace sur sa peau.

— Non.

— Tu as peur ?

De se ridiculiser ? Peut-être.

— Non.

Elle chercha son souffle tandis que les doigts de Josiah écartaient délicatement la résille de ses épaules, la faisait glisser le long de ses bras et de ses hanches, et regarda sa jolie robe tomber en un tas informe à ses pieds.

À présent, elle était au milieu de la pièce, en culotte de satin noir et soutien-gorge assorti, et n'aspirait qu'au moment où il les lui retirerait.

— Alors, qu'est-ce qui ne va pas ?

Il picora son épaule et sa nuque de petits baisers, tandis qu'il lui ôtait son soutien-gorge. Elle sentit ses tétons durcir.

Il prit ses seins en coupe par-derrière, les caressant avec une certaine rudesse, exactement comme elle aimait.

— Allons, Lyric, dis-moi ce qu'il y a.

Elle ne répondit pas. Elle en était incapable, tant le désir la submergeait.

Il la prit par la main et la conduisit vers un canapé en cuir apposé contre un mur.

Elle attendit qu'il s'y installe, mais il faufila les doigts dans la ceinture élastique de sa culotte et la fit lentement descendre sur ses cuisses, exposant son sexe moite à l'air frais dispensé par la climatisation.

Quand il lui demanda de s'asseoir, elle écarquilla les yeux.

— Je croyais que tu voulais mon rouge à lèvres tatoué partout sur ton sexe.

Il gloussa.

— Ne t'y trompe pas, j'en ai toujours envie. Mais, pour le moment, mon plaisir est de te faire plaisir.

Elle s'assit et le regarda s'agenouiller devant elle et se faire une place entre ses cuisses.

— Prête ?

Oh ! bien sûr qu'elle l'était.

Elle hocha la tête et, avant qu'elle ait eu le temps de reprendre son souffle, il écarta les replis de son sexe de ses longs doigts agiles, et en lécha toute la longueur.

Soudain, elle réalisa qu'elle avait menti. Elle n'était pas, en fait, prête pour la brutale montée de désir que cette caresse singulière lui procurait.

Et ce n'était que le début.

Si Lyric avait pensé que Josiah lui laisserait un peu de répit dans sa façon de pratiquer le sexe oral en virtuose, elle avait mal pensé. Il lui fit chevaucher son visage jusqu'à ce que son orgasme soit inarrêtable. Non qu'elle en ait eu envie.

Il lui en réservait d'autres encore. La façon dont sa langue, sa bouche, ses doigts, la maintenaient dans un état de pur délice, faisant renaître sans cesse son plaisir, lui imposant cette sublime torture aussi souvent et aussi longtemps que possible, était définitivement le but de l'exercice.

Il ralentit sa caresse tandis que, le pic d'un nouvel orgasme atteint, l'adrénaline retombait derechef.

Épuisée, dans un état second, elle ne savait pas combien

de fois il l'avait ainsi transportée au summum de l'extase, ayant perdu la notion du temps.

Mais il n'avait apparemment pas l'intention de la laisser reprendre ses esprits.

Se relevant, il abaissa d'un seul geste son pantalon et son boxer juste sous son entrejambe, libérant son sexe durci.

Sans qu'il le lui demande, elle glissa à genoux au sol, enroula les doigts autour de son pénis, et commença à le caresser. Effleurant le gland, elle se réjouit de la façon dont le corps de Josiah se tendait en réaction.

Elle était épuisée par le plaisir qu'il lui avait donné sans relâche, mais une nouvelle énergie s'éveillait en elle, accompagnée par un sens de l'urgence.

Il n'était pas question de le faire attendre, mais de se donner l'un l'autre ce qu'ils voulaient. À cet instant, elle le voulait dans sa bouche.

Elle commença par un coup de langue appuyé, de bas en haut, puis elle arrondit ses lèvres autour de son érection et descendit jusqu'à la base, qu'elle tenait fermement en main.

Renouvelant son geste de va-et-vient, qu'elle accompagnait parfois d'un mouvement du poignet, elle se grisa des grognements entremêlés de gémissements qu'il ne pouvait contenir sous les assauts de ses doigts et de sa bouche.

Il passa les doigts dans ses tresses, tirant sa tête en arrière pour qu'elle le regarde.

— Tu n'as pas idée à quel point tu es sexy comme ça.

Il plongea en avant dans sa bouche, pivotant les hanches, geignant face au plaisir qu'il trouvait dans sa chaleur.

— Cette bouche sublime refermée autour de moi, si serrée, si douce…

Le reste de sa phrase fut inintelligible.

Lui tenant la tête à deux mains, il entra et sortit de sa bouche avec un mouvement de hanche assez puissant pour exciter Lyric, mais suffisamment contrôlé pour ne jamais la blesser.

Quand elle le regarda à nouveau, il avait les paupières crispées, et un rictus déformait son visage, tandis qu'il essayait de retenir encore son éjaculation.

Finalement, il se retira de sa bouche, se laissa tomber sur le canapé, et se caressa furieusement pour atteindre l'ultime libération, dans un jet puissant qui se répandit sur son abdomen et son torse.

La peau moite de transpiration, le souffle court, la posture alanguie, il offrait l'image parfaite de la débauche rassasiée.

S'essuyant du bout des doigts le contour des lèvres – comme elle l'aurait fait après un savoureux repas –, Lyric s'assit sur ses talons, fière d'avoir contribué à le mettre dans cet état.

- 16 -

— Combien de temps exactement avant que je te revoie ? s'enquit Josiah au téléphone.

Lyric se mordit la lèvre, essayant de rester impassible, alors qu'un sourire béat ne demandait qu'à étirer ses lèvres. Si elle avait été chez elle, ça n'aurait pas été un problème, mais elle se trouvait en face de l'immeuble du bureau de sa belle-mère, et elle devait mettre son bonheur en sourdine. Si Martha était mécontente du mariage de Trey et Jeremiah, elle entrerait probablement dans une rage folle si elle apprenait avec qui Lyric avait passé ses nuits depuis la soirée des Emmy Awards.

— Tu m'as vue hier soir, dit-elle, d'un ton gentiment moqueur. Si on se voit davantage, ça voudra dire qu'on vit ensemble. Et comme aucun de nous n'y est prêt, je pense qu'il est raisonnable de passer un peu de temps chacun de son côté.

— Parle pour toi.

Le ton était sérieux, mais elle refusa de considérer la réponse de Josiah comme autre chose qu'une repartie charmeuse.

— De plus, continua-t-il, nous sommes à la veille du mariage de Trey et Jeremiah. Nous pourrions travailler davantage si tu restais dormir chez moi ce soir.

— Tu sais très bien que je n'aurai pas l'esprit à travailler si je dors chez toi.

— C'est encore une meilleure raison de venir, alors.

— Écoute, Josiah, j'adorerais poursuivre cette conversation, mais Martha m'a convoquée à son bureau en ville.

— Bonne chance ! Et ne te laisse pas impressionner par elle. La dernière fois que vous vous êtes vues, elle t'a joué un mauvais tour. Je n'ai pas envie de te ramasser à la petite cuillère.

— Ne t'inquiète pas pour moi. Tout ira bien.

— Je sais que je n'ai pas à m'inquiéter, mais je ne pourrai pas m'en empêcher.

Cet homme était parfait.

Trop parfait, peut-être ?

Pourquoi son esprit suspicieux devait-il gâcher ce joli moment ?

La nuit, dans les bras de Josiah, elle trouvait le bonheur et la sérénité. Mais quand le soleil se levait, elle s'était déjà demandé si elle était vraiment prête à s'engager dans une nouvelle relation sérieuse.

— Je te rappelle plus tard, dit-elle, signifiant que la conversation en resterait là pour l'instant.

— Tu as intérêt ! répliqua Josiah.

Glissant son téléphone dans son sac, Lyric regarda de l'autre côté de Flatbush Avenue, qui était saturée par la circulation à cette heure de la journée.

En attendant que le feu passe au rouge, elle leva les yeux vers l'immeuble de deux étages abritant Inkosi, la marque *lifestyle* de Devereaux Inc, et redressa la épaules.

Quelques minutes plus tard, elle poussait la porte en verre, se préparant au choc qu'elle éprouvait toujours en entrant dans cet endroit. Même si l'immeuble était situé dans une artère très passante de Brooklyn et entouré de béton sur des kilomètres, la moquette épaisse, les œuvres d'art, les meubles provenant de chez un antiquaire réputé, donnaient à l'endroit un air de vieille fortune primordial aux yeux de Martha.

Frappant discrètement à la porte de sa belle-mère, elle l'entrebâilla pour vérifier si la voie était libre et entra d'un pas décidé dans le bureau.

— Martha, si vous m'avez fait venir ici pour me convaincre de ne pas aller au mariage de Trey et Jeremiah, c'est une perte de temps pour vous comme pour moi.

En arrivant devant la table de travail de Martha – un délicat bureau en marqueterie rehaussé d'ornements en bronze –, elle perçut un mouvement sur le côté et se crispa en découvrant que sa belle-mère avait un visiteur.

— Lyric, comme je suis heureux de vous revoir ! s'exclama Daniel Lambert.

Quand il prononça son prénom, elle eut l'impression qu'il déversait sur elle un tombereau d'ordures. Il lui donnait envie de prendre un bain et de se passer la peau au gant de crin pour ôter toute trace de souillure.

L'ignorant, elle toisa sa belle-mère, qui semblait boire du petit-lait.

— De quoi est-il question, Martha ?

— D'un contrat lucratif que M. Lambert a la bonté de nous proposer. Ne sois pas grossière, ma petite fille. Assieds-toi et écoute ce qu'il a à dire.

Lyric avait plutôt envie de croiser les bras et d'adopter un air boudeur. Mais, en voyant leurs sinistres sourires jumeaux, elle se dit qu'elle ferait mieux de ne pas être debout quand ces deux-là dévoileraient le mauvais coup qu'ils avaient concocté.

Elle prit place dans une petite bergère recouverte d'une délicate étoffe ancienne, qui était aussi inconfortable qu'elle était chère, et toisa le duo.

— Voilà ! Je suis assise. Parlez, maintenant.

— Vous êtes directe, dit Lambert. Ça me plaît.

Il sourit, attendit une banalité en retour, mais elle croisa les jambes et resta muette.

— Je pensais que vous étiez aux Daytime Emmys avec Josiah parce que vous étiez une amie personnelle, mais j'ai appris que vous alliez travailler avec lui comme présentatrice d'une nouvelle émission.

— Que ce soit vrai ou faux, je ne vois pas en quoi ça vous concerne.

— Je suis un spécialiste de la création d'émissions, et je voudrais vous mettre en garde. Jamais Josiah ne pourra vous apporter le degré de célébrité qu'il vous a promis.

Elle haussa un sourcil, comprenant où il voulait en venir.

— Mais je suppose que vous le pouvez.

Il hocha la tête, bouffi d'autosatisfaction.

— Je peux faire de vous une star. Et, plus important, je peux vous obtenir un contrat de fabrication pour vos produits.

Lyric tourna la tête vers sa belle-mère.

— Vous m'avez fait venir pour ça ? Pour quelle raison ?

Martha prit un air innocent.

— Mais, parce que tu es ma belle-fille, et que je savais que cette opportunité te rendrait heureuse.

Lyric ne retint pas le rire amer qui lui chatouillait la gorge.

— Une opportunité dont je n'aurais pas eu besoin si vous n'aviez pas dénoncé mon contrat initial par mesquinerie.

— Lyric…

Martha soupira, affichant l'apparence d'une femme meurtrie par tant d'ingratitude.

— Quand cesseras-tu de vivre dans le passé ? J'ai vu le contrat que M. Lambert a préparé. Il est beaucoup plus intéressant pour toi. Tu devrais le remercier de sa générosité.

Lambert sortit de la poche intérieure de sa veste une liasse de documents pliée en quatre et la tendit à Lyric.

La curiosité la poussa à s'en saisir, non parce qu'elle avait l'intention de trahir Josiah, mais parce qu'elle voulait savoir à quoi s'en tenir exactement.

Martha ne faisait jamais rien sans en tirer un profit pour elle-même. Elle avait forcément quelque chose à gagner dans cette histoire.

Elle parcourut les documents en diagonale. Sans posséder les compétences légales d'Amara, elle savait lire les rémunérations et les pourcentages.

— Tiens, c'est curieux, dit-elle, au bout de quelques instants. Martha, pas Inkosi, mais bien Martha à titre personnel, touchera quinze pour cent de mes gains, qui ne représentent par ailleurs que vingt-cinq pour cent des bénéfices net.

— C'est une commission de courtage, en quelque sorte, expliqua Martha. Après tout, c'est moi qui ai négocié ce contrat pour toi.

— Sauf que vous n'avez pas autorité pour négocier quoi que ce soit en mon nom. Vous n'êtes ni mon agent ni mon avocat.

— Allons, mesdames, intervint Lambert, d'un ton mielleux. Ne chipotons pas. Il s'agit d'un excellent contrat.

Lyric plia soigneusement les documents et les restitua au producteur.

— Je regrette. J'ai déjà signé un contrat avec Josiah. Je ne peux pas faire affaire avec vous.

— Les contrats sont faits pour être révoqués. Avec vos ressources financières, je suis certain que vous trouverez aisément un arrangement pour reprendre votre liberté.

— Vous avez raison. Je le pourrais. Mais je ne le souhaite pas.

Lyric se leva et toisa durement le producteur.

— Je ne sais pas à quel jeu vous jouez, mais je n'ai aucune envie d'y participer.

Elle se tourna vers sa belle-mère.

— Quant à vous, Martha, je vous serais reconnaissante à l'avenir de ne plus rien négocier en mon nom.

Elle sortit du bureau en résistant à l'envie de claquer la porte.

Le toupet de ces deux personnes qui pensaient pouvoir la manipuler !

Tandis qu'elle dévalait l'escalier, elle réalisa qu'elle venait d'exprimer sa propre opinion, au lieu de se conformer à ce qu'on attendait d'elle. Sans hésiter, elle avait pris la décision qu'elle estimait être la meilleure pour elle.

Et, si elle pouvait faire ça sur un plan professionnel, peut-être pourrait-elle aussi le faire pour sa vie privée.

Elle n'avait pas à avoir peur de ce qui pourrait mal tourner avec Josiah. Quoi qu'il arrive, elle était assez forte pour s'en sortir.

Une fois dans la rue, elle prit son téléphone et envoya un court message à Josiah.

Je suis en route pour venir chez toi. J'espère que tu es prêt à m'accueillir.

La réponse fut immédiate.

Toujours et pour toujours.

Le cœur gonflé d'un espoir nouveau, elle réalisa que, pour la première fois depuis le décès de son mari, l'idée de s'engager pour toujours ne l'effrayait plus.

- 17 -

Le tournage du dernier épisode venait de s'achever. L'organisation du mariage de Trey et Jeremiah s'était déroulée sans anicroche, grâce aux talents d'hôtesse et d'organisatrice de Lyric, et la réception battait son plein.

Ils avaient atteint leur but, sans que rien ne vienne se mettre en travers de leur route, et Josiah se réjouissait déjà de travailler pendant une saison entière avec cette femme extraordinaire qui avait su le toucher en plein cœur.

Accoudé au bar, il sirotait un whisky, tandis que les invités se dirigeaient vers le parquet de danse amovible qui avait été dressé dans la cour pavée de Devereaux Manor.

Quand s'élevèrent les premières notes de *Finally*, interprété par la chanteuse CeCe Peniston, la foule forma un cercle autour des mariés, qui massacraient un pas de deux.

Trey faisait du play-back sur les paroles. Elle agita la main pour faire signe à Amara et Lyric de la rejoindre, et les trois femmes se mirent à danser autour de Jeremiah, tout heureux d'être le centre de l'attention.

En voyant son ami aussi épanoui, Josiah ressentit un petit pincement de jalousie.

Il voulait ça aussi.

Il lui avait fallu beaucoup d'années, et une considérable accumulation de maturité pour réaliser cette vérité. Mais il était enfin à un stade où il pouvait l'admettre.

Il voulait qu'une femme le regarde comme Trey regardait

Jeremiah. Avec adoration et fierté. Sans crainte de crier son amour au monde entier.

Il observa Lyric onduler sensuellement au rythme de la musique. Elle était belle, gracieuse, et terriblement attirante dans la robe rose doré que Trey avait choisie comme tenue pour ses demoiselles d'honneur.

C'était un modèle à une seule manche, dont le buste se composait de ruchés, avant de laisser place à une jupe fuseau fendue jusqu'à mi-cuisse.

Elle était sublime. Elle était à lui. Et il ne la laisserait jamais partir.

Le DJ se jeta sur le micro dès les dernières notes de la chanson de CeCe, pour annoncer :

— Messieurs, prenez votre chérie par la main, et montrez-lui votre amour sur la piste de danse.

On entendit l'intro de *Just Us*, par Two Tons O' Fun, et le regard de Lyric croisa le sien.

Il but une dernière gorgée de whisky, posa son verre sur le bar, et se fraya un chemin entre les couples qui groovaient au rythme de cette session de R&B *old school*. Le temps que les chanteuses du groupe, Martha Wash et Izora Armstead entament leur poignante improvisation, il se trouva devant Lyric et lui offrit sa main.

Tandis qu'ils évoluaient souplement au rythme de la musique, trouvant d'instinct les pas, se complétant l'un l'autre, Josiah songea à sa mère et ses tantes, qui écoutaient cette chanson en boucle. Il connaissait chaque mot, chaque performance musicale, mais il n'avait jamais compris la signification profonde de ce texte, avant de l'entendre en compagnie de Lyric.

Rien que nous.

Ce qui comptait, c'était le pouvoir qu'ils avaient quand ils étaient ensemble. Ça ne fonctionnait pas quand ils étaient loin l'un de l'autre. Mais quand leurs corps et leurs cœurs fusionnaient, leur alchimie devenait magique.

Quand la chanson s'acheva, Lyric le félicita, un rien moqueuse.

— Quelle souplesse ! Vous avez certains mouvements furieusement acrobatiques, monsieur Manning.

Il lui vola un baiser.

— Laisse-moi te raccompagner chez toi, et je vais t'en montrer, des mouvement acrobatiques.

Elle passa les bras autour de sa taille et se plaqua contre lui, la tête enfouie dans le creux de son épaule, lui donnant l'impression d'être invincible.

— Je crois que j'ai bien envie d'accepter cette offre.

Mais Trey l'interrompit en lui tapant sur l'épaule et en lui demandant de la suivre.

Josiah retourna s'asseoir et regarda les deux femmes traverser ce que la famille appelait le jardin, mais qui tenait plutôt du parc, avec ses allées pavées, ses parterres de roses au milieu de pelouses d'un vert uni et vibrant, son bassin surplombé d'une statue et animé de jeux d'eau…

— Donc, tu es passé au stade où tu embrasses ma cousine en public ?

Josiah tourna la tête vers Jeremiah, dont la voix était parfaitement audible malgré la musique assourdissante en arrière-plan.

— C'est ton mariage. Tu n'as rien de mieux à faire que de venir me chercher des noises ?

Jeremiah tira une chaise et s'assit à côté de lui.

— Je ne suis pas venu me battre. Tu es mon meilleur ami et, si ça signifie quelque chose pour toi, je veux te donner ma bénédiction.

Josiah écarquilla les yeux.

— Qu'est-ce qui t'a fait changer d'avis ?

Son ami haussa les épaules.

— J'ai vu cette complicité entre vous pendant que vous dansiez. Et c'est exactement ce que je partage avec ma femme. Tu l'aimes, n'est-ce pas ?

— Ta femme ?

Il plaisantait délibérément pour faire diversion à l'étrange émotion qui lui serrait soudain la poitrine.

— Ne fais pas l'idiot ! répliqua Jeremiah. Tu sais très bien que je parle de Lyric. Tu l'aimes ?

— Sans le moindre doute.

— Tu lui as dit ?

— Non. Entre la préparation de ton mariage et les tournages, nous n'avons pas eu beaucoup de temps à nous. Et puis, tu m'avais recommandé de ne pas lui mettre la pression.

— Je ne l'ai pas vue aussi heureuse depuis longtemps. Et si tu en es la raison, ça me va. Par contre, ne tarde pas trop à lui dire. D'après ce que j'ai vu sur cette piste de danse, tes sentiments sont partagés.

En regardant Lyric et Trey revenir vers eux, un espoir insensé se forma dans le cœur de Josiah.

Peut-être son ami avait-il raison…

Après le départ des mariés pour une lune de miel de trois jours dans les Hamptons – le couple ne voulant pas s'absenter plus longtemps compte tenu de l'état de santé d'Ace –, Josiah demanda à Lyric si elle était prête à ce qu'il la raccompagne chez elle.

— Désolée, répondit-elle, j'ai promis à Trey d'aider oncle Ace à s'installer à l'étage. Elle a essayé de le faire se coucher plus tôt, mais il a refusé. Il ne voulait rien manquer du grand jour.

Josiah soupira, en affichant un air de martyr.

— Ça veut dire que mon projet de retirer toute cette soie drapée sur ton corps sublime tombe à l'eau ?

Elle sourit, mutine.

— Pas du tout. Accorde-moi quatre-vingt-dix minutes et retrouve-moi à la maison. Je garderai même la robe pour que tu puisses assouvir ton fantasme.

Il enfouit son visage dans le creux de son épaule et il la sentit frémir contre lui.

— C'est pour ça que je t'apprécie tellement. Ton esprit est aussi beau que tout le reste de ta personne.

Il ne put s'empêcher de lui mordiller un peu le cou, jusqu'à ce qu'elle proteste et le repousse.

— Plus vite j'en aurai terminé ici, plus vite nous pourrons poursuivre la soirée à notre manière, dit-elle, d'un ton lourd de promesses.

Il déposa un rapide baiser sur ses lèvres.

— Marché conclu.

- 18 -

Lyric se précipita chez elle, impatiente de retrouver Josiah.

Leur première fois ensemble avait eu lieu dans le lit installé dans son studio de l'entresol. Mais ce soir, elle le voulait dans sa chambre. Elle tenait à ce qu'il sache qu'il était le bienvenu dans tous les aspects de sa vie, et non dans une section compartimentée avec accès limité.

— Réfléchis, ma fille, marmonna-t-elle. Comment faire de cette soirée un événement vraiment spécial ?

Elle savait qu'il y avait une bouteille de champagne dans le réfrigérateur et un cheese-cake. Elle avait prévu de faire sauter le bouchon et de céder à son péché mignon qu'étaient les sucreries, en guise de récompense pour tout le travail accompli pour le mariage de Trey et Jeremiah.

Mais ce soir, elle voulait célébrer quelque chose de différent. De plus personnel.

Le début d'une belle histoire d'amour.

Elle prit la bouteille de champagne et la déposa dans le seau à glace. Puis elle l'emporta dans le salon et revint chercher les flûtes et le cheese-cake.

Elle terminait de tout installer joliment sur la table basse en verre, quand elle entendit la sonnette.

Son cœur s'accéléra, tandis qu'un sourire impatient étirait ses lèvres.

Elle courut vers la porte, attrapa la poignée et ouvrit en grand le battant de chêne pour accueillir Josiah.

— Tu es en avance…

Elle se figea en découvrant Martha et Daniel Lambert sur son perron, tandis qu'un frisson glacé courait le long de sa colonne vertébrale.

— Que faites-vous ici, tous les deux ?

Martha lui adressa un sourire froid et satisfait, comme si elle venait de la surprendre en plein crime.

— Nous interrompons quelque chose ?

— Que voulez-vous, Martha ?

Sa belle-mère la toisa avec sévérité, mais Lyric faisait partie de la famille depuis trop longtemps pour ignorer comment lui tenir tête.

Tandis que les deux femmes s'affrontaient du regard, aucune ne voulant céder la première, Daniel Lambert s'éclaircit bruyamment la gorge.

— Martha, auriez-vous la gentillesse d'attendre dans ma voiture, le temps que Mme Devereaux-Smith et moi ayons une brève conversation ?Les yeux de Martha étaient acérés et emplis de suspicion. Elle finit cependant par se tourner vers Daniel, avec une moue offusquée.

— Faites à votre guise. De mon côté, j'ai fait ce que vous m'aviez demandé. Quelle que soit l'issue, assurez-vous que je reçoive la compensation que nous avons évoquée.

Lambert ne dit rien et attendit que Matha ait fait demi-tour et regagné la voiture.

Lorsqu'il tourna la tête vers Lyric, elle afficha une expression méfiante, certaine qu'il mijotait un mauvais coup.

— Veuillez m'excuser de m'être servi de votre belle-mère pour entrer en contact avec vous. J'ignorais qu'elle avait une nature aussi belliqueuse. Cependant, je savais que vous refuseriez mon offre.

— C'est exact, répliqua Lyric. Et vous avez pensé qu'une visite en pleine nuit me ferait changer d'avis ?

— Pardonnez mon manque de tact. Mais, en affaires, l'attente est souvent la cause d'opportunités manquées.

Je ne sais pas ce que Josiah vous a dit à mon sujet… probablement que je suis sans pitié. Mais, contrairement à Josiah, j'ai l'appui d'une société de production de premier plan. Il ne pourra jamais vous offrir l'opportunité que je vous propose. Si vous venez travailler avec moi, je ferai de vous une star.

Lyric croisa les bras et le fixa du regard sans rien dire. Elle avait découvert que la meilleure façon de se comporter avec un personnage aussi retors que Lambert était d'attendre, et de lui laisser assez de corde pour se pendre lui-même.

Voyant qu'elle ne répondait pas, il sortit de la poche de sa veste une liasse de documents pliés en quatre.

— C'est un nouveau contrat qui vous offre soixante-quinze pour cent des revenus générés par vos lignes de soins pour les cheveux et de cosmétiques. Cela garantit également que la fabrication commencera une semaine après votre signature.

Il agita les papiers sous son nez, comme s'il essayait de la tenter avec la dernière part de tarte à la patate douce le jour de Thanksgiving.

Lorsqu'elle tendit la main, il déposa le contrat.

— Josiah ne peut rien vous offrir de la sorte. Il est temps pour vous de rompre les liens avec lui, et de rejoindre une équipe qui gagne à tous les coups.

Elle feuilleta le contrat et vit que les conditions étaient bien telles qu'il les avait décrites. D'une certaine façon, ça la rendit encore plus méfiante à son égard. Elle l'enveloppa d'un regard vaguement dégoûté, comme si elle contemplait une salissure collée à la semelle de sa chaussure.

— Monsieur Lambert, je reconnais que c'est un accord lucratif. Mais je sais d'expérience qu'il y a toujours un prix à payer. J'ai peine à croire que vous m'offriez autant sans espérer une contrepartie en retour. Dites-moi ce que vous voulez. Que dois-je faire pour obtenir tout ce que vous m'offrez ?

Il y eut dans les yeux de Lambert quelque chose qui ressemblait à de l'amusement. Mais, comme elle pouvait quasiment voir fonctionner les sinistres rouages de son cerveau, cela ne fit que renforcer sa méfiance.

— Vous êtes une femme intelligente. J'aime ça.

Il s'approcha, l'obligeant à lutter contre son instinct qui lui soufflait de s'écarter.

— Ce n'est rien d'extraordinaire, reprit-il. Juste une toute petite faveur que j'aimerais que vous me rendiez, avant que j'appose ma signature sur ce document.

Il désigna le contrat qu'elle avait gardé dans sa main, et son sourire de façade disparut, laissant apparaître sa vraie nature.

— Je veux que vous me donniez le script de l'émission sur laquelle vous travaillez.

— Vous voulez que je fasse la même chose que Bianca ?

— Ça fonctionnait tellement bien. Pourquoi changer une formule qui fonctionne ? Le ferez-vous ?

Lyric prit une profonde inspiration, dans un effort pour contenir sa rage.

— L'émission a déjà obtenu le feu vert. Vous ne pouvez pas la voler comme vous l'avez fait avec l'autre programme. Le seul but que cela servirait serait de faire du mal à Josiah.

Le sourire de Daniel se fit carnassier, et elle sentit son estomac se nouer.

— C'est de ça qu'il s'agit ? Faire du mal à Josiah ?

L'amertume voila le regard de Daniel.

— Je suis très bon dans ce que je fais. Mais Josiah possède une créativité inégalée. Donc, il faut le stopper. Et la seule façon pour moi d'y arriver, c'est de jouer sur sa sensibilité émotionnelle.

Daniel avait dû sentir qu'elle ne le suivait pas, car il se rapprocha.

— La défaite de Josiah ne tenait pas tant au fait que je lui avais volé son émission, qu'à la trahison de Bianca. Il lui a fallu quatre ans pour reconstruire sa carrière et sa réputation. Et une année de plus pour qu'il se positionne à nouveau comme mon concurrent, car il était incapable de faire confiance à qui que ce soit après ça.

Lambert eut un petit rire satisfait.

— Vu comme il semble épris de vous, je suis sûr de rester à nouveau cinq ans de suite « le » producteur de la plage horaire d'avant-soirée, le temps que Josiah soigne son petit cœur brisé. Et si j'obtiens le poste chez PBN entre-temps, ce sera encore mieux. Ça voudra dire que ne j'aurai plus jamais à m'inquiéter de son talent, car ce sera moi qui achèterai les émissions, au lieu de m'échiner à les créer.

Lyric bouillait de rage. Cet homme représentait tout ce qu'elle détestait à propos de Hollywood : des gens de pouvoir et d'influence prêts à piétiner les autres pour rester au sommet. C'était inhumain. Mais, surtout, il y avait de quoi enrager en pensant que Lambert avait joué avec la vie de Josiah, sa carrière, son cœur, dans le seul but d'assurer sa propre réussite.

— Je ne sais pas ce qui vous fait croire que vous pourriez obtenir de moi une telle trahison ! s'exclama-t-elle. Je suis une Devereaux. Vous n'avez pas assez d'argent et d'influence pour me tenter ou me forcer à faire quoi que ce soit.

Il haussa les épaules.

— C'est vrai. Mais même les plus riches veulent être célèbres. Ils rêvent d'avoir leur nom sur le Walk of Fame à Hollywood. Votre seul espoir d'obtenir un meilleur arrangement avec Josiah, c'est qu'il prenne la présidence de PBN. Faute de quoi, vous obtiendrez au mieux treize épisodes. Josiah est peut-être plus créatif, mais il n'a pas le prestige et l'influence d'Eagle Vision. Vous êtes vraiment prête à renoncer à tout ça pour ses beaux yeux ?

Trop bouleversée pour laisser se poursuivre cette conversation, elle se redressa de toute sa hauteur et toisa Lambert.

— Je vais vous donner la seule réponse que vous méritez.

Les bras croisés, elle ne cilla pas tandis qu'elle l'affrontait du regard, car elle avait besoin qu'il sache que chaque mot qu'elle allait prononcer était mûrement réfléchi.

— Eh bien non, certaines personnes ne peuvent pas être achetées, monsieur Lambert. Même quand on leur agite leur rêve sous le nez comme une carotte. Et maintenant, partez de chez moi, avant que j'appelle la police.

Avant qu'il ait eu le temps de répondre, elle recula dans son hall, ferma la porte et tourna tous les verrous.

Un bref regard à sa montre Cartier lui apprit que Josiah serait là dans une dizaine de minutes.

Anticipant son arrivée, elle se dirigea vers la cuisine et jeta le contrat au fond d'un tiroir. Elle le passerait plus tard au destructeur de documents mais, pour le moment, elle voulait mettre hors de sa vue le souvenir de ce que cet homme ignoble essayait de faire à Josiah.À présent qu'elle avait réglé ce problème, il était temps pour elle de se préparer pour une nuit magique avec l'homme qu'elle attendait.

Celui qu'elle avait attendu pendant tout ce temps sans le savoir.

- 19 -

Josiah ne comptait plus le nombre de tours qu'il avait fait dans le quartier de Lyric. Trouver une place de stationnement à Clinton Hill un samedi soir était presque impossible.

Ce n'était pas grave. Même l'agacement provoqué par l'enfer de la circulation à Brooklyn ne pouvait gâcher sa bonne humeur.

Rien ne l'empêcherait de passer la nuit à faire l'amour à Lyric, et à lui dire enfin qu'il l'aimait.

Juste au moment où il tournait à l'angle de la rue, il vit un véhicule quitter un emplacement. Il se gara, sortit de sa voiture, et pressa brièvement la télécommande pour verrouiller les portières.

Marchant d'un pas guilleret vers la maison de Lyric, il s'arrêta net après quelques enjambées.

Que faisait Daniel Lambert sur son perron, à discuter avec elle ?À cette distance, il ne pouvait pas entendre ce qu'ils disaient, mais chaque muscle de son corps se raidit. Il était prêt à réduire cet homme en lambeaux.

Lambert n'avait aucune raison de se trouver là. Durant les Daytime Emmys, elle lui avait à peine adressé plus de quelques mots. Quelle que soit la raison de sa présence, il était certain que son vieil ennemi ne mijotait rien de bon.

Il sentait son cœur battre à tout rompre dans sa poitrine et son sang bouillonner. Voir cet homme en compagnie de Lyric ne devrait pas le mettre dans cet état mais, en sachant combien Lambert était retors, Josiah regrettait de ne plus être ce jeune adolescent au sang chaud, qui cassait la figure à quiconque se mettait en travers de sa route.

Il se força à desserrer les poings et à respirer calmement. Se faire arrêter ce soir pour agression n'était pas au programme. Il allait devoir gérer ça en douceur.

Il se dissimula dans les ombres d'une maison voisine, jusqu'à ce que Lambert ait regagné sa voiture et se soit engagé dans la circulation. Puis il se dirigea vers la maison de Lyric, mais s'accorda une pause avant d'actionner la sonnette, le temps de reprendre le contrôle de ses émotions chaotiques.

Il finit par sonner et enfonça les mains dans les poches du jean Gucci qu'il avait enfilé après la réception de mariage.

Lyric vint à la porte, ressemblant comme toujours à une déesse. Elle était pieds nus, mais avait gardé sa robe à une épaule, comme il le lui avait demandé. Savoir qu'elle avait suivi sa recommandation pour lui faire plaisir calma sa colère et enflamma sa convoitise.

— Salut, toi.

Elle lui adressa un sourire sensuel, lui prit la main, et l'attira dans le hall.

Dès que la porte se fut refermée dans un cliquètement, elle se hissa sur la pointe des pieds, noua les bras autour de son cou et posa ses lèvres sur les siennes.

Le désir l'envahit, submergeant ses sens et lui interdisant de penser à autre chose qu'à la satisfaction qu'ils ne tarderaient pas à se donner l'un l'autre.

Mais, tandis qu'il essayait de se laisser aller totalement à l'envie qu'il avait d'elle, la suspicion pointa à nouveau le bout de son nez.

— Ou mes baisers ont perdu leur pouvoir magique, ou tu es distrait, remarqua Lyric, d'un ton qui oscillait entre l'inquiétude et le reproche.

Elle passa le bout du pouce sur ses lèvres, effaçant les traces de son rouge à lèvres.

— Où es-tu, bébé ? Qu'est-ce qui te préoccupe ?

Il la regarda, s'appliquant à s'émerveiller comme toujours de cette vision de la perfection, et fit un effort pour revenir dans le jeu. Mais, tandis que son érection s'amoindrissait doucement, il comprit que c'était une bataille perdue.

Il leva les yeux vers le plafond, s'ingéniant à trouver un moyen de livrer sa pensée sans paraître accusateur, mais finit par comprendre qu'il n'y avait pas de moyen d'atténuer le coup.

Secouant la tête, il la prit par la main et l'entraîna vers le salon.

— Josiah ?

L'inquiétude dans la voix de Lyric le secoua, et sa façon de scruter son visage à la recherche de réponses faillit le faire renoncer. Mais ce qu'ils étaient en train de construire était trop précieux pour laisser le moindre soupçon l'empoisonner.

Aussi inconfortable que ce soit, il devait jouer cartes sur table.

— Que faisait Daniel Lambert sur ton perron ?

Elle prit une profonde inspiration, et un sourire apaisant remplaça graduellement les plis soucieux qui pinçaient son visage.

— Il est venu avec Martha. Elle m'a tendu une embuscade quand je suis arrivée de chez oncle Ace.

— Ils se connaissent ?

Lyric hocha la tête.

— Il semblerait. Je ne fréquente pas les mêmes cercles que Martha, donc j'ignore de quelle façon ils se sont rencontrés.

— Je n'ai pas vu ta belle-mère, pourtant.

— Elle et moi avons eu des mots, et elle est retournée à la voiture de Lambert. Il n'a pas tardé à la rejoindre.

Lentement, elle détailla son visage.

— Josiah, que se passe-t-il exactement ?

Il secoua la tête.

— Rien. Ça m'a seulement paru bizarre qu'il soit là. Il ne te connaît pas, et je ne vois aucune raison valable de le retrouver sur ton perron.

Elle prit son visage entre ses mains et caressa tendrement sa barbe, tout en lui souriant.

— Je sais que Daniel Lambert t'évoque une période vraiment affreuse de ta vie. Je sais qu'il t'a fait du mal sur différents plans, et y compris dans ta vie privée. Mais, en ce qui me concerne, tu n'as pas à t'inquiéter. Je serai toujours de ton côté, quoi qu'il arrive.

Josiah lui saisit la main, déposa un baiser sur ses articulations et la posa à plat contre son torse.

— Je ne suis pas sûr de te mériter. Et je suis désolé d'avoir eu l'air de te faire subir un interrogatoire. Il est évident que j'ai dérapé.

Les coins de sa bouche s'étirèrent en un sourire reconnaissant, tandis qu'il plongeait son regard dans celui de Lyric.

— Si nous oubliions Lambert pour nous concentrer sur le plus important ? Toi et moi.

Elle fit un pas de côté, et il aperçut sur la table basse quelque chose qui lui mit l'eau à la bouche.

— C'est un cheese-cake aux framboises ?

— Oui. J'ai pensé que tu aimerais une petite douceur sucrée après ton rude travail pour le mariage et l'émission.

— Il vient de chez Junior's ?

Lyric secoua la tête, avec une mimique faussement accablée.

— Je sais que je risque de me faire retirer ma carte de vraie fille de Brooklyn, mais je préfère Cheesecake Factory.

Il fit mine d'être choqué, tandis qu'il l'attirait contre lui.

— Ne t'inquiète pas. Je te pardonne ton blasphème. Ton secret est en sécurité avec moi. Et si nous l'attaquions tout de suite ? J'ai hâte de passer au reste de la soirée.

— Bien sûr. Mais je viens de m'apercevoir que j'ai oublié les fourchettes à dessert et les serviettes. Je fais un saut à la cuisine, et…

Il l'interrompit.

— Je m'en occupe. Installe-toi confortablement sur le canapé.

Il emprunta le couloir vers la cuisine, d'une démarche plus légère que n'auraient dû le permettre ses baskets *Air Force One*. Mais, quand il arriva devant l'îlot central, il s'arrêta, perplexe.

De quel tiroir avait-il vue Lyric sortir les couverts, la dernière fois ?

Déterminé à trouver seul, il ouvrit un tiroir au hasard, puis un autre et encore un autre. S'impatientant, il tira le dernier avec un peu plus de force que nécessaire, et une partie de son contenu s'en échappa.

Tandis qu'il s'accroupissait pour ramasser les quelques papiers et enveloppes éparpillés au sol, un motif composé d'un aigle au milieu d'un œil attira son attention. Il connaissait bien ce logo. C'était celui d'Eagle Vision Productions, la compagnie pour laquelle travaillait Daniel Lambert.

Il voulut d'abord se convaincre qu'il y avait une explication rationnelle. Mais, tandis qu'il soulevait la liasse d'une main tremblante, son cœur se serra.

Il déplia les documents et vit immédiatement le mot contrat écrit en gras et en majuscules en haut de la page. Il balaya rapidement du regard les lignes suivantes et découvrit le nom de Lyric Devereaux-Smith, également écrit en gras.

La colère qu'il avait initialement éprouvée en découvrant Lambert devant la porte de Lyric resurgit avec une force décuplée.

Sans prendre la peine de ramasser les autres papiers, ou de refermer le tiroir, il se rua dans le couloir et se dirigea tout droit vers le salon, en agitant le contrat comme s'il s'agissait de la preuve irréfutable d'un crime. Et c'était d'ailleurs ainsi qu'il le voyait.

Il jeta la liasse devant elle sur la table basse et croisa les bras, attendant une explication à laquelle il estimait avoir droit.

— Apparemment, tu n'as pas réussi à trouver les fourchettes à dessert, mais tu as fouillé dans mes documents privés, dit-elle, sans perdre son calme.

— Tu admets donc que tu essayais de me cacher ça ?

Elle resta assise et croisa posément les jambes.

— Je n'ai pas à me justifier de quoi que ce soit. Je suis chez moi, et il y a mon nom sur ce document. Je ne l'ai pas mis dans ce tiroir pour le cacher, mais pour me faire penser à le passer au destructeur de documents avec les autres courriers indésirables, comme je le fais chaque semaine.

Il plissa les paupières, tâchant de déterminer si sa réaction agressive était une façon de cacher la vérité, ou simplement le signe qu'il l'avait agacée.

— Je t'ai demandé ce que Lambert faisait ici. Tu m'as incité à croire qu'il n'avait fait qu'accompagner Martha. Mais tu as oublié de mentionner qu'il t'avait offert un fichu job !

Lyric inclina la tête, en faisant une petite moue, avant de brandir son index droit. Puis elle se leva, se déhancha légèrement, une main posée au creux de sa taille, tout en lui agitant son index sous le nez.

— Je ne sais pas ce qui t'a fait croire que tu pouvais débarquer chez moi et exiger des explications. Mais qu'on soit bien d'accord : ce n'est pas parce que nous couchons ensemble que je suis obligée de te dire quoi que ce soit.

Josiah sentit un muscle jouer dans sa mâchoire, comme si elle venait de lui asséner un coup de poing.

Elle avait raison, bien sûr. Et, s'il avait eu les idées claires, il aurait admis qu'il était allé trop loin et il aurait tenté une autre approche. Mais la pensée qu'elle l'avait peut-être trahi attisait les flammes de sa colère, la transformant en brasier impossible à maîtriser.

— Pour la dernière fois, Lyric…

Il serra les dents, s'efforçant malgré tout de se contenir.

— Qu'est-ce que Daniel Lambert te voulait exactement ?

Elle croisa les bras et prit une profonde inspiration avant de répondre.

— Je ne te dois aucune explication. Mais, comme je veux tourner la page de cette scène grotesque, je vais quand même t'en donner une.

Elle se pencha pour prendre une des flûtes de champagne et la vida d'un trait.

Il ne l'avait jamais vue comme ça.

— Martha m'a convoquée chez Inkosi, hier. Je pensais que c'était pour exiger à nouveau que je laisse tomber le mariage. Mais quand je suis entrée dans son bureau, Daniel Lambert s'y trouvait. J'ai compris que c'était un guet-apens, et je savais que rien de bon ne pouvait en ressortir. Mais je suis restée pour savoir ce que mijotait Lambert. Il m'a proposé de présenter une de ses émissions. J'ai refusé tout net, et je suis partie. Je pensais que nous en resterions là.

Josiah se sentit quelque peu soulagé. La loyauté était tout pour lui, et il avait absolument besoin que Lyric se montre loyale envers lui.

Mais l'histoire ne s'arrêtait pas là, et il entretint délibérément sa colère pendant quelques instants encore.

— Ce n'est pat tout, n'est-ce pas ?

— Non. Pendant que je préparais tout ça…

Elle désigna d'un ample geste de la main le champagne et le gâteau sur la table basse.

— Martha et lui se sont présentés à ma porte. Il est venu avec une meilleure offre, et une exigence spécifique. Il voulait que je vole le script de l'émission pour le lui donner.

Josiah ferma brièvement les paupières, redoutant d'entendre le reste de l'histoire, tout en ayant besoin de savoir comme elle terminait.

— Et ta réponse ?

Elle tiqua et fit un pas en arrière, ajoutant davantage de distance entre eux.

— Je lui ai donné la seule réponse possible me concernant : j'ai refusé.

Le soulagement fut tel qu'il sentit ses genoux vaciller. Mais, lorsqu'il vit les yeux de Lyric brouillés de larmes contenues, son cœur se déchira en minuscules fragments.

Seigneur, qu'avait-il fait ?

— Tu ne veux pas savoir pourquoi j'ai dit non la seconde fois ?

La voix de Lyric était rauque d'émotion, et il comprit en voyant trembler ses lèvres qu'il lui fallait faire appel à tout son courage pour parler.

— Lyric, non. Je n'ai pas besoin de savoir. Je n'aurais jamais dû…

— Tu as absolument raison !

Elle l'avait interrompu d'une voix aussi tranchante qu'une lame.

— Mais tu l'as fait. Alors, permets-moi de terminer.

Elle laissa tomber ses bras le long de son corps, les poings serrés, et s'avança vers lui, se tenant si proche que son parfum fruité lui envahit narines.

— J'ai refusé parce que je t'aime, et que je préférerais me couper un bras plutôt que de te trahir de cette façon. Je savais aussi que, si je te donnais la preuve que je t'aimais vraiment, tu n'aurais plus jamais à t'inquiéter de ma loyauté envers toi et tes rêves.

Bon sang, ça faisait un mal de chien !

Il aurait dû lui accorder le bénéfice du doute. Au lieu de quoi, il s'était montré indigne d'elle, et ça le brisait.

— J'ai passé vingt ans avec un homme qui remettait en question chaque décision que je prenais. Il m'a maintenue quasi prisonnière dans une tour d'ivoire, parce il avait peur que je sois trop facilement tentée de le quitter. J'avais beau lui répéter qu'il était le seul homme que je voulais, il ne pouvait pas croire qu'une femme de vingt ans sa cadette ne se lasserait pas un jour de lui.

Sa voix s'était brisée, et elle s'interrompit brièvement pour reprendre son souffle.

— Je l'aimais, mais je me suis fait la promesse, devant sa tombe, de ne plus jamais mettre ma vie entre parenthèses pour un homme. Si je devais un jour aimer un autre homme, il faudrait qu'il ait une confiance absolue en moi. Et voilà que, deux ans plus tard, je commets la même erreur et retombe dans les mêmes travers.

Elle secoua la tête, essuyant du bout des doigts une grosse larme qui roulait sur joue.

— J'ai peut-être été stupide au point de donner mon cœur et mon corps à un autre homme trop peu confiant en lui pour croire en mon amour. Mais cette fois, rien ne m'oblige à rester vingt ans avec lui. Cette fois…

Elle recula, transformant la distance entre eux en un fossé infranchissable.

— Cette fois, je choisis d'arrêter là. Je ne peux pas être avec un homme qui me punira sans cesse pour les péchés de la femme qu'il a connue avant moi. Si tu ne vois pas que tu es tout ce que je veux, et que personne ne me retirera ma loyauté envers toi, alors je n'ai pas besoin de perdre davantage de temps avec toi.

— Bébé, je t'en prie, ne fais pas ça.

Elle leva la main, l'arrêtant avant même qu'il ne tente de faire un pas dans sa direction.

— S'il te plaît, va-t'en.

Et juste comme ça, à cause de sa propre stupidité, ce qui devait être une nuit merveilleuse se transforma en désastre absolu.

- 20 -

Installée dans son studio, Lyric était occupée à éditer des tournages pour ses comptes YouTube et Instagram. Elle avait compris très vite l'avantage qu'il y avait à enregistrer par avance trois ou quatre semaines de contenus. Dans ce cas précis, ça lui avait permis de préparer le mariage et de participer à l'émission de Josiah sans affecter le moins du monde son emploi du temps.

Penser à Josiah lui arracha un profond soupir. Pour ce qu'elle en savait, il allait bien. Elle avait reçu un mail ce matin au sujet du programme de production de leur émission pour l'automne. Le ton du message était courtois, mais cela n'apaisait pas le sentiment de perte qui lui rongeait le cœur.

Tu dois tourner la page, Lyric.

Avant qu'elle ait eu le temps de se demander comment, la sonnette de la porte d'entrée retentit. Ravie de cette distraction, elle alla ouvrit et découvrit Amara et Trey sur le seuil.

— Tu vois, Trey, je t'avais bien dit qu'il se tramait quelque chose, déclara Amara, tout en inspectant Lyric de la tête aux pieds. Elle porte du rouge à lèvres mauve, et nous sommes encore en été. Quel genre d'influenceuse beauté ferait ça ?

Lyric laissa échapper un petit rire triste, qui se transforma involontairement en pitoyables sanglots. Gentiment, ses cousines la conduisirent vers le studio, où elles l'installèrent sur le canapé avec une bouteille d'eau et une boîte de mouchoirs en papier.

Les questions purent alors commencer.

— Qu'est-ce qu'il a fait ? demanda Trey.

Elle se trouvait près de la cheminée, les bras croisés, et le regard rivé sur Lyric.

— Josiah évite les appels de Jeremiah depuis que nous sommes rentrés de notre voyage de noces, tandis que tu te caches dans ta grotte créative. Ça sent à plein nez le type qui s'est comporté stupidement. Quel gâchis.

Les yeux de Lyric passèrent d'une visiteuse à l'autre.

Elle savait qu'elles étaient déterminées à découvrir la vérité. Quand un ou une Devereaux voulait quelque chose, aucune force au monde ne pouvait l'arrêter. Mais elle savait aussi que ses cousines respecteraient son intimité si elle refusait de leur livrer les détails sordides de sa mésaventure.

Cependant, tandis qu'elle les observait se rassembler autour d'elle sur le canapé, affichant un air inquiet, elle réalisa qu'elle n'avait pas envie de porter ce fardeau toute seule.

— Ne vous y trompez pas, c'est entièrement la faute de Josiah. Mais Martha ne s'est pas privée de souffler sur les braises. Elle m'a piégée.

Trey grimaça en entendant mentionner Martha. Elle-même s'était opposée à cette femme quand elle avait essayé de saboter sa relation avec Jeremiah, et Lyric n'avait aucun mal à comprendre le manque de chaleur de Trey à l'égard de la vieille dame.

— Elle m'a envoyé un SMS après le mariage, prétendument pour savoir si j'étais déjà rentrée à la maison, reprit Lyric. J'ai commis l'erreur de lui dire que j'étais toujours occupée à installer Ace, et que je ne serais pas chez moi avant une bonne heure. Alors que j'étais rentrée depuis peu chez moi, Martha a débarqué accompagnée de

Daniel Lambert, le rival de Josiah. À ce moment-là, ça ne m'a même pas traversé l'esprit que son minutage tombait à point nommé.

Il faut dire qu'elle avait autre chose en tête. Elle ne pensait qu'à se préparer pour Josiah et au temps qu'il faudrait à celui-ci pour la rejoindre.

— Elle a calculé son arrivée pour que Josiah me voie en train de parler avec cet homme et s'énerve. Peu après le départ de Josiah, Martha m'a écrit un autre message, pour me dire qu'elle espérait que tout allait bien avec Josiah, étant donné la façon dont il était sorti en trombe de la maison. J'ai alors réalisé que Daniel et elle avaient tout manigancé dans le but de semer la zizanie entre Josiah et moi.

— Je vais la renvoyer, décréta Trey.

Lyric secoua la tête.

— Inutile. Ce qui est fait est fait.

Elle se blottit sur le canapé, calée contre les coussins.

— Laissez-moi finir de tout vous raconter avant que je ne craque complètement.

Lyric n'omit aucun détail. Quand elle eut terminé, Trey fut la première à parler.

— Comment va-t-on gérer ça ? demanda-t-elle.

Se levant d'un bond, elle se mit à arpenter la pièce.

— Tu veux que nous l'appelions pour l'abreuver d'injures ? Ou alors, on peut aussi aller lui casser la figure.

Amara se leva à son tour.

— En tant qu'avocate, je recommande généralement d'éviter la violence physique. Mais, s'il faut en venir aux mains, vous pouvez compter sur moi.

Ces femmes étaient des capitaines d'industrie, cultivées et raffinées. Mais, quand l'une d'elles était menacée, elles n'hésitaient pas à passer en mode « guerrière ». Sous le vernis de la femme du monde, la fille de Brooklyn n'était jamais loin, prête à en découdre.

Voir ses cousines se dresser pour défendre son honneur fit chaud au cœur de Lyric, atténuant un peu la tristesse dans laquelle elle se noyait depuis la soirée de mariage de Trey.

— Je vous aime toutes les deux plus que je ne peux l'exprimer pour le moment. Et, bien que je sois tentée d'accepter votre offre, personne ne cassera la figure de personne.

Elle toisa sévèrement ses cousines.

— Est-ce que c'est bien clair ?

— Bien, répondit Trey.

Comme une enfant boudeuse, elle croisa les bras et leva les yeux au ciel.

— Si on ne peut pas utiliser la manière forte, qu'est-ce que tu vas faire ? lança Amara.

Lyric soupira. Elle s'était posé cette question des dizaines de fois et, pour le moment, elle n'avait rien trouvé qui l'aiderait à se sentir mieux.

— La seule chose que je sache faire : me concentrer sur mon travail, et faire comme si mon cœur n'était pas en train de se briser, jusqu'à ce que ça aille mieux. Si toutefois j'arrive un jour à m'en remettre.

Amara l'enveloppa d'un regard empli de compassion.

— Que veux-tu que nous fassions entre-temps ?

La quantité d'amour que Lyric perçut dans cette question apaisa un peu la douleur cruelle qui lui tordait le cœur.

— Serrez-moi dans vos bras, et dites-moi que ça va aller mieux.

— Aaah, ma chère cousine…

Trey traversa la pièce et enroula ses bras autour de Lyric. Amara ne tarda pas à l'imiter.

— Tu n'as pas besoin de demander.

Entourée par l'amour de sa famille, Lyric commença à reprendre espoir. Peut-être que ça, aussi, passerait, et qu'elle retrouverait le bonheur.

Perdre Josiah de cette façon lui faisait atrocement mal. Mais lui intimer de partir après qu'il eut exprimé son manque de confiance avec une telle virulence était la seule décision possible. Elle ne supporterait pas d'être à nouveau confrontée à ce genre de négativité toxique. Même venant de l'homme qu'elle aimait.

— Je t'ai dit que je te botterais les fesses, si tu t'avisais de jouer avec les sentiments de ma cousine. Mais, avant d'en arriver là, je vais te laisser une chance d'expliquer comment tu as tout fichu en l'air, et gâché ce qui aurait dû être une merveilleuse soirée pour Lyric et toi.

Josiah se détourna de la baie vitrée surplombant le Rockefeller Center. On lui avait donné les clés du royaume PBN deux jours après qu'il eut envoyé sa vie privée aux oubliettes. Il avait signé le contrat la veille et venait de prendre possession de son bureau de président de Public Broadcast Network.

Il aurait dû se réjouir d'avoir laminé son rival et obtenu ce poste tant convoité, mais l'absence de Lyric l'empêchait de célébrer dignement sa victoire.

Il ne parvenait même pas à trouver l'énergie de s'agacer de l'irruption de Jeremiah dans son bureau, et de son attitude ouvertement hostile.

— Donc, Lyric t'a raconté ?

— Non, c'est Trey qui l'a fait. Et laisse-moi te dire que tu as de la chance de me trouver face à toi. Si ma femme était venue te dire tes quatre vérités, comme elle en avait l'intention, tu serais dans un fichu pétrin.

Josiah se massa la nuque et prit une profonde inspiration.

— Merci de te soucier assez de moi pour m'éviter les foudres de Trey. Si j'ai fait souffrir Lyric, je t'autorise à me frapper.

Il s'avança vers son ami et garda les bras le long de son corps.

— J'ai tout gâché. Alors, vas-y. Balance ton meilleur coup.

Jeremiah l'observa, probablement pour s'assurer qu'il était sérieux. Contre toute attente, le coup que Josiah escomptait, et qu'il savait mériter, ne vint pas. À la place, Jeremiah l'entraîna vers le bar copieusement garni qu'il avait hérité de son prédécesseur.

— Ce n'est pas drôle de te casser la figure si tu ne répliques même pas. Pendant que je me sers un verre de ton whisky hors de prix, explique-moi comment tu as réussi à provoquer un tel désastre.

Josiah essayait encore de comprendre. Il était sur le point de déclarer son amour à Lyric, quand il avait vu Daniel Lambert sur son perron et avait perdu son sang-froid.

Le temps qu'il ait fini de tout raconter, Jeremiah lui tendait un verre, en lui donnant une tape amicale sur l'épaule.

— Je comprends que la vue de ce type chez elle t'ait rendu fou. Mais tu connais Lyric. Pourquoi ne lui as-tu pas fait confiance ?

Josiah secoua la tête. Il s'était posé la question sans relâche, avant d'arriver à une conclusion.

— Ce n'était pas à elle que je ne faisais pas confiance, mais à moi. J'étais persuadé de me tromper à nouveau, comme je l'ai fait la première fois, quand j'ai laissé entrer Bianca dans ma vie. J'ai laissé mon appréhension détruire la chose la plus précieuse au monde pour moi, et la seule personne que je puisse blâmer, c'est moi-même.

Jeremiah hocha la tête, avant de porter à ses lèvres le verre à whisky en cristal qu'il tenait, et de boire une gorgée du liquide ambré.

— Je suis content que tu aies le courage de reconnaître que c'est entièrement ta faute, et non la sienne. Cela étant établi, que vas-tu faire pour réparer ? Car tu as bien l'intention de faire en sorte que les choses s'arrangent, n'est-ce pas ?

Josiah vida son verre d'un trait. La lente brûlure de l'alcool dans sa gorge fut la première sensation qu'il eut en dehors du désespoir qui le rongeait depuis qu'il avait fait souffrir Lyric.

— Je n'arrête pas de l'appeler ces derniers jours, mais elle ne répond jamais.

— Tu vas te servir de ça comme excuse pour laisser tomber ?

La question de son ami irrita Josiah. Mais il aurait été malvenu de se fâcher. C'était une interrogation tout à fait légitime.

— Ce n'est pas toi qui m'as dit de ne pas insister, et de ne pas remettre en cause ses décisions ? Elle m'a demandé de partir, et ne veut pas prendre mes appels. Je pense qu'il est assez clair qu'elle ne veut plus rien avoir à faire avec moi. Et je ne peux pas le lui reprocher.

— Ouais, dit Jeremiah.

Il y avait dans sa voix une désinvolture familière qui apaisa quelque peu la tension entre eux.

— Mais même moi je peux me tromper parfois.

Son ami posa son verre vide sur le bureau et se tourna vers lui avec un sourire.

— Je ne te savais pas capable d'être mis en échec par quoi que ce soit. Tu t'es toujours battu comme un beau diable dès qu'il s'agissait de défendre ce qui t'appartenait. Où est passé cet homme ? Parce que c'est ça dont Lyric a besoin. D'un homme qui soit tout à la fois capable d'admettre ses erreurs, et de se battre pour gagner son cœur. La question est de savoir si tu es prêt à te comporter en vrai mec et à aller chercher ce qui est à toi, ou si tu préfères jouer les poules mouillées.

Josiah plissa les paupières, observant froidement son ami.

— Tu crois vraiment qu'attaquer ma virilité est la meilleure façon de me pousser à agir ?

Jeremiah haussa les épaules.

— C'est ça, ou te casser la figure. Qu'est-ce que tu préfères ?

Narquois, il enfouit les mains dans les poches de son pantalon.

— Ce n'est pas une mauvaise stratégie, qu'est-ce que tu en penses ?

Josiah hocha la tête et se dirigea vers la porte. Là, il se tourna pour regarder son ami, qui se tenait toujours au milieu de la pièce.

— Au fait, pour information, c'est la dernière fois que tu menaces de me casser la figure. Si ça devait se reproduire, ça se terminerait en bagarre.

— Essaye toujours, si tu penses être à la hauteur.

Le rire de Jeremiah poursuivit Josiah tandis qu'il se dirigeait vers son ascenseur privatif, et il ne put retenir un sourire.

Il n'y avait rien de mieux qu'un ami prêt à vous remettre les idées en place quand vous vous comportiez stupidement.

Maintenant qu'il y voyait clair, il était déterminé à se battre pour la seule chose qui importait dans sa vie.

L'amour de Lyric.

- 21 -

Lyric rejeta un nouvel appel de Josiah. Chaque fois qu'elle le faisait, elle laissait le téléphone sonner un peu plus longtemps, tandis qu'elle luttait contre la tentation de répondre.

Au début, elle ne dépassait pas la première sonnerie, avant de presser la touche de refus sur son écran, avec une force exagérée. Mais aujourd'hui, pour la première fois de la semaine, elle avait laissé sonner jusqu'à ce que l'appel bascule automatiquement sur la messagerie.

Lorsque la notification de message vocal apparut sur l'écran, elle soupira et appuya sur « écouter. ». « Lyric, j'ai bien compris que tu ne voulais pas me parler pour le moment, et je le comprends parfaitement. Mais nous devons discuter de sujets professionnels. L'émission a été officiellement retenue pour vingt-deux épisodes supplémentaires. J'ai besoin que tu signes un avenant à ton contrat pour la saison complète, et que nous organisions une réunion de production. Je t'ai déjà envoyé un mail où tout est expliqué. Comme il est probable que tu n'y répondras pas, je le ferai parvenir à ton agent. Mais je pensais que nous pourrions passer l'éponge sur ma bévue, de façon à pouvoir travailler ensemble dans de bonnes conditions. Je prendrai le brunch au Harriet's. J'espère que tu m'y rejoindras. »

Lyric posa son téléphone sur la table basse et se laissa tomber sur le canapé. De toute évidence, c'était une ruse pour arranger les choses entre eux, et ils n'étaient dupes ni l'un ni l'autre.

Était-elle prête à une réconciliation, ou bien allait-elle continuer à se cacher dans son studio, en prétendant avoir tourné la page ?

Elle ne connaissait pas la réponse à sa propre question. Mais, tandis qu'elle se levait et se dirigeait vers l'étage pour se préparer, quelque chose lui dit qu'elle n'allait pas tarder à le savoir.

Josiah observait les vagues qui troublaient la surface d'Est River. Les eaux instables étaient comme une métaphore du malaise qui agitait son estomac. Cela faisait presque une heure qu'il avait appelé Lyric, et elle n'était toujours pas là.

Jusqu'à présent, il n'avait pas encore commandé, dans l'espoir qu'elle ne tarderait pas à se joindre à lui. Mais il allait bientôt devoir décider s'il déjeunait là, ou s'il s'en allait.

Il s'apprêtait à appeler la serveuse, qui rôdait autour de sa table depuis une dizaine de minutes, quand il aperçut Lyric.

Elle avait tiré ses cheveux en un chignon serré et lustré. Son blush et son gloss étaient d'un rose délicat qui lui donnait un air frais et naturel. Elle portait un chemisier sans manches en soie rose pâle et un short blanc qui mettait en valeur ses jambes fuselées. Une grande besace en cuir blanc et des sandales compensées à lanières complétaient sa tenue.

C'était une vision enchanteresse, qu'il avait envie de contempler chaque jour.

Il se leva avant qu'elle n'arrive à sa table et lui tira la chaise à côté de la sienne.

— Bonjour, Lyric. Merci d'être venue.

Elle hocha la tête sans dire un mot.

Après la façon dont les choses s'étaient terminées entre

eux la semaine dernière, il avait de la chance qu'elle ne l'ait pas salué par une gifle magistrale en plein visage.

— J'étais sur le point de commander.

Il leva la main pour attirer l'attention de la serveuse.

— Désires-tu quelque chose ?

Lorsque la jeune femme arriva à leur table, Lyric lui sourit avec gentillesse.

— Je voudrais des crêpes nature et une assiette d'œufs brouillés, s'il vous plaît. Et un café, avec la crème et l'arôme vanille à part.

— Et pour moi, ce sera une gaufre à la chantilly et un café.

Lorsque la serveuse s'en alla, un lourd silence s'installa entre eux.

— Alors, il paraît que tu as officiellement obtenu le job chez PBN, finit par dire Lyric.

La bouche soudain parcheminée, Josiah but une gorgée d'eau avant de répondre.

— Oui. Je suis en train de m'installer dans mon nouveau bureau. Mais je voulais m'assurer que tout allait bien entre nous, avant d'être submergé par le travail qui m'attend.

Lyric l'observait avec méfiance et, même s'il comprenait pourquoi, il se haïssait de l'avoir fait douter de lui.

— Tu m'as accusée de te trahir avec ton plus grand ennemi. Il ne t'est même jamais venu à l'esprit que je pouvais refuser la proposition de Lambert. Sans raison, tu m'as rangée dans la même catégorie que la femme qui t'a brisé le cœur. Je ne vois pas vraiment comment nous pourrions faire comme si de rien n'était après ça. Je ne sais même pas si nous pouvons encore travailler ensemble.

Il savait qu'elle risquait de dire ça, quand il avait réfléchi à ces retrouvailles la veille. Mais il était à deux doigts d'obtenir tout ce dont il avait toujours rêvé dans la vie, et il ne pouvait laisser ni les doutes de Lyric, ni ses propres peurs gâcher la magie qu'il y avait entre eux.

— Je te fais confiance, Lyric. J'ai eu une réaction instinctive face à Lambert, et je m'en suis bêtement pris à toi. Je me suis vraiment comporté comme un crétin, et je suis prêt à passer le reste de ma vie à m'excuser si ça peut changer les choses entre nous. Mais je sais que tu mérites plus que des promesses, c'est pourquoi je t'ai apporté quelque chose.

Il tendit la main vers sa sacoche posée sur le siège vide à côté de lui et en sortit un document qu'il fit glisser sur la table vers Lyric.

Elle y jeta un bref coup d'œil, avant de lever les yeux vers lui.

— En quoi le fait de me donner le même contrat qu'avant serait une preuve de confiance ?

— Continue à lire, dit-il. Ce n'est pas le même contrat.

Il sut exactement à quel moment elle reconnut le seul et unique changement qu'il avait apporté.

Bouche bée, elle le dévisagea avec de grands yeux incrédules.

— Ça dit que tu fais de moi la productrice de l'émission. Je croyais que tu ne cédais jamais tes créations à personne.

Il haussa les épaules.

— J'ai revisionné le film du mariage de Trey et Jeremiah, et j'ai réalisé que ce qui fonctionnait le mieux était dû à ta contribution. Tu mérites cette promotion, et je te fais suffisamment confiance pour te l'accorder. Naturellement, je reste producteur exécutif, et je garde le dernier mot sur les décisions importantes. Mais la gestion au quotidien te revient. Te sens-tu capable de l'assumer ?

Elle cilla, et il se demanda ce qui se passait dans sa tête.

L'attente de sa réponse lui fit battre le cœur aussi vite que lors de son jogging matinal. Si ça ne prouvait pas à

Lyric qu'il était sérieux, il ne lui restait pas grand-chose dans son arsenal pour arranger la situation entre eux.

Lyric tendit lentement la main et lui caressa la joue. Il ferma les paupières et faillit gémir face à la sensation de chaleur familière contre sa peau. Ça lui avait manqué bien plus qu'il ne le pensait.

Il rouvrit les yeux et lut de la compassion dans ceux de Lyric. La tension dans sa poitrine commença à s'alléger.

— Oui, murmura-t-elle. Je pense pouvoir l'assumer.

Il posa sa main sur la sienne et embrassa l'intérieur de sa paume, avant d'y appuyer la joue.

— Et, à propos de nous ? Est-ce une preuve suffisante de ma confiance ? Parce que j'ai confiance en toi, Lyric. Bien plus qu'en qui que ce soit au monde.

Elle déposa un baiser délicat sur sa bouche et appuya son front contre le sien.

— Oui, c'est une preuve irréfutable de ta confiance et de ton souhait d'avoir une nouvelle chance.

Elle l'embrassa à nouveau, approfondissant cette fois son baiser, franchissant de sa langue la barrière de ses lèvres et, s'il n'avait pas entendu la serveuse toussoter ostensiblement, il serait allé plus loin dans l'expression de sa passion.

Ils s'écartèrent et, à en juger par le sourire satisfait de Lyric, il vit bien qu'elle n'était pas gênée le moins du monde.

— Votre commande a pris un peu de retard, annonça la serveuse. Puis-je faire quelque chose pour vous en attendant ?

Josiah refusa de détacher les yeux de Lyric. Son intention n'était pas de se montrer grossier, mais il avait été séparé d'elle pendant trop longtemps, et il voulait profiter d'elle à chaque instant.

Lyric prit pitié de la pauvre jeune femme :

— Finalement, ce sera à emporter. Merci de nous préparer un sac.

— Et l'addition, ajouta Josiah, avec un grand sourire.

La serveuse s'en alla, et ils entendirent le léger gloussement qu'elle s'efforçait de réprimer tandis qu'elle s'éloignait de leur table.

— Je t'aime, Lyric. Et j'ai été fou de penser, même l'espace d'une seconde, que tu pourrais délibérément me faire du mal. Donne-moi seulement une chance de te prouver que j'ai compris la leçon. Donne-moi une chance de te rendre à nouveau heureuse.

Elle sembla analyser chaque mot un par un, réfléchissant à leur signification et à leur impact. Puis elle souleva le contrat et l'observa encore.

— Moi aussi, je me suis sentie misérable sans toi. Je ne suis pas prête à tourner la page. Je l'aurais fait si ça avait été nécessaire, mais ce n'est pas ce que je veux. En outre…

Elle agita le contrat, comme pour souligner son effet.

— Tu pourrais donner des cours sur la façon de présenter ses excuses. Je veux dire, tu m'apportes un contrat de plusieurs millions de dollars pour dire que tu es désolé. Qui fait ça ?

— Quand je me bats pour la personne qui compte plus que tout pour moi, je sors toujours le grand jeu.

Elle rit, et sa personnalité lumineuse et enjouée lui procura un pincement au cœur. Cette femme était tout pour lui, et son retour dans sa vie était le plus beau cadeau qu'il ait jamais reçu.

— Josiah, je ne veux plus jamais être séparée de toi.

— Je te promets que je ne te donnerai plus jamais la moindre raison de vouloir me quitter.

— Tu as intérêt, le mit-elle en garde. Si tu le faisais, tu aurais affaire à Trey et Amara, et nous savons tous les deux que tu n'as aucune envie de t'attirer leurs foudres.

Elle ne mentait pas. Il pouvait tout à fait encaisser un uppercut de la part de Jeremiah, mais ces deux femmes étaient dangereuses.

Mieux valait pour lui ne pas provoquer davantage leur colère.

— La seule femme à qui je veux avoir affaire, c'est toi, affirma-t-il.

— Bien. Et si allions chez toi, plutôt que de nous donner en spectacle ici ?

Il se leva précipitamment, manquant de renverser sa chaise, et se pencha pour lui donner encore un baiser. Il espérait ainsi s'insuffler la force d'attendre qu'ils soient dans sa voiture, où il pourrait l'embrasser comme il se doit.

— Laisse-moi payer, pour que nous puissions partir d'ici et finaliser notre accord.

Elle le regarda en plissant le front.

— Si tu crois que j'ai demandé à aller chez toi pour négocier les termes de mon contrat…

Ce qu'elle s'apprêtait à dire se perdit dans le langoureux baiser avec lequel il la réduisit au silence.

— Chérie, j'ai des avocats pour négocier les contrats. Je te parle de conclure le seul protocole qui vaille entre toi et moi. Celui qui détaille la façon dont je vais passer le reste de ma vie à t'aimer.

Le lumineux sourire de Lyric, empli de tant de promesses, réchauffa tout ce qui en lui était devenu froid tandis qu'ils étaient éloignés l'un de l'autre.

— Si me dire chaque jour combien tu m'aimes fait partie des conditions, je pense que nous pourrons nous entendre.

— Bien, approuva-t-il. Je vais donc commencer maintenant. Je t'aime, Lyric Devereaux-Smith. Et je passerai le reste de ma vie à essayer de me montrer digne de ton amour.

— Et je me ferai une joie de te regarder t'échiner à le faire.

Elle déposa sur ses lèvres un baiser léger.

— Je t'aime aussi, Josiah. Ne l'oublie jamais.

— C'est promis.

Il lui embrassa la main, avant de demander :

— Nous y allons ?

Sans hésitation, elle se leva et lui adressa un clin d'œil polisson.

— Et comment !

Retrouvez prochainement,
dans votre collection

PASSIONS

Idylle en Arizona, de Stella Bagwell - N°1078

Enceinte et célibataire depuis peu, Roslyn décide d'entamer un *road trip* jusqu'en Californie pour prendre un nouveau départ. Épuisée, elle est obligée de faire une halte en Arizona, où Chandler, un séduisant vétérinaire, lui vient en aide et lui offre l'hospitalité. En sa présence, le cœur de Roslyn s'emballe et elle se sent si bien qu'elle prolonge son séjour. Pourtant elle sait que cette idylle ne pourra pas durer et qu'elle devra bientôt repartir…

Un bébé avec son rival, de LaQuette

Amara est dans une situation intenable : elle a passé une nuit torride avec Lennon Carlisle, son rival dans le dossier qu'elle défend. Cet homme politique influent pourrait en effet détruire sa carrière d'avocate… Malgré tout, Amara est follement attirée par Lennon et, quand elle se découvre enceinte de lui, elle est plus désemparée que jamais. Elle sait qu'elle doit réfréner ses sentiments, au risque de voir ses ambitions partir en fumée…

Scandaleux projet, de Cynthia St. Aubin - N°1079

SÉRIE : LES HÉRITIERS KANE 1/3

Pour évincer son frère de l'entreprise familiale, Samuel Kane met en place un plan afin qu'il enfreigne la règle de leur père : pas de romances au bureau. Et Arlie Banks, une amie du lycée et la seule femme que son frère n'ait pas réussi à conquérir, est l'appât idéal. Du moins Samuel le croit-il, car à mesure qu'il côtoie Arlie, ce n'est pas son frère mais lui-même qui se prend à rêver d'une liaison avec elle…

Une aventure si tentante, de Zuri Day

Sasha est déterminée à s'offrir une aventure avec un inconnu, au cours d'un bal masqué. Elle jette son dévolu sur un irrésistible Zorro et la nuit qu'elle passe avec lui dépasse ses fantasmes les plus fous. Aussi est-elle stupéfaite de découvrir que Zorro est Jake Eddington, un ami de son ex ! Autre problème : ce dernier lui a demandé de ne pas révéler qu'ils ont rompu. Sasha ne peut ignorer son attirance pour Jake, même si leur liaison pourrait provoquer le plus retentissant des scandales…

Magnétique attirance, de Maisey Yates - N°1080

SÉRIE : IRRÉSISTIBLES RANCHERS 2/3

Shelby serait ravie d'aider sa sœur à préparer son mariage si elle n'était pas obligée de côtoyer Kit Carson, le frère du marié. L'agaçant rancher a toujours exercé sur elle un attrait magnétique… Le désir est si brûlant entre eux qu'ils finissent par y céder pour une aventure sans lendemain. Alors, quand Shelby découvre sa grossesse, elle est bouleversée. Comment dire à Kit, qui ne veut ni se marier ni avoir d'enfant, qu'il sera bientôt père ?

Retour dans le Wyoming, de Rachel Lee

C'est à contrecœur que Vanessa se rend dans la maison de son enfance, dont elle vient d'hériter et qui est pleine de douloureux souvenirs. Elle n'a qu'une envie : la vendre au plus vite ! Les travaux nécessaires ont été confiés à un certain Tim Dawson. Vanessa est tout de suite troublée par l'entrepreneur et se prend d'affection pour son fils Mathew. Leur présence égaye son quotidien, si bien qu'elle n'est plus sûre de vouloir quitter cette ville qu'elle a tant haïe…

Seconde chance pour un mariage, d'Andrea Laurence - N°1081

À l'instant où Mason lui demande s'il peut réemménager chez eux, Scarlet sent son cœur battre à tout rompre. A-t-il oublié que s'ils sont en instance de divorce, c'est sur sa demande à lui, ou prend-il simplement plaisir à la tourmenter ? Bien sûr, il s'agirait d'offrir un foyer à la petite fille de son frère mourant. Mais est-ce une raison suffisante pour cohabiter de nouveau avec Mason alors qu'elle s'efforce de préserver ce qui reste de son cœur meurtri ?

Captive d'un secret, de Cat Schield

Nate Tucker – le séduisant producteur du groupe de rock de sa sœur jumelle Ivy – veut qu'elle emménage chez lui à Las Vegas ? Lorsqu'il lui fait cette proposition, Mia se retrouve confrontée à un terrible dilemme. Bien sûr, elle est amoureuse de Nate et porte son enfant, mais cet homme n'est-il pas aussi celui que sa sœur lui a confié aimer en secret ? Et puis, ne s'était-elle pas promis de quitter Nate pour ne pas provoquer la colère d'Ivy si celle-ci venait à découvrir la vérité ?

Promesses à Sunset Ranch, de Charlene Sands - N°1082

SÉRIE : SECRETS ET RIVALITÉS 3/4

Elle le croyait disparu. Il voulait l'oublier. Leur histoire, bâtie sur un mensonge odieux, était vouée à l'échec. Leur passion, fondée sur le plaisir charnel, devait rester éphémère. Mais il y a toujours un « mais ». Lorsque Katherine et Justin se retrouvent à Sunset Ranch, ils doivent soudain faire face à leur destinée – et veiller sur cet enfant qu'ils ont, malgré eux, conçu ensemble…

Tant de souvenirs à Sunset Ranch, de Charlene Sands

SÉRIE : SECRETS ET RIVALITÉS 4/4

Casey Thomas est de retour chez lui, dans la maison de son enfance. Bien trop près de Sunset Ranch et de la belle Susanna qu'il a dû abandonner dix ans plus tôt. En revoyant son premier amant, qui a piétiné son cœur, Susanna est bouleversée. Cet homme, cette femme, amenés à se côtoyer jour après jour, vont devoir lutter contre le désir qu'ils éprouvent encore l'un pour l'autre – et contre le brûlant souvenir qui pour toujours les unit…